凤凰枝文丛 ｜ 孟彦弘 朱玉麒 主编

释名翼雅集

胡阿祥 著

凤凰出版社

图书在版编目（ＣＩＰ）数据

释名翼雅集 / 胡阿祥著. -- 南京 ： 凤凰出版社，
2022.3
（凤凰枝文丛 / 孟彦弘，朱玉麒主编）
ISBN 978-7-5506-3655-2

Ⅰ．①释… Ⅱ．①胡… Ⅲ．①随笔－作品集－中国－
当代 Ⅳ．①I267.1

中国版本图书馆CIP数据核字(2022)第025132号

书　　　　名	释名翼雅集	
著　　　　者	胡阿祥	
责 任 编 辑	张永堃	
书 籍 设 计	徐　慧	
出 版 发 行	凤凰出版社(原江苏古籍出版社)	
	发行部电话025-83223462	
出 版 社 地 址	江苏省南京市中央路165号,邮编:210009	
照　　　　排	凤凰零距离数字印前中心	
印　　　　刷	苏州市越洋印刷有限公司	
	江苏省苏州市吴中区南官渡路20号　邮编:215104	
开　　　　本	880毫米×1230毫米　1/32	
印　　　　张	11.5	
字　　　　数	230千字	
版　　　　次	2022年3月第1版	
印　　　　次	2022年3月第1次印刷	
标 准 书 号	ISBN 978-7-5506-3655-2	
定　　　　价	68.00元	
	(本书凡印装错误可向承印厂调换,电话:0512-68180638)	

胡阿祥 ▇▇▇▇▇▇▇▇▇▇▇▇▇

胡阿祥，1963 年生，安徽桐城人，文学博士。南京大学历史学院教授，南京大学六朝研究所所长。天水师范学院甘肃省"飞天学者"讲座教授。六朝博物馆馆长，南京六朝文化研究中心主任。主要学术领域为中国中古文史、中国历史人文地理、地名学。出版专著及各类大小册子 70 多种，发表论文与随笔 500 余篇。

弁 言

"凤凰台上凤凰游"，是李白《登金陵凤凰台》之诗句，昔年我江苏古籍出版社立足南京、弘扬文史，而更名所由也。

"碧梧栖老凤凰枝"，是杜甫《秋兴八首》所吟咏，今日我凤凰出版社为学林添设新枝，而命名所自也。

30多年来，凤凰出版社围绕中华传统优秀文化，彰显传承文明、传播文化、服务大众、贡献学术的出版理念，坚持以整理出版中国文、史、哲古籍及其研究著作为主的专业化方向，蒙学界旧雨新知之厚爱、扶持，渐已长大成为"碧梧"，招引了学界"凤凰"翩然来栖。箫韶九成，凤翥凰翔！嘤其鸣矣，求其友声！

"凤凰枝文丛"是本社与学界同人共同打造之文史园地，除学术研究论文外，举凡学人往事、经典品评、学术札记之文化随笔，旧学新知，无所不包。是作者出诸性情而诗意栖息之地，读者信手撷取而涵泳徜徉之处。

"凤凰鸣矣，于彼高冈。梧桐生矣，于彼朝阳。"

愿"凤凰枝文丛"成为我们共同的文化家园。

2019.5.22

自序

　　庚子伏月，当我看到"凤凰枝文丛"出版的消息，颇是叹美了一番，洋洋十五部，蔚为大观，诸位作者，亦皆一时之选；很快，我又收到凤凰出版社寄赠的几册，反复细品或者翻阅一过，那种久违了的静虑消暑的读书享受，至今仍然难以忘怀……

　　本来以为这事就如此过去了，没承想，孟秋时节，我也收到了加盟"凤凰枝文丛"的邀约，于是愉快地答应了下来，并题名为"三栖四毋集"。"三栖"取自我戏拟的"三栖四喜"斋号，这个斋号概括了我生活过的桐城、上海、南京三地，学习过的历史、地理、文学三科，长年宠养的猫、狗、龟、鱼，乐在其中的烟、酒、茶、书；"四毋"取自《论语·子罕》之"子绝四：毋意，毋必，毋固，毋我"，表达我为人处世、治学习文的追求，即不主观臆测、不绝对肯定、不拘泥固执、不自以为是。

然则照着"三栖四毋"的路子，粗粗编集成型后，看起来却甚不像样，盖历史、地理、文学之随笔、书评、序跋，冶之一炉，内容既太过庞杂，旨趣亦未能尽展，又虽可呈现我涉猎多方的撰述风格，但恐读者诸君难免有不明所以之惑，乃至引发"乱七八糟"之诮……

考虑及此，我干脆另起炉灶，从 2020 年 10 月中旬到 2021 年 2 月上旬，利用奔波各地的途中时间，以及常规工作期间的零散空闲，断断续续，先则斟酌取舍长文短札，厘为"原道明志""自称与他称""国号与名号""自然与人文""谈文论史""地名南京"六辑，再则稍作篇幅增删（以删为主）、格式调整、行文润色、插图配置，终于编成了这本自我感觉还算满意、主题也算明确的《释名翼雅集》。

博识洽闻的读者，见到"释名翼雅"书名，当会联想到东汉刘熙的《释名》、传注《周易》的"十翼"、训诂学的《尔雅》；我的这本《释名翼雅集》，正是得名取义于斯，而关键指向则在"释名"。昔刘熙撰《释名》，其"自序"云"夫名之于实，各有义类，百姓日称而不知其所以之意"，所以刘熙"参校方俗，考合古今，晰名物之殊，辨典礼之异"（毕沅语），"论叙指归"天地万物名号的来源或含义；然而另一方面，与"百姓日称而不知其所以之意"形成鲜明反差的是，殚精竭虑地取名定号，又是华夏文化的显著特色，中国人有意识无意识地都具有浓厚的名号情结。进而言之，则诚如王保顶兄在《闻"名"识中国：〈吾国与吾名〉策划、编辑手记》中的独特比喻：

> 失明的退休军官弗兰克中校之所以能够"闻香识女人"，源于他对生活的深刻理解和真切感悟，而香水正是女人的"魅力之衣""看不见的华服"；同理推之，国号、名号、称谓则是"中国"的"魅力之衣"，是"看得见"却少受关注的"华服"，我们通过国号、名号、称谓，可以从独特的视角，深刻理解、真切感悟我们国家、我们民族历史之悠久、文化之丰富、汉字之魅力、名称之有趣，而《吾国与吾名》的撰写宗旨，正在于此。

而如此说来，仿佛"说文解字"的"说名解号"，也就成了传统中国一门包罗万象、奥妙无穷、具有"日常生活"意义、值得"打破沙锅问到底"的学问了，而且这门学问，既融汇了现代意义的语言、文字、历史、地理、政治、社会、民族、心理诸多学科，也对标了传统时代"桐城文派"提倡的义理、考据、辞章、经济（经世济用）并重。

缘此，浸润于乡邑桐城传统的我的这本《释名翼雅集》，其专注于古今地名、历代国号、全域名号、域外称谓的寻源释义，以及间有讨论的人名、年号、概念、定义等等，若言其学术"继承"，可谓继承的是中华传统国学中的"小学",尤其是其中的"雅学","小学"研究文字、音韵、训诂,乃读书的前提、学问的初阶,至于训诂学意义上的"雅学",由明代郎奎金合刻的《五雅全书》(《尔雅》《小尔雅》《广雅》《埤雅》,以及改《释名》为《逸雅》),可以略见大概;又言其立意"创新",拙编《释名翼雅集》的企求,正在这个"翼"字,即凭借《释名》《尔雅》《说文解字》等等经典的基础,而羽翼之、辅助之,以尽蒐集散失、正本清源、更事推拓之力,从而既致敬"流溉后学,取重通人"(王先谦语)的刘熙《释名》,也借以回顾多年以来"说名解号"的筚路蓝缕或自得其乐。

2021 年 2 月 8 日于宝华仙林翠谷

目录

第一辑　原道明志

《中国地名大会》点评嘉宾说地名

前几天，《中国地名大会》第一季第 1 期在央视四套、央视一套播出了。感谢《中国地名大会》节目组的信任，邀请我担任点评嘉宾。看到有那么多的地名达人，包括十多岁的孩子，七十多岁的老教授，聪明睿智的男生，灵巧可爱的女生，各行各业令人感动的特别出题人……我既为地名学术后继有人而欣慰，也为中华大地精彩地名而自豪。记得录制第 1 期时，无论选手还是我，都还有些不太习惯，播出后，却仍收获了方方面面满满的肯定，那么，接下来的 11 期，更加值得诸位观众朋友期待，就在情理之中了。

喜马拉雅的朋友，也在听这档节目，而且约我说说地名的事情。盛情难却，也为广而告之《中国地名大会》，我就与诸位听众朋友分享分享我对地名的感悟。

先说个有关地名的趣味考证吧。2005 年 11 月 1 日，我在《现代快报》上发表了一篇短文《骑鹤上南京与杨花萝卜》，其中写道：

春有烟花三月、秋有二分明月的扬州，是很让人向往的地方。二分明月出自唐人徐凝的"天下三分明月夜，二分无赖是扬州"；烟花三月则做足了诗仙李白《黄鹤楼送孟浩然之广陵》"故人西辞黄鹤楼，烟花三月下扬州"的文章。李白的这两句诗，化用的是梁朝殷芸写的孙吴故事："有客相从，各言所志。或愿为扬州刺史，或愿多资财，或愿骑鹤上升。其一人曰：'腰缠十万贯，骑鹤上扬州。'欲兼三者。"也许人生理想不外乎当官、发财、成仙吧，"欲兼三者"就是奢望了，不过唐时扬州真的仿佛天堂，乃至有"扬（扬州）一益（成都）二"之说。

问题在于，殷芸笔下的扬州，说的是六朝首都所在的南京；李白的广陵扬州，当然指的就是今天扬州。李白是真的不知道还是装糊涂，不得而知。而今天的扬州若要大做"腰缠十万贯，骑鹤上扬州"的形象宣传，则是将错就错的"扬虚子"商人功利行为了，知根知底的南京文化人心理肯定会不平衡。

此段文字有些绕来绕去，不太熟悉地名变化的朋友，可能会犯糊涂。这里问题的关键在于：殷芸故事里三国孙吴时代的扬州，与李白诗中唐代的扬州，根本就不是一回事，虽然同为"扬州"，却是异地同名。孙吴的扬州，治所在今南京市，级别相当于现在的省，而且范围很大；唐代的扬州，治所就在今扬州市，级别也只相当现在的地级市，范围很小。如此，"腰缠十万贯，骑鹤上扬州"这样的形象宣传、旅游资源、雕塑题材，南京人当然不肯出让给扬州。而且，李白说的"下扬州"，也与殷芸说的"上扬州"不是一回事，"上扬州"的"扬州"，是孙吴以至六朝的首都所在，就是今天的南京市，这就如同我们今天说的"上北京"，到首都去，习惯称"上"；李白说的"下扬州"的"扬州"，只是唐朝的一个普通政区，就是今天的扬州市。

诸位听众朋友，这就是地名学术的复杂、地名知识的重要。如果不明白这些，有时就会闹出没文化的笑话。这样的笑话，真是屡见不鲜。比如人们常说"四川省"名称的由来，是因为境内有长江、岷江、沱江、嘉陵江四条大川，这是错误的。按照这种逻辑，加上雅砻江就是五川，加上大渡河就是六川，加上其实也不小的涪江就是七川，当然这是开玩笑的说法。那"四川"为什么叫"四川"呢？追根溯源，唐朝初年设剑南道，因为位于入蜀咽喉、一夫当关万夫莫开的剑门关之南而得名；到了至德二载（757），剑南道分为剑南西川、剑南东川两个节度使辖区，简称西川、东川。北宋初年，又在五代时的后蜀故地分设西川路、峡西路，西川路治益州（今成都市），峡西路因在三峡以西而得名，治夔州（今重庆奉节县）。再到咸平四年（1001），又将此二路分为益州路、梓州路、利州路、夔州路，并且合称"川峡四路"，后来也简称"四川路"。元代合此四路设置四川行省，明朝改称四川布政使司，清朝则称四川省，并且延续至今。至于今天四川省的简称"川"，本来也是平原广野的意思，而不是大家想象的河流的意思。我们知道，"川"有两个主要的字义，一是河流，二是平地。四川的"川"即平地，联系着川西平原。自从2200多年前李冰建成都江堰以后，这里成了沃野千里的"天府之国"，所以"川"这个简称，还有经济富饶的意思。

地名蛮有意思的吧！说起来，真正了解一个地名，我们要知道音、形、义、位、类五个要素，也就是读音、写法、字面义与指代义、位置、类别。虽然知道不知道地名的字面义与指代义，并不影响我们对地名的使用，但音、形、位、类四个要素还是应该明确的，因为这些要素联系着我们的日常生活，至于了解地名的义，则反映了我们的文化修养与知识水平。

说起地名与日常生活的关系，我们可以想象，日常生活是离不开地名的，没有地名，城市乃至乡村的生活将是一片混沌，诸位听众朋友拿出自己的身份证看看，上面又有多少的地名信息。然而地名又不仅具有实用价值，它也映射着人类社会的过去与现在。地名是人们赋予各个地理实体的专有名称。自古至今，那些曾经使用或正在使用的地名，都是人们约定俗成的、公认的；反过来，地名又成为人类社会各种信息的载体。如此，站在今天的立场，我们可以认为：地名是当地人的脸、外地人的眼，是鲜活而且广泛的社会现象，是真实而且珍贵的文献资料，是必须保护与传承的文化遗产。

单言地名之作为文化遗产，这既是世界各国的共识，也是中国各级政府的实践。

所谓世界各国的共识，比如1987年联合国第五届地名标准化会议决议指出："地名是民族文化遗产。"1992年联合国第六届地名标准化会议决议强调："地名有重要的文化和历史意义，随意改变地名，将造成继承文化和历史传统方面的损失。"2007年联合国第九届地名标准化会议决议进一步明确："地名完全属于非物质文化遗产。"再如我所收藏的日本出版的《地名与风土》杂志，1984年创刊号的封面语是："地名是时间的化石，地名是日本人共同意识的结晶体。"其他各期的封面语还有"地名是宝贵的文化遗产""地名是完美的古代文学""地名是表达过去文化发展沿革的宝贵记录"等等的说法。

所谓中国各级政府的实践，就以近些年为例，比如2012年7月，民政部印发《全国地名文化遗产保护工作实施方案》，印发《方案》的《通知》指出："地名文化遗产是重要的中华民族文化遗产，是宝贵的文化财富。"2017年1月，中办、国办印发的《关于实施中华优秀传统文化传承发展工程的意见》，在"重点任务"中提到"保护传承文化遗产"，"推进地名文化遗产保护"。而基于这样的世界共识与中国实践，就以我所参与的南京市的相关工作来说，既丰富多彩，也卓有成效。2007年12月，"南京老地名"项目入选"南京市首批非物质文化遗产名录"；2019年1月，"南京市江宁区老地名"项目入选"江宁区第二批非物质文化遗产名录"。通过这样的举措，南京老地名得到了很好的保护，营造了弘扬地名文化的社会氛围。面向未来，我们认为，在中国非物质文化遗产类别中，理应增加"地名文化类"，这既是凸显中华文化特征的必要手段，也是完善中国非物质文化遗产类别的创新。

说不尽的中国地名！古今多少事，都付地名中，每个地方，都有一本念不完的"地名经"；进而言之，人有姓名，地有地名。姓名伴随着人的一生，所以事关重大；地名仿佛大地的名片，所以丰富多彩。姓名与地名合在一起，又印制出我们每个人的身份证，彰显着"一方水土养一方人"。比如我的身份证、我的"一方水土养一方人"，桐城胡阿祥也。"阿祥"这个名，大俗也是大雅，乡土气重，书卷气少，感觉亲切而随和，诸如此类，对我起着相当明显的心理暗示作用；至于"桐城"，那在文人、学者圈内，可是极富文化意蕴的地名，所谓"天下文章，其出于桐城乎"的说法，使得"桐城"成了一块"学术文章"的金字招牌。这样的桐城"一方水土"养出的本人，遂以写文章为乐趣。这就是中华姓名的暗示作用，中华地名的明示作用！"从地名看文化，从文化看中国"，这就是我们这档《中国地名大会》节目的宣传语、关键词……

那我就是桐城 胡阿祥也

首季《中国地名大会》第1期电视截屏

有幸担任首季《中国地名大会》点评嘉宾，在我参与录制的8期中，我寄希望于《中国地名大会》的选手们，地名知识可以百度，地名学问期待探讨，地名文化需要积累；我见证了、体验了好多特别有趣、特别感动的事情。比如与《中国诗词大会》比较，出线选手竟然有着根本的区别，注意，我说的是"根本的区别"，那么究竟是怎样的区别呢？地名天梯的环节，到底有没有打通关的，或者是谁打通关的？第一季总冠军是什么人，学习的是什么专业，从事的是什么工作？什么样的特别出题人，竟让许多的选手以及我潸然泪下？主持人鲁健怎样的才艺展示与地名问答，让全场为之惊艳？如此等等，我在这里不方便提前"剧透"，还请诸位朋友自己到时揭晓。周六晚上七点央视四套，周日晚上十点半央视一套，我们不见不散！

本文据喜马拉雅FM"中国大智慧"特别节目整理，2019年11月19日上线。有删节。

拓宽加深中国地名学史的研究

一

地名学史是地名学体系中重要的有机组成部分，研究地名学不能不首先明了其发展史。从理论上推导，一般来说，任何一门独立的学科都应由理论、应用、学史三部分组成。通过学史的研究，不仅可以把握学科产生、发展的过程、规律、条件及特点，而且通过经验的汲取与教训的总结，也有利于学科今后的健康成长。

探讨各国地名学史，在考证地名起源和沿革，分析地名语源、语音、词义、词形的过程中，逐渐形成为较有系统的地名学。从"史"的角度看，国外地名学比较侧重语源学的研究，以为语言学、人类学、民族史提供资料为主要任务；而中国的地名学，也有着自己独特的发展过程与阶段成果。在旧时代，地名研究一直划归历史学的沿革地理（舆地学）范畴，所谓"读史之助，亦通古今之关键也"（清邹汉勋《敩艺斋文存》卷5"贵阳古城地图记·序"），地名考证成了为历史学服务的贴身婢女；又由于汉字的一些特点，地名音、形、义的推定也一直是语言文字学（小学）的一个部分。这样，就造成了中国古代地名研究的非系统性与孤立性。尽管如此，客观地讲，中国的地名研究起源特早，绵延不断，具有2000多年的悠久历史，并且至今尚保存着无比丰富的高水平成果，这在世界上是无论哪个国家都无法与之比拟的。近代以来，欧美、俄苏、日本的地名学后来居上，超越于我，这也是事实。其实不仅地名学如此，其他自然科学亦然，正如恩格斯在《自然辩证法》"导言"中所指出的："近代自然科学的发展是随着资本主义的成长才达到了科学的系统的和全面的发展。"然而一般见解竟因此认为中国的地名学向来落后，这不公允！我们要纠正这种误解，就必须大力开展并拓宽加深对中国地名学史的研究；对于语言学、历史学、地理学、民族学、地图学、方志学及其学史的研究，地名学史的探研也同样具有重要的参考价值。

中华人民共和国成立以后，尤其是这十几年来，对地名学的性质、体系、研究方法与意义等方面的阐述，日渐增多。但也不用讳言，由于专业研究人员把绝大部分精力都放在了指导地名工作的应用地名学及承接各项具体工作（如地名罗马化、统一外国地名译名、编纂地名工具书等）

上，剩下来可以从事理论研究的时间就相对较少。其中，中国地名学史更是倍遭冷落，大体废而不讲，更谈不上长远规划与全面安排。近年，笔者在南京大学讲授"地名学概论"，于中国地名学史则多所留意，1991年、1992年还曾就中国历代重要的地名典籍、卓有成就的地名学者、影响甚巨的地名学派学说，整理出30多个选题，指导学生撰写学年论文、毕业论文。在此过程中，笔者愈益感到中国地名学史这一领域的广大、内涵的缤纷多彩、任务的相当繁重以及现时研究的单薄贫乏，它好比一座富矿等待着开挖，一块初垦的风水宝地期望着耕耘。

二

就笔者浅见及读书所及，中国地名学史的研究，在方法上当借重于历史地理学与文献学，并且与历史地名学相辅而行；既要明了纵的历代流变，也要把握横的断代概况。现时的具体工作，则可从典籍、学者、学者群（学派、学说）三方面展开。

怎样界定中国地名学史上的典籍与学者？对这个关键问题，似不必过于拘泥。古今学科分类、观念多有差异，地名之学在古代也尚未独立自成学科。即以地名典籍在传统目录中的地位而言，不同时代的目录中，地名典籍的属类都不一样。在早期书目如《汉书·艺文志》中，多列

"数术略·形法部";《隋书·经籍志》以迄《四库全书总目》，则基本上属史部地理类。即在《四库全书总目》中，《禹贡》、宋王应麟《诗地理考》、清高士奇《春秋地名考略》等列经部，《山海经》则列子部小说家类异闻属。与此相类似，许多在地名学上有贡献的学者，也被作为史学家、地学家或小学家看待，而从未被堂堂正正地作为地名学家来看待，尽管他们的著作在地名研究中经常被引用。这种情况带给地名学史的研究以很大的困惑与诸多的缺陷，也导致了认识和评价方面的片面性。当然，这是时代的局限与偏见，今天应当给予清醒的认识与认真的纠偏，也只有如此，才能使在地名学上有成就与贡献的学者得到完备的评价与必要的表彰，以获得更丰富与全面的形象。

三

　　记载与研究我国历史上浩如瀚海的各类地名的，是难以计数的地名典籍。这些典籍于地名，或详其因革，或著其形要，或正其字形，或审其音义，或述其境域，或解其纷乱，或定其地望，经朝积代累，遂孕育、培养了传统的地名学。因此，脚踏实地地去研究地名典籍，就成了地名学史研究的第一步。

　　结合地理学发展史看，我国的地名典籍，由先秦至清，可粗分为先秦古地理著作、正史地理志、总志、方志、历史地图、地理专著等若干类，其间相互影响，彼此借鉴，关系极为复杂。对其进行研究，自不可局限于整理校勘及文献学方面（包括了解其作者、内容、特点、价值、体裁、版本、可靠程度及错漏情况等），还应探讨其史源系统及地名记载方法、方面与目的。

大体说来，每类典籍对地名的记载，大多经历了一个数量上由少而多，内容上由重自然而重人文，描述上由粗略而精细，目的上由辅史、向导（此借用贺晓昶先生语）而实用、资政的过程。举例而言，《尚书·禹贡》开了征实的一派，在拟定的地理区域中，重点叙述山川原隰等自然地名，《周礼·职方氏》《尔雅·释地》等篇类此；至班固作《汉书·地理志》，李泰撰《括地志》，下及其他15部正史地理志与唐宋元明清其他地理总志，都改以关系国家统治、政权建设、贡赋收取的疆域政区为主体、为纲领，以求完整、真实而权威地反映其疆域的盈缩、政区的设置及其变化，其次才不求完整地反映各种自然地理现象和其他人文地理现象。与此相关联，对地名的记述多详于政区地名的行政辖属、沿革及更名，有关地名命名形式有详略不等的涉及，而对地名所指代的地理实体概况，则或有或缺，或详或略，或全面系统或割裂分散，其间一个总的原则是重实用与资政，这里可以有关"道里"的载述为例。西晋司马彪《续汉书·郡国志》首创道里一目，记各郡国治所与都城洛阳的相对方位与道路距离；到梁沈约撰

《宋书·州郡志》，道里一目于去京都水陆里程以外，增加了去州的水陆里程。唐李吉甫《元和郡县图志》更发展为"州境"及"八到"两目。按道里的记载，不仅利在考证地名时的定位，发挥地名的向导作用，更重要的是与纳税贡赋、经济交通及明确各级行政区域的境界等有关。对地名实体其他概况如物产、户口、贡赋、史迹故事及有关地理环境的多角度、多方面而有选择的描述，是逐渐细化、代有扩展，还是略而不尽、语焉不详，也基本上贯穿着这么一条实用、资政的原则。

正史地理志及总志对地名的记述如此，其他各类地理书，如由开幻想一派的《山海经》到后来衍化的《穆天子传》《三宝太监下西洋》《镜花缘》，由放马滩秦图、马王堆汉图而罗洪先的《广舆图》、清内府舆图，由《华阳国志》而清各省、府、州、厅、县、乡土、里镇、山水志，由《水经注》而《水道提纲》，由《史记·货殖列传》而《肇域志》《天下郡国利病书》，由《资治通鉴》胡三省地名注而《读史方舆纪要》，由《汉书·西域传》而《西域同文志》，由《长春真人西游记》而《徐霞客游记》，有关地名的绚烂多彩的大量记述，也大体若是，即不完全是为地名而地名，除辅史与向导作用外，也强调实用与资政，以为王朝的政治、经济、军事、文化等服务。如王应麟就明确认为，考证古地名所在，有益于移风易俗、促进教化，而研寻政区地名与军事地名，可"以为兴替成败之鉴"（南宋王应麟《通鉴地理通释》"序"）；胡三省注《资治通鉴》，所注地名，也往往是微言大义、春秋笔法。明乎此，则地名、地名管理、地名研究、地名典籍等等，在古代所具有的学术价值与现实意义，也可因之而明。推而及于当前，在编写各类地名图书和地名志、地名辞典、历史地名图、现势地名图及建立地名档案的过程中，学习前人的实用、资政思想，并发扬光大而用世益民，也就成了我们工作中应持的原则。

四

尽管直到晚清，学者们在地名研究上取得的成果，总体上看还是侧重于具体地名的渊源解释、地名的沿革与考证，缺乏系统性与全面性，但其丰硕的成果、较为深邃的朴素的地名学思想，还是为现代地名学的建立奠下了重要的基石。学问都是继承然后发展、扬弃然后创新的。开展地名学史的研究，我们就有必要对历代地名学者作一番深入的探讨，尤其要注意那些拓展新领域、引入新方法、开创新风气的学者，列述其生平，总结其成就，梳理其学术源流。

概而言之，《禹贡》杰出的区域地名学思想，《尔雅》完善的地名训释与通名分类，已为我国后世地名研究两大重要学派（舆地派、小学派）的嚆矢。由《禹贡》一脉而班固、应劭等，重视从地理环境与地名的关系，探求地名的语源和命名规律；而由《尔雅》一脉至许慎、刘熙等，则注重从语音、字形、语词结构等方面展开对地名语源的阐释。东汉以后，地名研究中的小学派式微，而以杜预、京相璠、郭璞、盛弘之、郦道元等为代表的舆地派兴盛。以为学人忽视的重要学者西晋杜预为例，所绘《春秋盟会图》，古今对照，又著古今地名表即《春秋释例·土地名》三卷，与图相辅。杜氏所释地名，所定方位，均严谨认真，对语源的解释亦详确周到。再说郦道元。陈桥驿先生指陈推重郦氏地名渊源之解释，其实在地名考证方面，郦道元也多值得称道之处。对于名异实同、名同实异或名实不符等混乱现象，郦氏循名责实，据实考名，以求名实合一；考古、推地相印证，地理实证与语言文字辨析相结合，并且实事求是，无征不信，多闻阙疑。

论者多认为，郦道元著《水经注》以后，我国传统地名学研究并未取得多大的跃进，笔者对此实不敢苟同。按北魏以下，在解说、阐释地名来历、含义、沿革、读音、用字、分类及命名原则等方面取得显著成绩，并把传统地名学水平推向新的高度与更广阔领域的重要学者，其实不少，如唐代有玄奘、李泰、李吉甫、樊绰、贾耽，宋代有乐史、王存、沈括、郑樵、程大昌、范成大、周应合、王应麟、赵汝适、洪迈，元明两代有耶律楚材、李志常、胡三省、汪大渊、张燮、屈大均、徐霞客。即以张燮对海外地名及中西交通地名的研究为例，在方法上就相当的先进科学，即不仅采用对音法，而且"质之方言，参之邻壤，验之谣俗方物"，以求其"主名"（明张燮《东西洋考》"凡例"）。下及清代，传统地名学更是达到了其巅峰期。清人于地名研究，涉及范围之广是前所未有的，从上古三代直至清朝，从中原地区延及边疆，几乎所有见于记载的重要地名都有所考证，多数古代地名典籍都得到整理；有所建树的学者，可谓举不胜举，此不详述。①

值得特别提出的是，对前清及清代学者的成果，应该作出客观而公正的评价，既不抑没其成就，也不过分拔高，迷信盲从。笔者这六七年来，对前人有关地理地名方面的补志补表、校勘记、注释、考史著作及读史笔记等多有比勘与研读，对此感触尤深。即便是一些名气甚大的学者的著述，平心而论，其中得失互参、引据不经者既多，谬误迭出、缺漏违忤者亦所在而有，凭臆进退、地望难准者更属常见与显然。即以颇为自诩的清代大儒洪亮吉为例，洪氏宏才博学，著书满家，深于史，亦留意声韵故训，"至于骈偶之体，瑰丽之作，希踪八代，继轨六朝"，且"究心于疆域沿革，最号专门"（张舜徽：《清人文集别录》

---

① 中国地名学研究会编《地名学研究文集》（辽宁人民出版社，1989年版）中，收有孙冬虎《清代地名研究的成就与历史借鉴》一文，可参阅。

卷9"卷施阁文集更生斋文集"，中华书局，1963年版）；而其所著《东晋疆域志》，笔者曾辨正其州郡县部分，就指陈有16类错误，如一郡误为二郡、二郡误为一郡、郡县重出、统属、置废、侨地、治所、引证资料、行文、句读等错误，其书之粗疏由此可见，而学人不察，还每多征引为据，实在是贻误后学！与洪亮吉相类似的学者，尚有吕吴调阳、汪士铎、徐文范、刘文淇、胡孔福等人。我们在利用他们的成果时，当格外小心，加以甄别与考订，这也是我们在研究地名学史时，对每位学者及其成果应持的科学态度，哪怕对缜密细致如胡渭、焦循、钱大昕、阎若璩、吴增仅、沈垚、缪荃孙、杨守敬等人，也不例外。

五

地名典籍及地名学者的个案剖析，是必要且重要的；在此基础上，研寻地名学史上重要的学者群、学派、学说，则是更高一级层次上的研究，也是不可或缺的。按考究学者群，当重其彼此影响与学术风尚；探讨学派（旧称学案），当明其统系与师说渊源；阐明学说，则当求其立说依据与沿袭变更。为了说明问题，这里不妨各举一例。

其一，乾嘉时代学者群。清乾嘉时代，朴学鼎盛，发展到相当精致的程度。许多硕学鸿儒或专精一门，或兼通众艺，其中钱大昕、戴震、孙星衍、焦循、齐召南、姚鼐、阮元、全祖望、张澍、李兆洛等，研治地名，多造其微，著述成林；其方法各异，文字、音韵、训诂、舆地、氏族、官制、典章、金石之学，都曾引入地名研究；学人们又互相质难，彼此会通与发明，形成了缜密细致、不务空言的良好风气。乾嘉时代也因之成为中国地名学史上一个群星灿烂的时代，传统地名学达到了其最高水平。流风余韵，被于民国，谭其骧先生承其大宗并发扬光大之，遂成禹贡学派之中流砥柱。

其二，禹贡学派。20世纪30年代，顾颉刚、谭其骧联合燕京、北大、辅仁三校师生，组织禹贡学会，创办《禹贡》半月刊，积极致力于改造传统沿革地理学为现代历史地理学；在地名研究方面，禹贡学派也力求突破传统地名学的藩篱，从新的角度来探索地名，其成就斐然，无论是在理论与方法上（如地名群方法、历史比较语言学方法、语言地理学方法、民族学方法、文化学方法、地名译名方法、相关学科讨论），还是在成果（地名典籍的整理，地名通名的来源与演变，地名专名的渊源解释，政区地名的因革增省，边疆与域外地名的考述，有关地名工具书如地图、辞典、索引的制作，小地名的研究，现势地名的调查）与人才上，都为传统地名学跨进到现代地名学架起了一座桥梁。时至今日，禹贡学派的元老及其传人们，仍是我国地名学研究队伍中的一支生力军。

其三，地名大迁移学说。古人治学，多由经入史，而古史的条理发明与经书的校订注疏关系尤密，该学说即由古史研究中流变而出。创其说者为明末清初王夫之，民国钱穆则光其大，发凡起例，童书业、郑德坤、石泉、陈怀荃诸学者踵续于后，推而广之。原其立说原则，要之有三：一曰地名原始，即地名其先皆有意义可释，乃通名而非专名，可以名此亦可以名彼，如"大山宫小山"曰"霍"，凡具此状皆可得此名，初非限于一地，故河东有霍，淮南有霍。二曰地名迁徙，认为异地同名决非异地同时并起，亦非偶然巧合，乃是迁徙移用的结果。在地名迁徙之背后，盖有民族迁徙之踪迹可资推说。一民族初至一新地，就其故居之旧名，择其相近似而移以名其侨居之新土，故而异地有同名。三曰地名沿革，一般腹地冲要，因文物殷盛，人事多变，故每有新名迭起而旧名被掩，地名之变革亦剧，而边荒穷陬，人文未启，故事流传，递相因袭，地名之变遂缓。于是先起者反多晦灭，后人移用者反多保留，并历久而益显。（参阅钱穆：《史记地名考》"自序"，三民书局，1984年版）按此说于古史地名每出奇论，翻积见，标新得，又皆通明无碍，远胜旧说。如认为黄帝登空同、舜葬苍梧一类地名，都在大河两岸华夏中原发达地区；以后因民族移动而携至边地，《史记》《汉书》竟因此把边地后起之名认作当初的地名，是为古史研究中的大错误。笔者认为：重视、整理并理解地名大迁移学说，意义非凡，不仅将开创古史研究的新局面，而且能使我们对地名变迁、移动、演化等得一新概念，用之于民族迁移与融合、文化变迁与播散等方面的研究，也可求得许多的新认识。

据上所举三例已可看出，用宏观联系的眼光，深窥地名学术的渊源流变，探究有关的学者群、学派、学说，将有利于我们更深透、更清晰地从纵的时间上与横的网络上把握中国地名学史的发展变化过程、特征所在及一些基本规律，从而梳理出一个理论体系，收到若网在纲、持简驭繁的效果，而这种效果是地名典籍、地名学者孤立零散的个案研究所难以收到的。总之，笔者呼吁有志者致力于地名典籍、学者、学者群、学派、学说的研究，也期待着一部内容丰富、资料扎实、纵横贯通、巨细兼顾、系统严密、理论完善的《中国地名学史》早日问世。

本文原刊《中国方域》1993年第1期（创刊号）

"开卷如芝麻开门"：华林甫著《中国地名学源流》评介

本文的题目是从余光中先生那里"借"来的。我读华林甫著《中国地名学源流》（湖南人民出版社，1999年，以下简称"华著"），自始至终，"开卷如芝麻开门"的感觉都十分强烈：如果把有关中国历史地名的记述与研究成果比作一座资料宝库的话，那么，华著便是开启这座宝库的一把钥匙。

一

什么是地名？"地名是人们赋予各个地理实体的专有名称。"（丁夫：《努力发展中国的地名学——〈中国大百科全书·地理学〉卷地名学审稿会讨论记述》，《地名知识》1984年第4期）"专有名称"表达了地名的语言学特征，"人们赋予"显示了地名的社会性。地名是人们命名的、公认的，反过来，地名又成为人类社会各种信息的载体，正是在这层意义上，地名是珍贵的历史文献资料。

在现代地名学已经比较成熟的一些国家，对地名资料的这种价值有着充分的认识。苏联地名学家 A.M. 谢利谢夫认为："地名是了解历史人文学和一个国家的社会经济生活史最珍贵的资料之一。它可以阐明很久以前各人种的关系史，各族人民和各居民群的迁徙情况，经济和社会关系。"B.A. 茹奇凯维奇指出，"地理名称非常稳定，保持久远，成了独特的历史文献"，进之，"地名在历史科学中的作用可与物质文明的遗迹的作用相比拟"，因为"地名资料是一种具有本源意义的文献"（B.A. 茹奇凯维奇著、崔志升译：《普通地名学》，第 71 页，第 3 页，高等教育出版社，1983 年版）。日本地名学家山口惠一郎在回答"地名能告诉我们些什么"时说："首先，什么样的地形起什么样的名字，也就是说，地名的内容能够反映地貌。其次，说明是在什么样的地方居住生活，地名中能反映出进行农耕、开辟道路、建立市场、发展经济等等这些事。第三，反映了在人们具体生活的地区所产生的信仰、风俗、习惯等。第四，反映从行政上的需要所产生的官职、土地制度等等法制上的东西。以上这些极其珍贵的东西都可以从地名的来历中找到它的踪迹。"（参看胡阿祥：《地名学概论》，南京大学印行，1991 年，第 303 页）

建立在上述认识之上，英、法、美、苏以及日本等国，一百多年来，开展了广泛的地名资料收集和深入的地名学术研究（参看华著 2—5 页）。这种资料收集与学术研究，很大程度上又弥补了这些国家历史文献资料的不足，不仅强力推进了相关学科如语言学、文化人类学、民族史的发展，其地名学研究水平，也跃居世界前列。

与跃居世界前列的这些国家相比，现代中国学者显然还没有普遍意识到地名作为"具有本源意义的文献"的独特价值。造成这种状况的最直接原因，也许是中国的历史文献资料与文物考古资料太过丰富，某种程度上足敷采用；加之正确理解与全面采用历史地名资料，必须具备语言学、地理学、历史学、民族学等方面的综合素养，而兼具如此综合素养的学者，在"专家"渐多而"通才"日少的现代，已经是越来越少了。再者，地名学作为一门独立的学科，在中国学术界既至今未能成为共识，历史地名学、地名学史等，更因此长期倍遭冷落，大体废而不讲。

改变上述状况的首要途径，是切实发掘历史地名的史料价值。在这方面，1934 年谭其骧先生《晋永嘉丧乱后之民族迁徙》（《燕京学报》第 15 期）与 1944 年金祖孟先生《新疆地名与新疆地理》（《新中华》复刊第 2 卷第 4 期）两文，可称范例。

在《晋永嘉丧乱后之民族迁徙》一文中，谭其骧先生指出了复原东晋南朝侨置地名对研究当时人口南迁的重要性："是时于百姓之南渡者，有因其旧贯，侨置州、郡、县之制。此种侨州、郡、县详载于沈约《宋书·州郡志》，萧子显《南齐书·州郡志》，及唐人所修之《晋书·地理志》中。吾人但须整齐而排比之，考其侨寄之所在地及年代等等，则当时迁徙之迹，不难知其大半也。"由此立论出发，谭文勾画出此次人口南迁的概貌。胡阿祥《东晋南朝侨州郡县的设置及其地理分布》（1990）、葛剑雄《中国移民史》第2卷（1997）第10章进一步复原了一些细节。然则历史地名之大有助于移民史研究，现在已为治中国移民史的学者普遍接受并广泛应用（参看葛剑雄：《研究中国移民史的基本方法与手段》，《浙江社会科学》1997年第4期）。

《新疆地名与新疆地理》一文的精彩之处，是由地名的特性说明地域的特征：新疆地名稀少，可以表示那里人口稀疏；新疆地名分布不均，可以表示那里各地带土地利用程度的不同；新疆地名难读难懂难记，可以表示那里种族、语言、文字的复杂；"迪化""镇西"一类取义于古代中央政府希望或意志的地名，可以表示那里的确位于地理上和文化上的边疆；新疆汉文村落地名集中在天山东段的南北山麓，可以表示那里汉人分布情形；新疆地名中与水相关字眼的普遍应用，可以表示那里气候的干旱与水的可贵；新疆地名历史上多变，可以表示那里村落以至都市常因沟渠的兴废与河道的改变而发生变化。如此等等，无疑拓宽了区域研究的综合空间以及史料范围。

现代学者中，从地名角度切入、探讨多方面问题的代表人物是周振鹤、游汝杰。周、游合著的《方言与中国文化》（上海人民出版社，1986年版），专辟"从地名透视文化内涵"一章，论及"地名和历史文化景观""地名和移民""地名和经济史""地名和历史交通地理""地名和民族史""地名和历史民族地理""地名层次和文化层次"；周、游还合撰了一系列的相关论文，展示了地名资料的迷人魅力。

不过遗憾的是，如谭其骧、金祖孟的方法，周振鹤、游汝杰的成果，尚未引起足够普遍的重视，进入地名宝库并满载而归的学人，至今仍然凤毛麟角。带着这样的遗憾，我呼吁学术界尤其是研究古代中国的年轻学人，关注华林甫所著的这部《中国地名学源流》。

二

1997年，孙冬虎、李汝雯合著的《中国地名学史》（中国环境科学出版社）出版。这是第一部中国地名学史专著。全书以19万字的篇幅，梳理了"源远流长的传统地名学"与"继往开来的现代地名学"。这部专著的特点在于，作者出身地理学并从事现实的地名工作，故其撰述宗旨，"是为了科学地清理我国历史上地名研究的发展过程，总结和吸收前人的优秀学术成果，为建立一门体系完整、方法先进的中国地名学，提供历史的借鉴"（第1页）。

华林甫著《中国地名学源流》是第二部中国地名学史专著。全书以37万字的篇幅，论述了起先秦时期、止民国时期中国地名学萌芽、奠基、深入、成熟以至繁荣鼎盛及迈向现代的全过程。与孙、李合著的《学史》相比较，《源流》的作者主攻中国古代史与中国历史地理，故置地名学史于中国历史地理学史的整体框架中，而"脚踏实地地去研究地名典籍"（前言第9页），以及着意发掘历史地名的文献价值，成为这部专著的几个突出特点。

华著这样的立意，决定了其主要的两方面学术贡献，此诚如邹逸麟先生"序"中指出的：

其一，"初步建立起中国地名学史的体系……虽尚不能说十分完美、成熟，但后人可在此基础上进行修正、补充"。

其二，"中国地名发展的历史，并不仅仅是地名学史的问题，也是中国社会政治、经济、文化各方面发展的一种反映。例如从汉代到明清地名的发展变化，也反映了中国疆域形成、政区变化、地区开发、民族融合、科技发展、中外文化交流等等方面的一个侧面，因此这部地名学史著作的价值，就不仅仅限于地名学了"。

以上两方面，尤其是第二方面，我深有同感；而为了恰如其分地表达这样的感觉，我甚至不惜借来了"开卷如芝麻开门"的文题。接下来还想谈谈的是，我所理解的华著"尚不能说十分完美、成熟"。

三

如作者在"前言"中的谦称，《中国地名学源流》申请国家社会科学基金立项，是响应我的呼吁：历史地名学研究"借重历史地理学，加强地名典籍及地名学史的研究，应是主要努力方向"，中国地名学史"好比一座富矿等待着开挖"，"必须大力开展并拓宽加深对中国地名学史的研究"。就具体研究步骤言，作者又谦称是循着我所"倡议的方向"："脚踏实地地去研究地名典籍，就成了地名学史研究的第一步。"

华著以地名典籍为中心所实践的中国地名学史研究的第一步，是成功的，但也并非没有缺憾。

缺憾之一，华著重视舆地著作的地名学贡献，相对而言，对小学著作的地名学贡献阐述得尚不充分。纵观中国地名学史，《禹贡》杰出的区域地名学思想，《尔雅》完善的地名训释与通名分类，已滥觞了我国后世地名研究的两大重要流派（舆地派、小学派）。由《禹贡》一脉而班固、应劭等，重视从地理环境与地名的关系，探求地名的语源和命名规律；而由《尔雅》一脉至许慎、刘熙等，则注重从语音、字形、语词结构等方面展开对地名语源的阐释。

虽然东汉以后，地名研究中的小学派式微，舆地派兴盛，但在地名研究方面作出显著贡献的小学著作，仍间有所出，华著对此未予系统表彰。

　　缺憾之二，华著虽然重视舆地著作的地名学贡献，但对各类舆地著作如正史地理志、总志、方志、地图、游记行记间相互影响、彼此借鉴的复杂关系，探讨的力度不够。又每一类舆地著作记述地名的特点，本有着丰富的内容，华著在这方面也没有充分留意。例言之，正史地理志一改《尚书·禹贡》《周礼·职方》《尔雅·释地》重自然地名、轻人文地名的传统，对地名的记述多详于政区地名的行政辖属、沿革及更名，有关地名命名形式有详略不等的涉及，而对地名所指代的地理实体概况，则或有或缺，或详或略，或全面系统或割裂分散，其间一个总的原则是重实用与资政。要之，舆地著作的地名记述方法、方面与目的，其实有着广泛的研究空间，忽视不论未免可惜。

　　缺憾之三，华著对中国渊源久长、丰富多彩的命名哲学、命名思想基本没有涉及，而事实上，这是理解中国地名文化与地名学术的一个基础。按早在先秦时期，诸子哲学中的名实之辩，既为传统地名学的初创作了认识论与逻辑学的铺垫；若荀子"制名以指实""名无固宜，约之以命，约定俗成谓之宜，异于约则谓之不宜"，若公孙龙"夫名，实谓也""审其名实，慎其所谓"等等，则对地理实体的命名及地名学术的建设，产生过久远的影响。又如

《左传·桓公六年》记鲁公问名于申繻，繻对曰："名有五，有信，有义，有象，有假，有类。以名生为信，以德命为义，以类命为象，取于物为假，取于父为类。"这虽然讲的是人名命名的几条原则，却也与地名命名中表现命名对象的性质、类型等因素或寄寓命名者意愿、观念的做法，有相通相近之处（参看孙冬虎、李汝雯：《中国地名学史》，第8-10页）。华著由于缺少这些内容，在理论的归纳上便常显得有些单薄。

缺憾之四，从总体上看，华著于"地名学著作""地名学家"的选择及论述的详略繁简的把握是比较恰当的，但仍然存在不少的遗漏，如唐代之贾耽及其《海内华夷图》、樊绰及其《蛮书》，宋代之谈钥及其《吴兴志》、周应合及其《景定建康志》，元明两代之耶律楚材及其《西游录》、汪大渊及其《岛夷志略》、张燮及其《东西洋考》、屈大均及其《广东新语》等等，都属把传统地名学水平推向新的高度与更广阔领域的重要学者与典籍，华著不应对其略而不及。我颇为欣赏华著有关"其他宋人笔记中也含有宝贵的地名学内容"的简要提示（第219-220页），以及"清儒地名研究著作目录"的概括表列（第362-367页），可惜的是，这种旨在反映地名学史全貌的做法，仅见于宋时期与清时期。

以上四点缺憾是就"地名学著作"及相关的"地名学家"而言的。按"地名学著作"及"地名学家"的个案剖析，自是梳理中国地名学源流必要的第一步。然而在此基础上，研究中国地名学史上重要的学者群、学派、学说，当是更高一级层次上的研究，也是不可或缺的。按考究学者群，当重其彼此影响与学术风尚；探讨学派（旧称学案），当明其统系与师说渊源；阐明学说，则当求其立说依据与沿袭变更。而通过学者群、学派、学说的研寻，将使我们更加深透、更为清晰地从纵的时间上与横的网络上把握中国地名学史的发展变化过程、特征所在，进而深窥地名学术的渊源流变，系统总结地名产生、地名记述、地名研究的基本规律。我以为，这种理想的境界，仅靠"地名学著作""地名学家"相对孤立零散的个案研究是难以达致的。我读华著，最大的缺憾其实在此，最殷切的企盼也在于此。听说华林甫的博士学位论文《中国地名学史专题研究》即将正式出版，我言之或有不确的上述"缺憾"，将有所弥补耶？我期待着再读再评华著《中国地名学史专题研究》。

本文原刊《学术界》2002 年第 5 期。此篇为节选。

华林甫著《中国地名学史研究》序

　　整一年前的 2019 年 8 月 13 日，我从南京动身，赴京担任首季《中国地名大会》点评嘉宾。在精挑细选的行李中，我带上了备查的史为乐先生主编、华林甫教授参与撰写的《中国历史地名大辞典》，可供谈资的林甫所著《插图本中国地名史话》，工具书性质的《中华人民共和国行政区划简册 2019》。

　　由此上溯，此《大辞典》与《史话》本是 2007 年 1 月林甫所赠；至于本书《后记》中林甫所云"地名学三书"中的《中国地名学源流》《中国地名学史考论》，扉页题赠我的时间，则分别是 2000 年 1 月 28 日、壬午初春。而作为回报，我最认真撰写的、篇幅长达 12000 字的书评《"开卷如芝麻开门"：华林甫著〈中国地名学源流〉评介》，发表于《学术界》2002 年第 5 期，文中既以同行的立场，表彰《源流》的诸多贡献；也以"师兄"的身份，直言《源流》的四点缺憾，并留下了"请听下回分解"的伏笔："听说华林甫的博士学位论文《中国地名学史专题研究》即将正式出版，我言之或有不确的上述'缺憾'，将有所弥补耶？我期待着再读再评华著《中国地名学史专题研究》。"此《中国地名学史专题研究》的修改本，即2002年出版的《中国地名学史考论》，只是林甫没有约我"再评"；但我"再读"的感觉，《源流》中的"缺憾"，在《考论》中不仅颇得弥补，而且《考论》的归纳总结与演绎提升，尤显林甫的思维精进与立意宏远。

再往前追，我与林甫之"地名学术"的缘分长久，又真是令我感慨不已。虽然在历史研究中，地名的定点定位、沿革变迁，是时时处处必须处理的"工具"问题，然而毋庸讳言，如我这样视地名现象为学术兴趣所在，如林甫这样以地名研究为学术事业所系，即便在历史地理圈内，也是不多见的，于是志同道合，我与林甫的相互交流切磋、彼此鼓励推扬，也就特别密切了些。其中具有"标志"意义的"事件"，早者如1993年初我发表《拓宽加深中国地名学史的研究》，1994年林甫响应我的倡议，以"中国地名学源流"为题，申请了国家社科基金项目，并一发而不可收，20多年来，论著迭出；晚者如2016年底林甫在中国人民大学历史学院成立"历史地理学研究中心"，"中心"规划的四个研究方向之首，即为"政区与地名研究"，而承邀参加"中心"成立座谈会后，我也"有样学样"，

2017年春在南京大学历史学院挂牌了"六朝研究所"，又如2019年11月"中国行政区划与区域发展促进会政区沿革与地名文化专家委员会"组成，林甫为主任委员，我为副主任委员。

然则此刻，当我浏览着林甫的《中国地名学史研究》，我又为我与林甫在地名方面的分途异向而觉得有趣。如何分途异向呢？就在2020年5月林甫"阳春白雪"地汇文成集的时日，我在"下里巴人"地写着"学而思网校"素养课"地名里的中国"讲义；"地名里的中国"适听的对象为中小学生，而《中国地名学史研究》指向的对象则是专业学者与高层领导。"地名里的中国"短短十讲，听歌、审图、填表、逛街、寻根、看山、读水、致敬、尴尬、正名，意在"从地名看文化，从文化看中国"；《中国地名学史研究》洋洋洒洒二十章，上篇十一章探索起先秦、迄民初之地名学术与地名典籍的发展历程，下篇九章思考大到省级、小到县城的通名改革，以及越语地名、国号地名、单名县、附郭县、地名避讳乃至重庆直辖市简称改"渝"为"巴"等问题，意在"初步尝试构建中国地名学史学术体系"，并设想"如果把中国各个断代的地名做地理分布与变迁的研究，那么每个断代的景象则是一个个连续的剖面，借此有望建立中国的'地名地理学'"……

写到这里，对于祖籍宁波、籍贯上海、生长桐城的我，桐城学术主张的"义理""考据""辞章""经济"并重、浙东学派倡导的"经世济用"，海派文化体现的兼容并蓄，又自然成了我衡量自己与挚友林甫治学、作文的一串标准。而对标下来，我是颇感惭愧，比如早在1993年发表的《拓宽加深中国地名学史的研究》文中，我就"呼吁有志者致力于地名典籍、学者、学者群、学派、学说的研究，也期待着一部内容丰富、资料扎实、纵横贯通、巨细兼顾、系统严密、理论完善的《中国地名学史》早日问世"，然而时至今日，我在这些方面并无多少实质性的努力。但在林甫那里，文章是一篇又一篇地写，专著是一部再一部地出，工作是一项接一项地做，而且这些地名方面的文章、专著、工作，不知怎么的，又让我想到了我刚出版的《中国大智慧》中的一段话：

曾国藩指挥湘军与太平军作战，在战法上有一个主要特点，就是"结硬寨，打呆仗"。简单来说，就是采用开掘壕沟、修建营垒等办法，对太平军进行重重围困，用踏踏实实的笨办法，一点一点地消耗对手的力量。湘军与太平军之间的一些著名战事，比如安庆之战、天京之战等，都是类似的打法，并且最终都赢得了胜利。以此来看，所谓"呆仗"其实并不"呆"，而是一种恒心与毅力的体现。

林甫的"考据""辞章"，就是这样充满恒心与毅力的"结硬寨，打呆仗"吧，即陷一阵就是一阵，下一城就是一城，于是不仅我期待已久的高大上的《中国地名学史》，已在包括《中国地名学史研究》的林甫"地名学四书"中事实成型，而且林甫的关注政区改革、论证政区更名等"经济"应用，成立研究中心、主持社会组织等"义理"工作，也可谓"规划精严，无间可寻"。诸如此类，我以意度之，又或是出生余杭、求学沪上、生活京城的林甫吾兄所受乡邑传统的浸润与时代风尚的影响吧。

回到拙序的开头，在2019年首季《中国地名大会》的随兴点评中，我赞誉着地名凝聚天地精华，延续古今文脉；我唠叨着地名是当地人的脸，外地人的眼；我例证着地名是历史记忆、文献资料、文化象征、文明见证，是风俗符号、地域特色、乡愁所系、乡恋所在；我动情于地名背后的感情、人物、故事、观念；我把地名比作一声声的乡音——镌刻着人们的记忆，一盏盏的明灯——照亮着游子回家的路，一块块的磁铁——吸引着你我思乡的情。我甚至不怕得罪《中国诗词大会》，作出了这样的点评："如果说诗词让人生更美好，那地名就是生活的日常，过日子可以没有诗词，但不能没有地名！"然则我的这些随兴点评，离不开对多如恒河之沙的中国地名的"披沙沥金"，缺不了对卷帙浩繁的地名典籍的探赜索隐，联系着梳理丝棼绳乱的中国政区之历史与现状、通名与专名。而如华林甫教授经年累月的研究、连篇累牍的论著、人文关怀的建议，如此等等，正为地名文化的"披沙沥金"、地名典籍的探赜索隐、政区梦乱的梳理解难，贡献出了令学界乃至政府部门肃然起敬的成果与智慧，也让林甫称为"师兄"的我常感欣慰与佩服，我也满怀信心地进一步期待着林甫的"地名地理学"从设想走向落实……

本文原载《中国地名学史研究》，山东画报出版社，2021 年版。

《马永立学术文集》序

终于开始一边翻阅着基本成型的《马永立学术文集》的二校样，一边思考着如何完成这份马先生交付的"献序"任务。

何谓"终于"？盖因这篇序存在笔端许久了，而且早就预告了一回。2010年11月29日，我在为弟子孔祥军博士《汉唐地理志考校》（新世界出版社，2012年版）所拟的序中，曾经提到马先生命我"献序"之事，并且以《中古江淮士人流迁与文化交流》与王永平教授、《汉唐地理志考校》与孔祥军博士为例，感慨"知世论人、知人论书"与"因书见人、因人见世"的彼此印证。及至现在，对着这厚厚一叠、超过700页的《马永立学术文集》，对着交往了25个年头、已经年逾70的马永立先生，我的感慨依然如我在孔"序"中曾经的料想：其人其书，都是那么的"认真、执着、实在抑或有点迂腐"。

如何"认真、执着、实在抑或有点迂腐"呢？略举三例：

例一，关于书名。马先生自拟的、而且特别满意的书名本是"认知行"，大概是取义"认然后知，知然后行"吧；然而责任编辑卞岐先生和我，觉得"认知行"有欠明晰、涉嫌生造，强烈建议直称"马永立学术文集"。为了这个事情，马先生总是难以割舍他的"认知行"，总是以为"马永立学术文集"太庄重了，"因为我不是大人物，用不起这个书名"。而在反反复复之间，马先生的"认真、执着、实在抑或有点迂腐"可见。

例二，关于"心语"。诚如马先生在本书"前言"中所说，"经历了半个多世纪风风雨雨、世事沧桑的洗礼，对社会、对人生亦有点滴感悟，并应邀写了一些格言，主要有'做人做事''欲望之本''诚信毋缺''改行毋疑'和'戏角人生'等"。从马先生言，是倍加珍惜这些风雨沧桑的点滴感悟的；而从责编与我言，则感到"心语"终归不合"学术文集"的规范。于是又反反复复了起来，商量到最后，我们也理解了"迂腐"得有些可爱的马先生的一番苦心：年纪大了，好谈人生，不然，怎么会有"老生常谈"之说呢？又既然是"常谈"，毕竟还是有益社会的。

例三，关于定稿。从与凤凰出版社签订出版合同，到本书的问世（我估计 2013 年内应该问世吧），经历了不短的三年多的时间。于我，三年时间，可能已经写出了几本新作；于马先生，为何汇集既有成果的"文集"竟然如此"难产"呢？其间的一个原因，还是在于马先生的"认真、执着、实在"。因为认真，所以要反复推敲、仔细修改大量的文稿；因为执着，所以要全面梳理、系统编排复杂的篇章；因为实在，所以"抗颜"对书名的更改，"直争"对"心语""磨砺"以及"请示""报告""信函"等等内容的删除意见。

由上举三例，南京大学地理与海洋科学学院教授、南京市行政区划和地名协会老会长马永立先生之"认真、执着、实在抑或有点迂腐"的形象，是不是可见一斑，甚至呼之欲出了呢？而虽然晚马先生一辈、却承马先生看重以命序的我，在这里也能负责任地说，这部《马永立学术文集》的社会价值与学术价值，正在当今已经难见的"认真、执着、实在抑或有点迂腐"。

先说值得琢磨的《马永立学术文集》之社会价值。所谓"因书见人、因人见世"，《马永立学术文集》镜像式地反映了一个急剧变迁、然后迅速进步的大时代，以及在这样的大时代里，一位1939年出生的江苏仪征农家男孩，从放牛娃到大学教授的身世经历、成长过程、兴趣爱好：解放前，因为没有小学而只得放牛，因为哥哥逃抓壮丁而随从避入城中，因为李方模校长的关照而入读免费的小学；解放后，因为家庭经济困难而寄宿、走读完成了小学与初中学业，因为看到当好教师的艰难而立志成为一名工人，因为"迫于社会情势"而还是当了一名教师。在这解放前后的岁月里，解放前农家的贫困无奈，解放后农家孩子的个人志向与国家安排，由一介"子民"马永立的个案而获得了真实的展现。更加丰富的时代的展现，则是1959年直到现在的半个多世纪：马先生的个人经历，是南京大学地理学系地图学专业本科生，中国科学院地理研究所研究生，南京大学地理系教师，在南京大学教师岗位上，又担任过地图学教研室副主任、地名学专业负责人，退休以后，再担任金肯学院国际旅游系主任、南京市行政区划和地名学会（协会）会长；而伴随着马先生个人身份的转变，我们看到的、感触到的，是时代的变迁，是地图学、地名学、旅游学的发展，是国家教育事业的整体进步……

我的专业之一是历史学。历史，是在一定的时间与空间里，由人的活动所构成的连续的过程，历史的三大支柱是时间、空间与人，历史的六方面问题是who、when、where、what、how、why。我总以为，真实的、鲜活的大历史，存在于平凡的、个人的小历史中。而从这个意义上说，从农家放牛娃到大学教授的马永立，及其内容丰富乃至庞杂的《学术文集》，正是我们感触以至触摸从中华民国到中华人民共和国70余年历史的"活体"，这就如同由一滴水可见江河湖海、由一丘一壑可见千丘万壑一样。然则《马永立学术文集》的社会价值，如此琢磨下来，是否非小？

再说显而易见的《马永立学术文集》之学术价值。即以我相对熟悉的地名学领域为例，要而言之，起码有三：

其一，观点的贡献。如马先生指出："地名具有独特的区别性和稳定性、鲜明的民族性和政治性、固有的历史性、严谨的科学性、难免的方言性和区域性、必然的社会性和突变性等十大特性。"考虑到这样的总结，还是在改革开放之初、现代中国地名学术刚刚起步阶段的 1980 年作出的，则其敏于思考、善于归纳的学术禀赋，可见一斑。

其二，平台的搭建。地名学在中国是门新兴学科，地名工作在中国是政府职能部门的工作之一，这样的状况，决定了政府地名工作亟待得到从事地名学研究的专家指导的特点，而在这个方面，马先生是卓有建树的专家之一。比如配合外语地名译写规范的制订、国家地名辞典的编纂、地名普查与地名资料补更、地名标准化处理、老地名申报非物质文化遗产、城市地名规划编制等等层出不穷、纷至沓来的地名工作，马先生以其丰富的地名调查与研究实践为根底，积极参与其中，确定了村镇始建时间的世代与纪元年代、帝王年号换算法，建立了老地名非物质文化遗产价值鉴定标准及评价指标体系，提出了城镇门牌的编制原则、边疆民族地区地名标志牌上民族文字的处理意见、地名辞典各类地名的释文要点、地名规划工作的总体思路，如此等等，其对地名学术与地名工作相互结合之平台的搭建，无疑起到了奠基或架梁的作用，而马先生之奉献心智于国家、经世致用于社会的中国传统学者情怀，也由此可见一斑。

其三，故事的实录。马先生在本书"前言"中提到，"在南京大学创建了国际上第一个'地名学专业'"，这其中的艰难与曲折，应该不是现在的年轻人所能想象的。我记得20世纪90年代以前，大学里专业设置的数量是相对固定的，也就是说，要上新的专业，就必须下老的专业，如此，创建当时仍然属于不被认可之范畴的"地名学"专业，难度可想而知。然而最后的结果是，地名学专业（确切的说法是"地名学方向"）竟然真的建立起来了，在此过程中，马先生是如何与上至民政部、下到南京大学地理系和历史系师生等各方打交道的，又是如何努力以求、锲而不舍的，由《马永立学术文集》所收"办学的请示和论证报告及联系信函、讲学（讲话）文稿、教学总结"一类"原真"的"档案"，可见本来隐秘的真相。今天追思起来，"地名学方向"的始终，往大处说，可谓折射了大陆高等教育从僵固到灵活的一段既往岁月；往小处说，又何尝不是一位有责任心、富义务感的传统知识分子"认真、执着、实在"的写照呢？

然则据上三点，《马永立学术文集》的学术价值，所系实大，而我之所谓"知世论人、知人论书"的说法，也或对有意于在这方面琢磨的各方人士翻阅《马永立学术文集》，有所助益乎？

借着这次献序的机会，不妨再简单说说我与《文集》作者马永立先生由于"地名"而结下的缘分：

1989年开始，我付骥于马先生之后，参与了南京大学地名学方向创建的"筚路蓝缕"，承担"地名学概论"课程的教学，担任历史系分流出来的地名学方向班的班主任，并与马先生共同指导了两届共37位同学的学年论文与毕业论文，最后结集为马先生主编、本人副主编的《地名学新探》（南京大学出版社，1993年版）。那是一段开拓、奋进的时光……

从十多年前开始，先是以马先生为主、后是以我为领队，联合江苏省民政厅薛光先生、南京大学出版社黄继东副编审、南京大学历史系邢东升博士、南京大学地理系陈刚博士等一行人，共同编制了南京市、桐城市、马鞍山市、太仓市、芜湖市、铜陵市等城区或区片的地名规划文本或地名命名方案。调研、考察连带着旅游，开会、讨论连带着聚餐，这是一段又一段身体快乐、心理操劳的时光……

又大约是从认识马先生开始直到今天，20多年里，楼盘名称的评审、景点名称的命名、地名讲座的开设、地名调查的奔波、地名协会的活动、马先生"地名文化"本科课程与我"地名学理论与实践"硕士课程的互动与交流……连续而或模糊或清晰的共同记忆，连接成了我与马先生永续的缘分……

大概就是因为这永续的缘分吧，马先生命我献序；我也不避浅陋、不顾晚辈的身份，而斗胆为之。

本文原载《马永立学术文集》，凤凰出版社，2014年版。

撰述《吾国与吾名》的 24 年

从 1994 年动笔写作开题立意的《中国古今名号寻源释意》(1995)，到 2017 年完成总结之作《吾国与吾名：中国历代国号与古今名称研究》(2018)，我在这个领域断断续续的耕耘，竟然已经持续了 24 个年头，其间出版了尤重考据与义理的《伟哉斯名："中国"古今称谓研究》(2000)，面向大众的《中国国号的故事》(与宋艳梅合作，2008)、《正名中国：胡阿祥说国号》(2013)、《中国名号与称谓的故事》(与沈志富合作，2015)、《祖国的名称》(2017)，又在"百家讲坛"主讲了"国号"(2012)、"国之名称"(2017)两个系列节目。回想起稿时节，我还刚过而立之年；待到告别之时，我已年近耳顺。一个研究领域与宣讲课题，何以伴随着我如此之长的学术生涯呢？

从两个坊间流传的故事说起

先说两个坊间流传甚广、主角为中国人的外国国号"故事"。

晚清，在维新洋务人士的大力鼓噪下，西风劲吹，西学猛渐。一位略闻新知的童生请教私塾先生："何谓伽利略意大利人？"私塾先生回答："伽利略的意思就是赚大钱的人。"

这位私塾先生望文生义，将"意大利"妙解为"赚大钱的人"；而颇涉洋务的李鸿章竟也闹出笑话，当他听说"葡萄牙"时，惊讶地问道："怎么葡萄也有牙？"

李鸿章没有去过葡萄牙，而且葡萄牙这类译名确实离奇古怪，难免李大人有此千古一问。不过值得肯定的是，李大人毕竟勇于提问，而勇于提问正是求得真知的途径。笔者时常感到难解的是，在我已经30多年的大学教书经历中，却几乎没有大学生、硕士生、博士生提这类问题。反之，笔者在课堂上常常问学生："启为什么用夏作为国号？刘邦为什么定国号为汉？时时接于目、闻于耳的华夏、中国、中华、China又是什么意思？"滑稽的是，如此等等的相关问题，同学们往往语焉不详；再问英吉利、不丹、伊拉克、土耳其、美利坚、法兰西、乌干达……就更加哑口无言了！

英吉利、不丹、伊拉克等等，暂且不去管它。起码我们自己的夏、商、周，以至大元、大明、大清，以至中华民国、中华人民共和国，这些国号的来源取义，还是应该知道的。毕竟，我们的远祖生长在夏、商、周，我们的祖先生长在大元、大明、大清、中华民国，我们生长在中华人民共和国，将来我们的子孙也要生长在中华人民共和国，如此，对于这一连串的国家大号，我们岂可不知，焉能不解！

其实，即便不谈学问，探求中国历代国号的来源取义，也是一件特别有趣味的事情。夏、商、周等等以至大元、大明、大清，中国、华夏、中华等等以至 China，也许我们太耳熟能详了，往往想不到对它们"打破沙锅问到底"，而一旦"打破沙锅问到底"，以我的切身感受，那是奥妙无穷、极有意思的；这种情况，似可比附一下东汉刘熙的《释名》。昔刘熙撰《释名》，其自序云："夫名之于实，各有义类，百姓日称而不知其所以之意。"所以《释名》的目的，在于辨明上则天地阴阳、下至宫室车服种种名称的"所以之意"。而就"中国"历代国号与古今名称来说，也与此相仿佛。本来，创造了方块汉字的中国人，历来就有讲究名称字号的传统，人名都是如此，关涉国家的大号当然更不例外，道理很简单：人名不过一己的代号，国家大号则关系到亿兆斯民，而如果这亿兆斯民都不关心这国家大号的"所以之意"，是不是有点说不过去？

利玛窦解说"中华帝国的名称"

相较于私塾先生妙解"意大利"为"赚大钱的人"、李鸿章讶异"怎么葡萄也有牙",这里不妨再说一个确实可信的、主角为外国人的中国国号"故事"。

400多年前的1582年,天主教耶稣会传教士、意大利人利玛窦(Matteo Ricci,1552—1610)从印度启程,登陆澳门,开始了他的中国传教之旅。利玛窦在中国传教、工作和生活了28年,逝世后安葬于大明京师(今北京)。利玛窦晚年撰写,而又经由比利时耶稣会士金尼阁(Nicolas Trigault)增修的《利玛窦中国札记》,1615年在德国奥格斯堡出版。由于"书中初次精确地、忠实地描述了中国的朝廷、风俗、法律、制度以及新的教务问题",所以一经问世,就在欧洲引起了轰动,历史悠久、地大物博、繁荣富庶的中国,也因此而真实地、立体地呈现在欧洲人的眼前。

在《利玛窦中国札记》第1卷第2章中,利玛窦这位与中国士大夫颇多交往、直接掌握了中国语文、并对中国典籍进行过钻研的西方"中国通",第一次相当详细地解说了其时欧洲人尚觉模糊不清的"关于中华帝国的名称"问题。

"中华帝国的名称"纷繁复杂,利玛窦则聪明地将之区别为三类:

关于第一类名称，利玛窦认为："这个远东最遥远的帝国曾以各种名称为欧洲人所知悉。最古老的名称是Sina，那在托勒密的时代即已为人所知。后来，马可·波罗这位最初使欧洲人颇为熟悉这个帝国的威尼斯旅行家，则称它为Cathay。然而，最为人所知的名称China则是葡萄牙人起的。""我也毫不怀疑，这就是被称为丝绸之国（Serica regio）的国度，因为在远东除中国外没有任何地方那么富饶丝绸……在中华帝国的编年史上，我发现早在基督诞生前2636年就提到丝绸工艺，看来这种工艺知识从中华帝国传到亚洲其他各地、传到欧洲，甚至传到非洲。"

关于第二类名称，利玛窦写道："中国人自己过去曾以许多不同的名称称呼他们的国家，将来或许还另起别的称号……因此我们读到，这个国家在一个时候称为唐，意思是广阔；另一时候则称为虞，意思是宁静；还有夏，等于我们的伟大这个词。后来它又称为商，这个字表示壮丽。以后则称为周，也就是完美；还有汉，那意思是银河。在各个时期，还有过很多别的称号。从目前在位的朱姓家族当权起，这个帝国就称为明，意思是光明；现在明字前面冠以大字，因而今天这个帝国就称为大明，也就是说大放光明。"

又第三类名称，即利玛窦所谓"这个国家还有一个各个时代一直沿用的称号"——中国（Ciumquo）或中华

（Ciumhoa），中国这个词表示王国，中华这个词表示花园，放在一起就被翻译为"位于中央"，"我听说之所以叫这个名称，是因为中国人认为天圆地方，而中国则位于这块平原的中央"。

平心而论，利玛窦这位老外对"中华帝国的名称"的解说，或者正确，或者接近正确，或者有些正确的影子，总之，比我们的私塾先生说"意大利"、李鸿章问"葡萄牙"的风马牛不相及，显得进步得多。而尤其可贵的是，

利玛窦与明朝大学士徐光启

利玛窦还分析了中国为什么会有如此之多的名称："这个国度从远古时代就有一个习惯，常常是统治权从一个家族转移到另一个家族，于是开基的君主就必须为自己的国家起一个新国号。新统治者这样做时，是根据自己的爱好而赋予它一个合适的名称。"然而，"与中国接壤的国家中，很少有知道这些不同名称的，因此中国境外的人民有时就称它这个名称，有时又称它另一个"——外国人有关中国的各种称谓，正是因此而起。

对话利玛窦

由以上中国人解说外国国号的"故事"、外国人解说"中华帝国的名称"的故事，我们应该能够感受到：外国国号、"中华帝国的名称"的"所以之意"，都是非常复杂、牵连甚广的学术问题；而方块汉字为主的"中华帝国的名称"与拼音文字为主的外国国号，又各有复杂之处。比如拼音文字的外国国号，由于历经演变、屡有发挥，其意往往十分难解，我们所见只是一堆字母的组合；至于方块汉字的"中华帝国的名称"，其望文生义的方便之处，却也正是容易导致臆解、误解乃至瞎解的关键原因，汉字意义的引申、扩展、假借等等，也会造成"中华帝国的名称"解说中本义、引申义、附会义等等的混淆。以上述利玛窦"夏"等于伟大、"商"表示壮丽、"周"就是完美、"汉"

意思是银河、"大明"就是大放光明一类说法为例，所存在的主要问题，就是本义、引申义、附会义等等的混淆。

然则正本清源，系统全面地探讨中国递更的国号、众多的名号、繁杂的域外称谓之形成过程、来源取义、使用情况与复杂影响，正是笔者锲而不舍 24 年、并且渐次拓宽加深的追求所在。即以集大成的《吾国与吾名》为例，对话 1615 年出版的《利玛窦中国札记》的三类"中华帝国的名称"，本书以 50 余万言的篇幅，得出了诸多学术价值与现实意义兼具的认识，姑引"结语"中的三段为例：

> 以言历代国号之美……如中国历史上的第一个可信国号，是启用作国号的夏，而夏国号的最终择定，与蝉所代表的居高饮清、蜕变转生等等的美义有关；取美义为国号，也成为后世中国历史上命名国号的一种常用方法。由夏而下，商、周、秦、汉、新、晋、隋、唐、周、宋、大元、大明、大清这些王朝或皇朝所用的国号，同样具有或显或隐的美义，并成为各自国家的政治文化符号。这种符号，于商为凤，于周为重农特征，于秦为养马立国，于汉为"维天有汉"，于新为"应天作新王"，于晋为巍巍而高，于唐为道德至大，于宋为"天地阴阳人事际会"，于大元为"大哉乾元"，于大明为"光明所照"，于大清为胜过大明，总之，都属于"表著己之功业""显扬己于天下""奄四海以宅尊""绍百王而纪统"的"美号"。这些"美号"，

既与君主的统治息息相关，也照应了所统治的部族民众之心理要求，并进而使政权蒙上了浓重的顺天应人的色彩。至于中华民国、中华人民共和国国号，则书写出国号历史的新篇章，即既区别于以往天下社稷一家一姓的国号，又表明了国家的主权属于中国各民族，属于中华民族，此种意义，更是"美"之大矣！

以言古今名号之伟，可以"中国"名号为例。"中国"名号，历史久远，先秦时即已存在。虽然地域概念的中国是多变的，文化概念的中国是模糊的，但中国的地域范围在不断放大，中国的文化意义在不断加强……至于后起的政治概念的中国——"十八世纪五十年代清朝完成统一之后，十九世纪四十年代帝国主义入侵以前的中国版图，是几千年历史发展所形成的中国的范围。历史时期所有在这个范围之内活动的民族，都是中国史上的民族，他们所建立的政权，都是历史上中国的一部分"——既与地域概念的中国、文化概念的中国相辅相成，又较之更加客观与全面，而且政治概念的中国，无论时间、空间都指称相当明确。由中国概念的流变，我们又可以明了这样的史实：中国的历史是中国境内各民族——无论文化高低、地域远近，是汉族抑或非汉民族——共同缔造的，中国的版图是由中原和边疆共同组成的，现代中国是历史中国的继承和发展。

以言域外称谓之妙……记得有种说法，比喻中国的物质文明就是一块泥巴、一片树叶、一只虫子，泥巴烧成了瓷，树叶喂养了蚕，蚕虫吐出了丝，而瓷与丝，就在中国的域外称谓 China、Serice 中得到了形象的体现。至于既是自称、也是他称的汉与唐、龙与狮，汉、唐是中国历史上充满正能量的代表性皇朝，它们共同写照了巍巍中国的历史地位，龙、狮是体现中国传统文化与近代政治历程的典型化动物，它们一并烘托了泱泱中华的文化形象。

要之，"美哉，变动不居而又蕴含深意的中国历代国号！伟哉，延用不衰而又凝重气派的中国古今名号！妙哉，来源不一而又呈现特征的域外有关中国的称谓"——可谓从独特的侧面、别样的角度，生动形象地反映了中国文化中的名称情结，淋漓尽现了方块汉字的无穷魅力、中华民族的心理认同、中外交通的艰难历程以及中国传统文化所表现出的泱泱大国气度……

"中国人共同关注之事"

1999 年国庆节，卞孝萱师在《〈伟哉斯名："中国"古今称谓研究〉序言》中感慨："中国古今称谓，既是中国人共同关注之事；《"中国"古今称谓研究》，应为天地间必不可少之书。"拙著《伟哉斯名》以及在此基础之上"大事增补修订而成"的《吾国与吾名》，自然远当不起

"天地间必不可少之书"的先师期望，但"中国历代国号与古今名称"的来源取义、来龙去脉，作为"中国人共同关注之事"，却是毫无疑义的，因为这些国号、名号与域外称谓，伴随着我们民族的成长、我们国家的历史、我们疆域的变迁、我们与世界的交往与交流、我们以及我们的祖先与后代的生命，推而广之，如果我们立足于"名实互证"的视角、"闻'名'识中国"的思路，那么这些国号、名号与域外称谓，又能丰富、强化与鲜活我们对历史中国与现实中国的理解，并油然而生对中华文化与华夏传统的自认、自信与自豪。

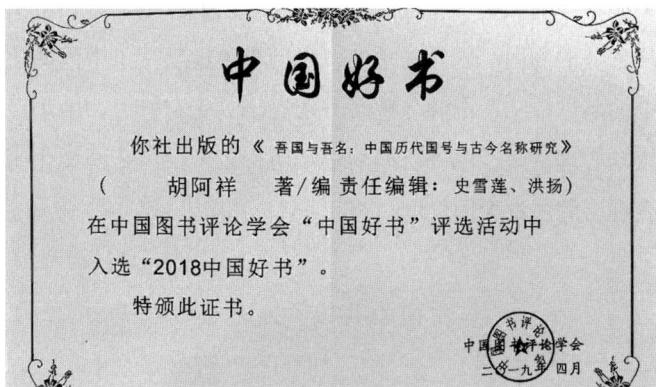

《吾国与吾名》获评"2018 中国好书"

正是基于对中国历代国号、古今名号、域外称谓的这种切身认识、这份真挚感情，我从筚路蓝缕的十余万字的《中国古今名号寻源释意》做起，历时 24 年，终于完成了总结集成的 50 余万言的《吾国与吾名》，虽然满头的浓密黑发，已经稀落渐衰为谢顶而两鬓斑白，却依然"衣带渐宽终不悔，为伊消得人憔悴"，毕竟为"中国人"说"中国"，值得这样的无悔付出！

本文原刊《光明日报》2019 年 2 月 23 日第 9 版

第二辑　自称与他称

为"中国人"说"中国"

今天，"中国"作为"中华人民共和国"神圣国号的正式简称，是一个无时无刻不存在于我们身边、普遍到我们都不太会去特别关注的名词。而在历史上，从夏、商、周直到大元、大明、大清，各个朝代都有自己的国号，并不称"中国"，也就是说，在1912年中华民国建立并以"中国"作为正式简称之前，"中国"只是我们国家一个非正式的名称。然而，尽管"中国"只是个非正式的名称，却历史悠久、内涵丰富、使用广泛、影响深远，复杂程度也远远超出我们的想象。我想，作为"中国人"，对于"中国"这个名称的方方面面，还是应该作些系统的了解吧！

偶然的惊世大发现

为"中国人"说"中国"，先说"中国"的发现，那是充满传奇色彩、偶然因素的惊世大发现，也是因为这个惊世大发现，我们知道了"中国"这个名称出现的时间，距今已经超过 3000 年了。

先是，1963 年 8 月，一个雨后的上午，在陕西省宝鸡县贾村，因为饥荒从宁夏固原回到老家宝鸡的村民陈堆，在租住的东隔壁陈乖善家的后院，看见院子后面雨后坍塌的土崖上闪着亮光，好奇之中，就拿了块木板当梯子，和妻子张桂芳一起爬到亮光处，用手和小镢头刨，结果就刨出一件铜器。第二年，陈堆夫妇返回张桂芳的老家固原，临走时将铜器交给哥哥陈湖保管。1965 年，因为生活困难，陈湖背着铜器到宝鸡，把铜器卖给了废品收购站，用换得的 30 元钱买了一斗高粱。

也是在 1965 年，宝鸡市博物馆干部佟太放在市区的玉泉废品收购站，看到了这件铜器，感觉应该比较珍贵，便向馆长吴增昆汇报。吴增昆随即让保管部主任王永光前往查看，王永光也断定这是一件珍贵文物，便以收购站当初购入的价格 30 元将这件铜器买回博物馆。经过考古人员确认，这是一尊西周早期的青铜酒器，高约 39 厘米，口径 28.6 厘米，重约 14.6 公斤。

到了 1975 年，国家文物局调集全国新出土的文物精品出国展览，这件失而复得的铜器，因为造型凝重雄奇、纹饰精美严谨而被选中，送到了北京。当时负责展览筹备工作的上海博物馆著名青铜器专家马承源先生在清除这件铜尊的蚀锈时，在其内胆的底部，发现了一篇计12行、122字的铭文，内容涉及周初的两件大事，即武王灭商与武王、成王相继营造雒邑。因为作器的贵族名何，马承源先生就把这件铜器命名为"何尊"，并赞誉何尊堪称"镇国之宝"。

何尊

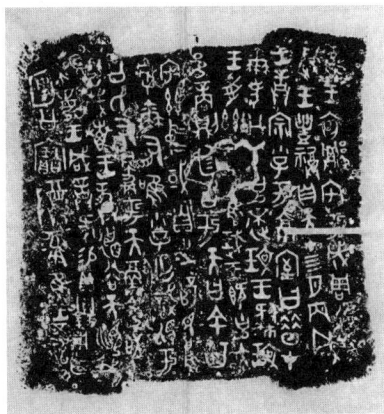

何尊铭文拓片

为什么说何尊是"镇国之宝"呢？最为关键的一点是，在这件制作于周成王五年也就是公元前1038年的何尊的铭文中，首次出现了"中国"一词，相关的一段铭文是这样的：

惟王初迁宅于成周……武王既克大邑商，则廷告于天曰："余其宅兹中或，自之义民。"

这段铭文的意思是：成王开始在成周营造都城。先是武王在消灭"大邑商"也就是灭了商朝以后，告祭于天说："我将居住在这个中国，就以中国这个地方为中心，治理天下四方的人民。"于是我们知道了，周武王灭商以后，也就是约当公元前 1046 年到公元前 1043 年武王在位期间，已经出现了"中国"这个名称，换言之，"中国"名称已经存在将近 3100 年了。

当我们面对英国人、美国人、日本人、韩国人的时候，"中国人"就是我们全体中国人最响亮的名字，而因为何尊，我们才知道"中国"这个名称确见于 3000 多年前的周朝初年。说到这里，我们真的非常感谢 1963 年 8 月的那场雨，使得何尊重现于世；真的非常感恩村民陈堆的初次发现、文博干部佟太放的再次发现、青铜大家马承源先生的第三次发现，使得何尊终成"镇国之宝"；也真的非常庆幸这件现在收藏于宝鸡青铜器博物院的国之重器，当初没有被当作废铜烂铁，熔化消失。当然，我们也非常理解 2002 年国家文物局将何尊列入《首批禁止出国（境）展览文物目录》，因为这实在是一件伤不起也丢不得的超级宝贝！

何尊的"宅兹中或"

何尊这件超级宝贝的惊世大发现，也为我们解说"中国"名称的最早含义提供了极为珍贵的线索。

从文字上说，我们一目了然地看到了"中国"名称的最早写法，即"中"像一面旗帜，"国"写作"或"。这是什么意思呢？

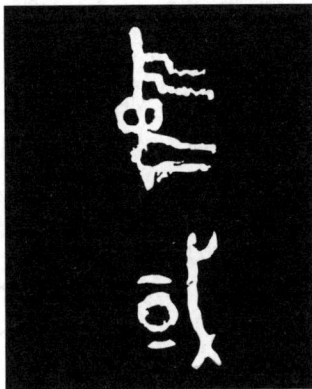

何尊铭文中的"中国"二字

先说"中"。按照古文字学家于省吾先生的考证，在殷商甲骨文以及商、周金文中，"中"字的首尾都加有若干条波浪形的飘带，向右或向左飘，"本象有旒之旗"，也就是"中"字在造字之初，本是带有飘带的旗帜的象形：首领有事了，就在高处竖起一面大旗，人们看到大旗，就从四面八方赶过来，围绕在旗子的周围，接受首领发布命令。于是，作为旗帜的"中"字，又引申出地理概念的中间的"中"、文化概念的合适的"中"等等的意思，这也就是清人段玉裁在《说文解字注》中所说的："中者，别于外之辞也，别于偏之辞也，亦合宜之辞也。"

再说"或"。现在这种写法的"国"字，是古代40多种国字写法中的一种。大概因为"国"太重要了，所以古代通过改变国字写法、表达自我权威的帝王不少。比如武曌最初拟定的国字新字，是在"囗"中加"武"，代表武曌居中治国，但有人说这像把武曌给围困起来了，与囚字无异，所以就再改为"囗"中加"八方"，即圀，代表八方土地。太平天国洪秀全改定的国字为"囯"，即在"囗"中加"王"，因为他自称天王。1956年大陆确定第二批简化字时，郭沫若先生选定了"国"字，"国"字从"玉"，"玉"为美好的象征，这表达了"国"为"玉"也就是宝贝的意思。当然，在中国古代，国字的主要写法还是我们今天所说的繁体字的"國"，至于最早的国字，又是写成"或"的，其实繁体字的"國"，"囗"这个构件是重复了。那么最早写法的"或"是什么意思呢？东汉许慎的《说文解字》解释说：或，"从囗从戈以守一"。这里的"囗"指城池，"戈"指武器，"一"指土地，"或"就是一个人扛着武器，保卫城池，守护土地，雅一点说，就是《礼记·檀弓》里说的"执干戈以卫社稷"。

解释了这么多，我们应该清楚了：何尊铭文"宅兹中或"的"中或"，就是"中国"，而"中国"最初的意思，是指位居中间或中央的城池与土地。

那么问题来了，这位居中间或中央的城池与土地，是指哪里呢？何尊铭文明白无疑地告诉我们，最早的"中国"是指洛阳，因为铭文中"初迁宅于成周"和"宅兹中或"是一个意思，成周等于中国，而寓意"成就周朝功业"的"成周"，故址就在今天的洛阳。今天的大中国，原来发轫于洛阳这个小中国，蛮有意思的吧！

为什么洛阳是周朝初年的"中国"呢？这联系着周朝初年的政治地理形势。我们知道，兴衰起灭的上古三代夏、商、周，商人本来起自东部的黄河下游，周人本来起自西部的泾渭流域，而以洛阳为中心的这片东、西之间的地区，本是夏人的中心区域。等到周灭商、周公东征胜利以后，周朝的疆域可谓合夏、商、周三朝的疆域为一体，而在这样的疆域范围里，洛阳正是居中的地方，所以《史记·周本纪》里说："此天下之中，四方入贡道里均。"《汉书·地理志》也说："昔周公营雒邑，以为在于土中，诸侯蕃屏四方，故立京师。"

其实直到今天，以洛阳以及洛阳所在的河南为天下之中的观念，仍然表现在许多方面。如在中国的"八大古都"（西安、北京、洛阳、南京、开封、安阳、杭州、郑州）中，洛阳具有最为强烈、最为显著的正统意义；河南省的雅称有"中州""中原"；河南人以"中"这个单词表达可以、行、同意等等的意思；而在中华"五岳"中，嵩山为"中岳"。这样的观念，甚至得到了世界的认同。一个特别的证据，就是2010年8月1日，在巴西首都巴西利亚，联合国教科文组织第34届世界遗产大会审议通过，将中国河南省登封市"天地之中"历史建筑群，列入《世界遗产名录》。其实地球是圆的，哪来的"天地之中"呢？中国、天下之中、天地之中等等，都是一定范围内的地理概念与一定背景中的文化概念。

"溥天之下"与"胡服骑射"

何尊的"中或"算是解释清楚了，指的是周朝初年的成周，也就是今天的洛阳。而从那以后，直到1912年中华民国建立并以"中国"作为"中华民国"国号的正式简称以前，"中国"都不是国号或国号简称，而是地理概念与文化概念。

先说地理的"中国"。因为"中"是一个相对的概念，没有两端就不会有中间，没有四方就不会有中央，所以"中国"所指的地域与对象，也是多变的。一般来说，皇帝所在的都城或皇帝直接统治的地方是中国，其他的城邑或其他的地方就不是中国；居中的国家是中国，周边的政权就不是中国；内地或中原是中国，边疆或其他地方就不是中国。在这种多变的地理概念的"中国"里，皇帝直接统治的地方是中国，尤其是其中的秦朝、汉朝、清朝皇帝直接统治的中国范围，最值得我们关注。

秦朝的疆域范围，以黄河、长江、珠江三大流域为主，大约 350 万平方公里，这构成了以后历代中原王朝疆域的主体，也成为地理概念的中国发展的根基。汉朝的疆域范围，因为拥有了西域，设置了安西都护府，在公元前后，大约 610 万平方公里，这为现代中国的广大领土奠定了基础。延至清朝，当 1759 年爱新觉罗·弘历（乾隆皇帝）平定天山南北路以后，其疆域范围北起萨彦岭、额尔古纳河、外兴安岭，南至南海诸岛，西起巴尔喀什湖、帕米尔高原，东到库页岛，大约 1300 万平方公里，尤其重要的是，这 1300 万平方公里的疆域范围，都置于大清中央政府各具特色的有效管辖之下，于是从《诗经·小雅·北山》以来的理想，即"溥天之下，莫非王土，率土之滨，莫非王臣"，终于得到了实现，从此，地理中国等于政治中国。也正是从这个意义出发，谭其骧师主编的《中国历史地图集·总编例》指出："十八世纪五十年代清朝完成统一之后，十九世纪四十年代帝国主义入侵以前的中国版图，是几千年历史发展所形成的中国的范围。历史时期所有在这个范围之内活动的民族，都是中国史上的民族，他们所建立的政权，都是历史上中国的一部分。"进而言之，以 1759 年到 1840 年之间、仿佛秋海棠叶子的大清疆域与今天仿佛雄鸡形状的中国领土相对照，少了的 300 多万平方公里的土地，大多是被帝国主义列强鲸吞或蚕食去的。

我们再说文化的"中国"。理解文化的"中国"，关键在个"中"字。在以农业为底色的中国传统社会，居中的"中"总是好的，所谓"天地之道，帝王之治，圣贤之学，皆不外乎中"（清钱大昕《中庸说》），我们做人做事，也要讲究不偏不倚、无过无不及，所以，文化的"中"，为正，为顺，为和平，为忠信，为合宜。既然"中"字具有这么多的美义，那么文化的"中国"当然就是美好的地方。如何美好呢？不妨说个赵武灵王"胡服骑射"的故事。

在群雄争霸的战国时代后期，赵国国君赵雍，亦即我们习称的赵武灵王，曾经实行了"胡服骑射"的改革，以求提高军队的战斗力。当时中原诸国仍然沿袭着传统的车战战法，即一名军官乘坐在马拉的战车上，左边长枪手，右边弓箭手，前面为御车夫，车后跟着数十名步兵。交战时，车与车战，人与人战。这种战法，车乘进退既不灵活，个人又缺乏作战的主动性。反观游牧民族胡人的骑兵，疾如骤雨，快若飘风，或左或右，忽前忽后，战斗力明显高于中原国家的车战。面对日趋激烈的战争，赵武灵王决心脱下上衣下裳、笨重铠甲，抛弃传统的车战战法，改穿紧身窄袖的胡人服装，学习骑马射箭的胡人骑射。事实证明，胡服骑射确实取得了明显的效果，赵国由弱变强，开疆拓土。然而有意思的是，起初，胡服骑射备受朝野的非议，而在这些非议中，又颇多涉及了文化概念的"中国"，如赵武灵王的叔父公子成即劝说道：

> 臣闻之，中国者，聪明睿知之所居也，万物财用之所聚也，贤圣之所教也，仁义之所施也，诗书礼乐之所用也，异敏技艺之所试也，远方之所观赴也，蛮夷之所义行也。今王释此，而袭远方之服，变古之教，易古之道，逆人之心，畔学者，离中国，臣愿大王图之。（《战国策·赵策》）

由这段很容易理解的劝说之辞，我们可以知道，中国之所以为中国，是因为其人则聪明睿智，其用则万物所聚，其礼则至佳至美，是具有高度文明的区域；凡是诗书礼乐达不到这种标准的地方或人群，就算不上中国。这样的"中国"，为远方所仰慕，为蛮夷所心仪。这就是文化概念的中国。

文化概念的中国，在中国的历史上，产生了两方面的复杂影响：

一方面，既是"中国"，就应该是雍容华贵、富庶文明、诗书礼乐的地方，相对而言，那些非"中国"的蛮夷戎狄与外邦远方，就照例是贫穷、落后、野蛮的地方，所谓"昼象中国，夜象夷狄"（《汉书·五行志》），所谓"大哉中国！五帝三王所自立也，衣冠礼义所自出也"（文中子《中说·述史》），所谓"所以为中国者，以礼义也，所以为夷狄者，无礼义也"（唐皇甫湜《东晋元魏正闰论》），所谓"居天地之中者曰中国，居天地之偏者曰四夷"（北宋石介《中国论》），所谓"自古帝王临御天下，中国居内以御夷狄，夷狄居外以奉中国"（明雷礼《皇明大政记》卷3），自汉至明的这些言论，都是这种观念的反映。观念也必然会影响到行动，许多中国帝王总习惯于炫耀国力、粉饰盛世，如《资治通鉴·隋纪》所记隋炀帝杨广的一件事情，就既让人哭笑不得，又引人深思：

> 诸蕃请入丰都市交易，帝许之，先命整饰店肆，檐宇如一，盛设帷帐，珍货充积，人物华盛，卖菜者亦藉以龙须席。胡客或过酒食店，悉令邀延就坐，醉饱而散，不取其直，绐之曰："中国丰饶，酒食例不取直。"胡客皆惊叹。

中国的文化概念流变到了这一步，其间弊端，我们不必讳言。

然而另一方面，文化概念的中国对于周边民族与国家的吸引力又是巨大的，这奠定了中国这个统一多民族国家形成的思想基础。如金庸小说《天龙八部》里提到的契丹族辽国皇帝耶律洪基，曾经以白金数百两铸了两尊佛像，在佛像背面铸上了"愿后世生中国"的铭文（北宋晁说之《嵩山集》卷2），这是多么令人感动的事情；多次出使辽国的宋朝大臣富弼也说："自契丹侵取燕蓟以北……其间所生豪英皆为其用，得中国土地，役中国人力，称中国位号，仿中国官属，任中国贤才，读中国书籍，用中国车服，行中国法令。"（《续资治通鉴长编》卷150）由此又可见辽国契丹民族对文化"中国"的深深仰慕与全面融入。到了清朝，满族统治者也不自外于中国，爱新觉罗·胤禛（雍正皇帝）就曾经说过"本朝之为满洲，犹中国之有籍贯"，同是中国人，不能因为籍贯（民族）的不同，"妄生此疆彼界之私"，"妄判中外"（《大义觉迷录》卷首上谕）。

说到这里，我们不妨打个比方总结一下，地理中国的越来越广大，文化中国的越来越丰富，以及相关的民族中国的越来越多元、政治中国的越来越稳固，正如《管子·形势解》中的话："海不辞水，故能成其大；山不辞土石，故能成其高。"统一多民族的历史中国，就是这样的无数土石垒成的高山、无数川流汇成的大海！

中国真不愧为"中"国哩

进一步说，理解"中国"名称各方面的意义，也很有助于我们理解中国人的典型行为。如在中国传统文化中，重要的行为原则之一是"中庸"。《论语·雍也》："中庸之为德也，其至矣乎。"林语堂在 *My Country and My People*（《吾国与吾民》）中说："中庸之道在中国人心中居极重要之位置，盖他们自名其国号曰'中国'，有以见之。中国两字所包含之意义，不止于地文上的印象，也显示出一种生活的轨范。"什么样的"生活的轨范"呢？1922年，文化名人夏丏尊先生在《误用的并存和折中》（《东方杂志》第19卷第10号）中指出：

从小读过《中庸》的中国人，有一种传统的思想和习惯，凡遇正反对的东西，都把他并存起来，或折中起来……已经用白话文了，有的学校同时还教着古文。已经改了阳历了，阴历还在那里被人沿用……讨价一千，还价五百，不成的时候，就再用七百五十的中数来折中……中国真不愧为"中"国哩！

好精彩的一句"中国真不愧为'中'国哩"！这样的"中国"，似乎可以称为"行为中国"吧，它使得中国人的行为，整体而言，不同于英国人的绅士风度、德国人的严肃高效、美国人的自由开放、日本人的实用主义，中国传统文化的精华与中国人的典型行为，是"中"，是中庸，是折中，是并存，是和平而不激烈、调和而不偏颇，是不过激、不不及。这样的"中国人"，真与意蕴丰富、内涵深刻的"中国"名称，协调合一。

本文节选自胡阿祥《祖国的名称》第一讲，高等教育出版社，2017年版。

"天下之中"的正统意义

2010 年当地时间 7 月 31 日，巴西首都巴西利亚，发生了一桩对世界、对中国、对河南都颇具意义的大事：中国河南省登封市"天地之中"历史建筑群，被正式列入《世界遗产名录》……

"天地之中"，何等气派的定位！它显示了在中国悠久的历史文化传统中，认中国为天下之中的国家、认河南为中国之中的区域、认登封的某些方面为河南之中的观念；而这样的观念，起码在联合国教科文组织世界遗产委员会专家们那里，得到了首肯：从审议到通过，仅仅 15 分钟，而且没有一位委员提出异议。

核诸现实与历史，河南为中国之中，的确表现在许多方面。比如河南人以"中"这个单词表达可以、行、同意等等的意思，河南省的雅称有"中州""中原"，这都不见于中国的其他地方。而在有些失落的现实与相当辉煌的历史的比较之下，哪怕围绕河南的调侃，也显得那么别致：好不容易有座山，还是平顶山；好不容易开家店，还是驻马店；好不容易见到太阳，还是洛阳。诸如此类的段子，在外地人嘴里，不乏对河南历史地位的怀想；在河南人心中，则透着股心酸的味道。

以平顶山为例，略居中国之中的河南之中，介于洛阳、郑州、南阳、许昌等古都之间，其历史文化丰富多彩、源远流长；建市虽晚至1957年，文明史却早到春秋的应国，并有着"中原鹰城"的美誉。

再以洛阳为例，在久远的中国历史岁月里，它是灿烂的太阳而非落日的余晖。地理上，今天"我们的大中国"，其实发轫于洛阳这个"小中国"；政治上，洛阳作为正统的象征，更是具有广泛而深远的影响。这都是饶有兴味的话题，且可加深我们对洛阳所在的河南、河南所在的中国以及洛阳近邻的平顶山历史地位的理解。篇幅有限，下面不妨就此截取笔者相对熟悉的东晋十六国南北朝的几个时间断面，约略言之。

公元356年，东晋权臣桓温北伐，收复西晋故都洛阳。及至362年，桓温上疏司马丕（晋哀帝），请求朝廷由建康（今江苏南京市）还都洛阳。《晋书·桓温传》：

诚宜远图庙算，大存经略，光复旧京，疆理华夏，使惠风阳泽洽被八表，霜威寒飙陵振无外，岂不允应灵休，天人齐契……夫先王经始，玄圣宅心，画为九州，制为九服，贵中区而内诸夏，诚以晷度自中，霜露惟均，冠冕万国，朝宗四海故也……此事既就，此功既成，则陛下盛勋比隆前代，周宣之咏复兴当年。

在当时胡族入主中原、汉人政权退守南方的形势下，桓温以为，光复洛阳旧京、疆理中区华夏，乃是天人齐契的期望、比隆前代的盛勋，关系到冠冕万国、朝宗四海的天朝声威。类似这样的情况，在东晋十六国南北朝之南北分裂时代屡次发生。桓温之后，如东晋谢玄、刘裕，南朝宋到彦之、梁陈庆之，都曾收复洛阳；每次收复，也都会引起南方建康朝野迁都洛阳之议。然而也因为志在洛阳的政治目的太过直接与明显，决定了东晋南朝的北伐往往逆水而上，过分依赖水军，战略战术单一，从而导致失败。另一方面，对于入主中原的十六国北朝胡族政权来说，一旦拥有了洛阳，也就平添一股豪气。在这股豪气的作用下，甚至膨胀起统一天下的雄心，如前秦苻坚为了解决"四方略定，惟东南一隅未宾王化"的缺憾，不切实际地"起天下兵以讨之"（《晋书·苻坚载记》），发动灭晋战争，结果陷入国灭身死的万劫不复之局。如此看来，"四面受敌，此非用武之国"（《汉书·张良传》）的洛阳，相当程度上决定了中国传统时代尤其是南北分裂时代的攻守格局，南方汉人政权北伐的一个关键指向，往往即是洛阳所在的中原核心地区，而北方胡族政权南征的一个促成因素，则是既有洛阳、就当天下归一的政治逻辑。

这样的政治逻辑，基于洛阳作为"天下之中"的地理与文化地位。地理的居中，指洛阳在内地农耕社会的地域范围内，最为符合"四方入贡道里均"的帝王奠都条件；文化的居中，如493年北魏孝文帝拓跋宏宣布从平城（今山西大同市）迁都洛阳，面对反对迁都的鲜卑保守势力，拓跋宏劝道：

> 朕为天子，何假中原！欲令卿等子孙，博见多知。若永居恒北，值不好文主，卿等子孙，不免面墙也！（《魏书·广陵王传》）

也就是说，非汉的胡族如果不居中原、不都洛阳，将缺少文化、无法博见多知。而拓跋宏毅然迁洛后的举措，也以"文化"为重心，如禁鲜卑语与鲜卑服，改胡姓为汉姓，以洛阳为籍贯与葬地，鼓励与汉人通婚，行门阀之制，任中原儒生，如此等等，然后就是起兵攻齐，欲求统一。虽然其后的北魏，很快上演了六镇武人变乱、分裂成为东西以及后来鲜卑民族消失的悲剧，英年早逝的孝文帝却在中国传统的主流史学评价中，获得了极高的美谥。如葛剑雄教授誉之为"盖世英雄"；1996年，《中国思想家评传丛书》主编匡亚明先生对担任《拓跋宏评传》审稿人的笔者说：中国最伟大的思想家是孔子，外国最伟大的思想家是马克思，中国是多民族国家，汉族最伟大的思想家是孔子，少数民族最伟大的思想家是拓跋宏！

桓温虽存"无君之志"，但不废其"观兵洛汭，修复五陵"的可称之功；拓跋宏虽缺乏权衡地迁都洛阳，并为此赐死了少年太子元恂，却成就了其古今中外第三人的评价。汉人桓温、胡主拓跋宏的丰功伟业，又都离不开"天下之中"的洛阳。何以如此呢？陈寅恪先生的一段话或可作为注脚：

> 洛阳为东汉、魏、晋故都，北朝汉人有认庙不认神的观念，谁能定鼎嵩洛，谁便是文化正统的所在。正统论中也有这样一种说法，谁能得到中原的地方，谁便是正统。如果想被人们认为是文化正统的代表，假定不能并吞南朝，也要定鼎嵩洛。（万绳楠整理：《陈寅恪魏晋南北朝史讲演录》第14篇，黄山书社，1987年版）

洛阳为正统的象征，这就是问题的答案。正是在这种正统观念的支配下，退守南方的汉人政权如东晋、南朝、南宋一直着意于恢复中原故地，或迄未放弃扬言恢复中原故地；而入主中原、具备相当实力的胡族政权如前秦、北魏、金，既视拥有洛阳为得地理正统乃至文化正统的最大资本，也以一统华夏为政治追求的终极目标。进而言之，胡族政权起初多以占有传统的中原尤其是"小中国"洛阳为由而自居正统，随着这些胡族政权"饮食衣服""诗书礼乐"的汉化，他们更进一步拥有了文化的正统资格。如迁都洛阳、全面汉化后的北魏政权正是这样，以致北魏敢理直气壮地斥南朝为南伪、为岛夷，即便南朝之人，如梁朝北伐名将陈庆之，竟也发出了"昨至洛阳，始知衣冠士族并在中原，礼仪富盛，人物殷阜，目所不识，口不能传。所谓帝京翼翼，四方之则"（《洛阳伽蓝记》卷2"景宁寺"）的感叹。离开了中原与洛阳的汉人政权并不放弃正统者，既以皇统继承或禅让为政权的合法性依据，也缘于从传统的儒家农耕文化言，具有居于正统的资格；又不独仅此，彰显正统还关系到军事形势与民心向背，如南宋李焘《六朝通鉴博议》卷1所云：

> 若夫东晋、宋、齐、梁、陈之君，虽居江南，中国也；五胡、元魏，虽处神州，夷狄也……王猛丁宁垂死之言，以江南正朔相承，劝苻坚不宜图晋；崔浩指南方为衣冠所在，历事两朝，常不愿南伐。苻坚违王猛之戒，故有淝水之奔；佛狸忽崔浩之谋，故有盱眙之辱。

也就是说，东晋南朝的政治与文化正统，一定程度上弥补了其地理与军事的劣势。然则中国历史上的分裂割据之世，各别民族、各别政权争夺、宣称、彰显正统的意义，由此可明大概。

何谓"顺理成章"? 欧阳修《正统论》云:"正者,所以正天下之不正也;统者,所以合天下之不一也……夫居天下之正,合天下于一,斯正统矣。"落实到政治地理层面,统一王朝或分裂时代追求统一的王朝,必得中原、必取洛阳,看重的正是中原与洛阳所代表的正统。循此,作为"天下之中"的洛阳,成为中国古代王朝理想的定都之地,总计从东周到五代,定都洛阳者共有东周、东汉、曹魏、西晋、北魏、隋、唐、武周、后梁、后唐、后晋十一朝,时间长达880多年;而作为正统的象征,争夺洛阳,长久左右了中国古代的军事攻守形势,定都洛阳,也长久影响了中国古代的民族关系走向。

推而言之,因时而异的今郑州、安阳、许昌、开封等古都,其实具有与洛阳相仿佛的"天下之中"的历史正统意味;象征江山永固、接天通地因而为历代帝王常祭的"五岳"之中,嵩山尊居"中岳";代表中华大地的《尚书·禹贡》"九州",其中的豫州在后世被敬称为"中州",由《周礼·职方氏》《尔雅·释地》所说的"河南曰豫州","河南"又成为狭义特指的"中原"。而与这些带"中"的词汇相联系的,是金戈铁马声闻的"逐鹿中原",是刀光剑影闪烁的"问鼎中州",是割据势力希望据此自雄的"宅中图大",是统一王朝企图以之控制四方的"居中御远"。

一个具有丰富意蕴的"中"字,高度凝聚了今河南省的历史、地理、文化、政治地位，形象写照着自古及今河南人的精神世界与行为特征；至于包括了宝丰、叶、鲁山、郏四县与舞钢、汝州二市，大体位居河南之中的平顶山市，其人文与自然、历史与现实、精神与行为中的"中"文化，在本期"平顶山专号"诸篇文章的叙述中，当也有着或显或隐的体现吧。

本文原题《"天下之中"及其正统意义》，原载《文史知识》2010年第11期"平顶山专号"。有删节。

邹衍的大九州说与"赤县神州"

在中国古代地理学的发展中，特别关系到地理视野拓展与政治地理实践的思想，是长期以来多被视为"异端"、及至近世才受到肯定的邹衍的大九州说以及其中的"中国名曰赤县神州"。关于大九州说，《史记·邹衍列传》记载：

（邹衍）以为儒者所谓中国者，于天下乃八十一分居其一分耳。中国名曰赤县神州。赤县神州内自有九州，禹之序九州是也，不得为州数。中国外如赤县神州者九，乃所谓九州也。于是有裨海环之，人民禽兽莫能相通者，如一区中者，乃为一州。如此者九，乃有大瀛海环其外，天地之际焉。

如何理解这段记载？看幅明朝刊刻的《四海总图》就

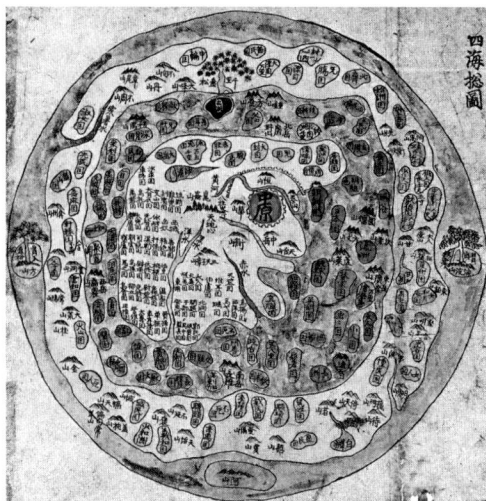

16世纪初刊刻的《四海总图》

清楚了：

　　图中的"中原"，即居天下1/81的"中国名曰赤县神州"；"赤县神州内自有九州"，则指成书于战国时代的《尚书·禹贡》所见之大禹九州，即冀、兖、青、徐、扬、荆、豫、梁、雍。至于图中"中原"以外的大块陆地，又是"中国外如赤县神州者九"，其实应是"如赤县神州者八"，加上"赤县神州"，"乃所谓九州也"。在这九州的外面，"裨海"与"大瀛海"亦即小海与大海之间的陆地，又可以划分为八个大州。如此，中间的大州加上周边的八个大州，合计九个大州。再往外围，乃是无边无际的"大瀛海"，它们好像"天地之际"。这就是邹衍的"大九州说"。或再简单些归纳：在邹衍看来，"天下"是由四圈海陆构成的，居中的大陆是第一圈，环绕这块大陆的裨海是第二圈，裨海与大瀛海之间的八块大陆是第三圈，最外围的大瀛海是第四圈。

众所周知，按照中国古人的天地观，特别是其中的盖天说，"天圆如张盖，地方如棋局"，即把天穹看成像一口倒扣着的锅，笼罩着仿佛棋盘一样平直的大地；后来，人们又认为"天似盖笠，地法覆槃，天地各中高外下"，即天像一只斗笠，地像一个倒扣着的盘子，天盖着地，天、地都是中间高、外围低。换言之，中国古人的基本认识是：天穹覆盖着大地，大地又是四周为大海所环绕的一整块陆地，于是中国有了"四海""海内""天下"这个系列的名号。然而，邹衍大九州说的海陆世界与此有着明显不同，因为这样的不同，中国又多了一个"赤县神州"的名号，而且这个名号的取名人或说版权所有人非常清楚，就是邹衍。

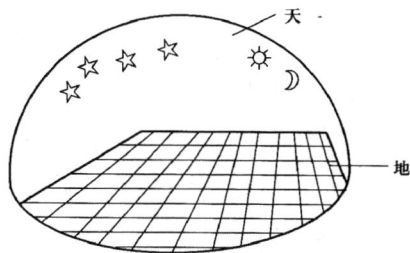

盖天说示意图之一

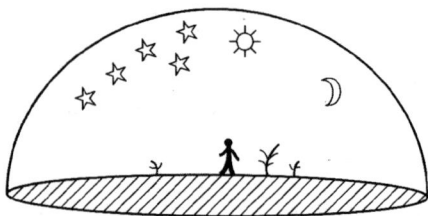

盖天说示意图之二

"谈天衍"的"海话"

　　大九州说可考的创始人、"赤县神州"的命名人，是战国时代的齐国人邹衍（约公元前 306 年—约公元前 240 年）。邹衍曾在齐国国都临淄（今山东淄博市）的稷下学宫讲学，这里学术氛围自由，是当时百家争鸣的中心园地之一。邹衍聪明睿智，能言善辩，特别擅长由小及大、由今及古，得出一些怪异宏阔、不合常理的结论，因此得了"谈天衍"的雅号。作为著名学者，邹衍不仅在齐国得到尊崇，而且周游列国。他到魏国，魏惠王亲自出城迎接，执宾主之礼；在赵国，平原君为他整理坐席；在燕国，燕昭王为他扫尘，替他建造学宫，听他讲学，拜他为师。如此高规格的礼遇，以致司马迁在《史记·邹衍列传》中发出感叹："其游诸侯见尊礼如此，岂与仲尼菜色陈、蔡，孟轲困于齐、梁同乎哉！"

　　那么，邹衍凭什么获得诸侯们如此的礼遇呢？凭他的

"五德终始说"与"大九州说",这样的学说与孔子的"成仁"、孟子的"取义"大相径庭。"成仁取义"是好,但儒家的德治仁政并不适合竞争激烈、追逐名利、波诡云谲的战国时代,所以儒家失去了往日的魅力,虽然仍为诸侯们认同,却难为诸侯们实施,反之,邹衍的学说或解释政治盛衰的自然奥秘,绕来绕去,令人眼花缭乱,或推论地理空间的广阔无垠,大话连篇,使人信以为真,这当然对于统治者们就特别有吸引力了。

单言作为"赤县神州"名号来源的大九州说。分析"谈天衍"邹衍的大九州说,起码可以得到以下三点认识:

第一,从方法言,大九州说是从大禹九州推出来的。在《史记·邹衍列传》中,司马迁评论邹衍的治学特点是"其语闳大不经,必先验小物,推而大之,至于无垠"。如邹衍之推中国,"先列中国名山大川,通谷禽兽,水土所殖,物类所珍,因而推之,及海外,人之所不能睹"。至于大九州,也分明是邹衍从现成的大禹九州中推出来的。按照邹衍的推法,大禹九州的每一州仅占天下的1/729,这样的州太小了,所以"不得为州数",我们姑且称为"小九州";而包括了整个大禹九州的中国,亦即赤县神州,占了天下的1/81,可以称为中九州;中九州再推一次,放大九倍,就是"裨海环之"的九州,这占了天下的1/9,可以称为大九州;大九州又推一次,放大九倍,就是"大瀛海环其外"的天下了。换言之，按照邹衍的推法，天下、海内、中国的比例关系是：天下九倍于海内，海内九倍于中国，中国分为九州，即儒家所谓的大禹九州。

第二，从思维言，大九州说是齐地文化的反映。为何齐人邹衍有大九州这么阔大无垠的思维呢？一方面，齐国滨海，齐人因此善说"海话"，就是特别会夸海口、说大话。如《庄子·逍遥游》所记大鹏寓言，引的即是齐人的海话：

> 北冥有鱼，其名为鲲。鲲之大，不知其几千里也。化而为鸟，其名为鹏。鹏之背，不知其几千里也；怒而飞，其翼若垂天之云。是鸟也，海运则将徒于南冥。南冥者，天池也。《齐谐》者，志怪者也。《谐》之言曰："鹏之徒于南冥也，水击三千里，抟扶摇而上者九万里，去以六月息者也。"

这真是没有边际、极尽夸张的海话！邹衍的大九州也正属于这类海话。当然，邹衍的大九州并非没有影子的"胡吹"。如邹衍说到在裨海与大瀛海之间，有"人民禽兽"，这种说法的"影子"，恐怕就是今天山东沿海一带还常可见的海市蜃楼。海市蜃楼现象，今天有科学解释，那是地球上的物体所反射的光，经过大气折射后形成的虚像，但是我们的先人不知道这个原理，于是在齐人那里就有了一些相关说法。如《史记·秦始皇本纪》记载："齐人徐市等上书，言海中有三神山，名曰蓬莱、方丈、瀛洲，仙人居之。"《史记·封禅书》的记载更加具体：

> 自（齐）威、宣、燕昭使人入海求蓬莱、方丈、瀛洲。此三神山者，其傅在勃海中，去人不远；患且至，则船风引而去。盖尝有至者，诸仙人及不死之药皆在焉。其物禽兽尽白，而黄金银为宫阙。未至，望之如云；及到，三神山反居水下。临之，风辄引去，终莫能至云。

换言之，对于齐人来说，海外有人、有国、有文明，可谓"眼见为实"，况且战国时代齐国的航海事业确实相当发达，齐人应该真的接触过海外文明。

第三，从影响言，大九州说促进了中国古代帝王的开疆拓土与中国古人的交通海外。我们不妨举个反例。南宋学者王应麟批判"邹衍怪说，荧惑诸侯，秦欲达瀛海，而失其州县。愚谓秦皇穷兵胡粤，流毒天下，邹衍迁诞之说实启之。异端之害如此"（《困学纪闻》卷10）。的确，大九州说对于海外世界的描述，为中国古代的疆域开拓提供了思想源泉与精神动力，如陈登原就驳斥王应麟说："王氏指斥（邹）衍、（嬴）政，语近罗织。然谓由邹衍时之小中国，而生秦时之大中国，则与历史进化之说，无相背也。"（《国名疏故》"叙"，商务印书馆，1936年版）另外，大九州说在当时虽然无法进行验证，但毕竟开阔了人们的眼界，所谓"世界那么大，我想去看看"，这又持久激发了中国古人探索海外的热情与地理视野的拓展。

关于大九州说，就先讨论到这里。而收缩到成为中国名号的大九州说里的"赤县神州"，又该如何解释呢？

"中国名曰赤县神州"

自从战国晚期大九州说出现后，"中国名曰赤县神州"就被一直沿用下来，或也称"神州赤县"；有时还分开来用，或称中国为"赤县"，或称中国为"神州"。那么，"赤县神州"到底是什么意思呢？

相对而言，"神州"比较容易理解。"神"有不可思议的、特别高超的意思，如神奇、神医、神通广大、神机妙算等，而"州"，初义为"水中可居者曰州"，即"州"本指水中可居的陆地。如此，"神州"直接翻译过来，就是"神奇的陆地"之义。有趣的是，时至当代，"神州"名号又有了新的引申义。众所周知，中国自主研制的航天飞船被命名为"神舟"号。据中国航天科技集团公司透露：中国载人航天工程开始于1990年代初期，当年有关部门曾提出飞船命名的几个方案，经过广泛征求意见，最后选定"神舟"二字，而这主要基于两点考虑：首先，在汉语中，"船"又称"舟"，故以"神舟"命名遨游在神秘太空中的宇宙飞船，既形象又贴切；其次，"神舟"谐音"神州"，一语双关，寓意"神州大地"中国的腾飞。

至于"赤县"，联系取名者邹衍所处的时代背景，似可这样理解：

首先，"赤"代表方位，指广义的南方。邹衍的学说，在历史方面是五德终始，在地理方面是大九州说。五德终始说后来的影响非常广泛、深刻，如在这种学说的指导下，从秦朝到宋朝的千余年里，每个朝代立国伊始，就要依据与前朝的关系，确定自己的朝代属于五德中的哪一德，具体来说，若是征服关系，就取金、木、土、水、火的相克次序，若是禅让关系，就取金、水、木、火、土的相生次序。五德终始说又来源于解释自然的五行观念。中国古代思想家认为，金、木、水、火、土是构成世界的五种最基本物质，它们充盈天地之间，可谓无处不在。到了战国时代，邹衍等人更把五行观念与阴阳八卦、四季五方以及五色、数字等等连成一体，我们习称为"阴阳五行说"。在这种学说里，南方为火，颜色为赤。赤色是青黄赤白黑五种正色之一，而"赤"的本义是火，如小篆的𤓤（赤）字从大从火，是由大、火合成的会意字。简而言之，"赤县"就是南方的县。

其次，"县"又代表国土，指天子直辖的地方。"县"的繁体字写作"縣"，右边是"系"字，左边是"首"字的倒写，《说文解字》：縣，"从系持首"，所以"縣"字本

五行生克图

义是"首之所系""首之所在"。于是天子所在的京都，被称为"县"；天子住在京都、统治天下，所以天子也被称为"县官"；天子这位"县官"又是国家元首，于是连带着国家、朝廷也可称为"县"。

按照上面的讨论，"赤县神州"名号的字面意思，如果直译出来，就是"南方的国土，神奇的陆地"。然则从来都自认为位居天地之中的"中国"，怎么在邹衍这里就变成了"南方的国土"呢？

"若邹衍者，其圣矣乎"

在邹衍的大九州说里，"赤县神州"并不在中央，那么为何"中国名曰赤县神州"？其实，这正是邹衍大九州说的勇敢与解放之处，是邹衍对传统说法的伟大而求实的反动。

首先，从名号上看，邹衍是不承认"儒者所谓中国"的。在邹衍所构筑的宏大世界里，没有儒家所传的《禹贡》九州的地位，《禹贡》九州的每一州"不得为州数"。又合《禹贡》九州的"中国"，邹衍也不以为然，而另为"中国"起了一个"赤县神州"的名号。

其次，从方位上看，邹衍的"赤县神州"位于东南，这就打破了"中国"居于"天地之中"的传统定位。东汉王充《论衡·谈天》："邹衍曰：方今天下在地东南，名赤县神州。"也就是说，邹衍把"赤县神州"放在了位于中间的那个大九州的东南，而不置于正中，所以如此，是因为邹衍看到了事实本来就是这样：中国的东、南两面有海（所谓裨海），至于西海、北海，却不知究竟在哪里！值得一提的是，据《史记·大宛列传》，西汉武帝时张骞出使西域，已经模模糊糊地意识到有"西海""北海"的存在；又在张骞的大陆地理观中，汉朝位于东南，也不再是"四海之内""中国"居中。然而张骞的大陆地理观的命运，正仿佛邹衍的大九州说，即在传统时代大体不为后人所认同。

然则"赤县神州"位于东南的客观定位，充分反映了滨海文化中人邹衍博大开放的地理观，它与儒家狭隘封闭的内陆地理观——"中国"最居天地之中，形成了鲜明

邹衍大九州说示意图（■为神州）

对照，但也因此而产生了强烈冲突。如西汉武帝独尊儒术后，邹衍的大九州说不仅不为普通学人接受，而且诟病大九州说为迂怪虚妄、荧惑世人的异端邪说者，也是史不绝书；再如直到清朝，那些最高统治者还仍然陶醉在"天朝上国"居于世界中心的蒙昧观念里，乾隆年间所修《清朝文献通考·四裔考》就说："中土居大地之中，瀛海四环，其缘边滨海而居者，是谓之裔，海外诸国亦谓之裔。裔之为言，边也。"更加令人遗憾的是，哪怕等到外国人如天主教耶稣会传教士、意大利人利玛窦把与邹衍大九州说类似的地理观念传入中国后，绝大多数中国人仍不愿意接受或无意于深究。

当然，随着中外之间的交流逐渐频密与深入，毕竟还是有少数"先进的中国人"的地理视野，不仅从中原拓展到边疆、从边疆拓展到域外，而且能以"文明"的评价看待仿佛邹衍"大九州"那样的宏大世界，甚至超越了邹衍大九州说存在的局限性。如邹衍"有裨海环之，人民禽兽莫能相通"云云，即各州之间有海阻隔，人民禽兽无法往来，从这个意义上讲，尽管邹衍认为中国以外还存在着同样发达的人类社会，但受限于当时的交通条件，却对中国不具有现实影响。与此相比较，晚明瞿式谷《职方外纪小言》指出：

> 邹子九洲之说，说者以为闳大不经。彼其言未足尽非也。天地之际，赤县神州之外，奚啻有九？……尝试按图而论，中国居亚细亚十之一，亚细亚又居天下五之一，则自赤县神州而外，如赤县神州者且十其九，而戋戋持此一方，胥天下而尽斥为蛮貉，得无纷井蛙之诮乎！

及至晚清，俞樾更在《湖楼笔谈》卷7中给予邹衍以极高评价：

> 《史记》载驺衍之说……当时斥为怪迂，莫信其说……佛氏书入中国，乃有四大部洲之说，更为学士大夫

所不道。然自泰西诸邦交乎中国，海上往来捷于飙轮，于是始有五大洲之名……乃邹衍在战国时先有大九州之说，博览宏识，更出大雄氏上。乌呼，先秦诸子若邹衍者，其圣矣乎！

也就是说，在俞樾看来，其实早在佛教正式传入中国前的300多年，早在西方地理学流传中国前的大约2000年，邹衍的海陆架构、大洲分布、作为"赤县神州"的中国的方位判断，就已经总体接近于真实了，可谓代表着中国古代难得的、先进的世界观念。如邹衍以前的学者，都把世界想象成一块大陆，四围是海，而当时的中国几乎就是这块大陆的全部；等到邹衍超迈前人所建构出来的新世界，变成了海陆相间，亦即小海围绕着中间的大陆，"中国"是这块大陆的1/9，小海与大海之间还有八块大陆。而若比照一下今天的地球表面，71%是海洋，29%是陆地，陆地包括了欧亚、非洲、美洲、澳大利亚、南极五块大陆，这是不是与2000多年前邹衍想象的海陆世界，基本形势相当一致？所以俞樾推崇邹衍，认为他担得起"圣矣"的称号，晚清时梁启超也在《论中国学术思想变迁之大势》中赞美邹衍："其思想何等伟大，其推论何等渊微！"

本文节选自胡阿祥、彭安玉主编《中国地理大发现（增订本）》，齐鲁书社，2019年版。

Taugas（桃花石）：多民族国家的证明

　　说实话，当我 20 多年前第一次知道汉译为"桃花石"的 Taugas 是我们中国的他称时，很是惊讶了一番，而且很自然地联想到金庸武侠小说《射雕英雄传》里的桃花岛。小说里描写的桃花岛，是绝顶武功高手、"东邪"黄药师的地盘，黄药师的女儿黄蓉也是聪明美艳、略带刁蛮的可爱女子。那桃花岛上，郁郁葱葱，繁花似锦，以至于海风中都夹着扑鼻的花香；只是江湖传言，桃花岛主黄药师杀人不眨眼，最爱挖人心肝肺肠，所以海边之人畏惧桃花岛有如蛇蝎，相诫不敢近岛四十里以内。非常有趣的巧合是，"桃花石"还真与金庸小说里的人物有关。读过《射雕英雄传》与《神雕侠侣》的朋友，肯定记得那位豪迈奔放、武艺高强、仙风道骨的长春子丘处机，而"桃花石"称谓，就始见于《长春真人西游记》……

"桃花石诸事皆巧"

　　《长春真人西游记》是有关长春子丘处机的一部游记。不同于明朝小说家吴承恩依据唐僧玄奘西行取经事迹而神话化的那部人人皆知的《西游记》，这部《长春真人西游记》完全是写实作品，它出自道教真人丘处机的"孙悟空"李志常。

长春真人丘处机画像

话说为金朝、南宋与蒙古各方统治者所敬重的丘处机（1148—1227），是登州栖霞（今山东栖霞市）人，全真道祖师王重阳的徒弟，为"全真七子"之一，晚年担任全真道第五任掌教，使全真道乃至整个道教的发展都进入了兴盛时期。

1220年正月，应成吉思汗邀请，也出于劝阻大蒙古国减少杀戮的目的，73岁的丘处机与18位弟子离开莱州（今山东莱州市）昊天观，横跨戈壁，行走草原，一路追赶西征途中的成吉思汗。1222年四月，在今阿富汗喀布尔以北的八鲁湾行宫，属龙的丘处机终于见到属马的成吉思汗，实现了著名的"龙马相会"。此后，成吉思汗又多次召见丘处机，询问治国与养生的方法，丘处机则以"敬天爱民""好生止杀""清心寡欲"等回应。1223年春，丘处机向成吉思汗辞行，当年秋天回到河北。成吉思汗与丘处机的对话，后来由契丹贵族、蒙古大臣耶律楚材编成《玄风庆会录》，丘处机弟子李志常（1193—1256）则根据师徒西行的见闻经历，1228年写成《长春真人西游记》一书。2013年上映的国产电影《止杀令》，也正以丘处机道长西行万里、拜谒成吉思汗、悲天悯人、一言止杀、弘扬大爱的感人故事为题材。

依据《长春真人西游记》卷上的记载，1221年九月二十七日，当丘处机抵达阿里马城时，了解到一些有趣情况，比如：

土人呼果为阿里马。盖多果实，以是名其城……农者亦决渠灌田。土人惟以瓶取水，戴而归。及见中原汲器，喜曰："桃花石诸事皆巧。"桃花石谓汉人也。

怎么理解这些有趣的记载呢？

首先，"土人呼果为阿里马"，"阿里马"汉字也写作"阿里麻里""阿力麻里"，遗址在今新疆霍城县西北。耶律楚材的《西游录》说：1219年，"出阴山，有阿里马城。西人目林檎曰阿里马。附郭皆林檎园，故以名。附庸城邑八九，多葡萄、梨果"。"林檎"是中国古代对苹果的称呼，原来，"阿里马城"竟是"苹果城"的意思。我们知道，霍城是新疆著名的苹果产地，至今仍有大片的原始野生苹果林。

其次，阿里马城是民族杂居之地。元朝刘郁笔录的常德《西使记》说：1259年，"至阿里麻里城，市井皆流水交贯……回纥与汉民杂居，其俗渐染，颇似中国"。具体到取水方式，以回纥为代表的当地土著是"以瓶取水，戴而归"，即把水瓶顶在头上运回去，时至今日，新疆维吾尔族仍有极富特色的"取水舞"；汉人则习惯以"汲器"取水，这里的"汲器"，应是辘轳、桔槔或水车之类的器具，相对于"土人"的"以瓶取水"，汉人的"汲器"取水，无疑既省力又高效，不仅方便了日常生活，而且很大程度上提高了农业生产"决渠灌田"的效率。值得注意的是，所谓的"中原汲器"，清楚交代了这种"汲器"来自中原内地，而所谓的"诸事皆巧"，又足以说明由中原传入西域的先进技术还有许多，并不止于"汲器"。

明朝宋应星《天工开物》中的辘轳示意图

再次，也是与这里的讨论主题密切相关的，是非常重要的"桃花石谓汉人也"一句。真得感谢丘处机弟子、开州观城（今山东莘县观城镇）人李志常道长顺手写下的这句话，它不仅使得我们中国从此有了如此美艳的一个译名，而且省去后世学者们多少的辛苦考证！换言之，无论"桃花石"本来的非汉语写法与非汉语意思是怎样的，在中国古代西域的非汉民族那里，"桃花石"指汉人，已经毫无疑义。

"陶格司中央有大河"

进而言之，在域外一些国家与民族那里，"桃花石"又是古代中国的一个他称。为什么这么说呢？再看一条有趣的史料。7世纪初叶人、东罗马史家席摩喀塔（Simocatta）的《莫利斯（Maurice）皇帝大事记》中写道：

陶格司中央有大河，分国为二部。先代全境，裂为二国，以河为界，时相攻伐。二国衣制不同。尚黑者号黑衣国，尚红者号红衣国。当今莫利斯皇帝君临罗马之际，黑衣国渡河，攻红衣国，克之，遂统治全帝国……国中有蚕，丝即由之吐出。蚕种甚多，各色皆有。蛮人畜养此蚕最为能巧。

按照著名史学家张星烺（1889—1951）的解释，这里的陶格司（Taugas），就是李志常笔下的桃花石，所谓"桃花石，古代中央亚细亚人称中国者也。隋时，东罗马史家席摩喀塔作陶格司国。中世纪回教徒称中国曰汤姆格笈（Tamgaj），桃花石即其译音也"（张星烺编注、朱杰勤校订：《中西交通史料汇编》第七编第九章，张星烺注，中华书局，2003 年版）。而在 18 世纪后半叶，法国学者德基尼（J.Deguignes）已经指出 Taugas 就是中国，其后，法国学者克拉普洛特（Klaproth）、英国学者吉本（Gibben）、玉尔（Yule）以及诸多中国学者，也都得出同样结论，至今没有异议。如此，上引的这段史料就容易理解了。所谓"陶格司中央有大河，分国为二部"，"黑衣国渡河，攻红衣国，克之，遂统治全帝国"，对应的史实有两种可能性。一种可能性，指建都长安（今陕西西安市）的隋朝与建都建康（今江苏南京市）的陈朝隔着长江，南北对峙，然后 589 年隋灭陈，统一全国；另一种可能性，指建都长安的北周与建都邺（今河北临漳县西南）的北齐隔着黄河，东西对峙，然后 577 年北周灭北齐，统一北方。至于"国中有蚕，丝即由之吐出"等等的叙述，当然说的是古代中国蚕桑业的发达与先进。

　　说到这里，我们应该清楚了："桃花石"只是 Taugas 的一个汉字译名，按照读音，还可写作陶格司、汤姆格笈、塔布加紫、堂格资等。当然，陶格司、汤姆格笈这类相对准确的音译，比起模糊大概的桃花石音译，肯定要差得多，毕竟陶格司、汤姆格笈说不出什么字面意思，"桃花石"则让人浮想联翩。如我们会想到《礼记·月令》的"仲春之月，桃始华"，华就是花；想到《诗经·国风·周南》的"桃之夭夭，灼灼其华"，好一派桃树茂盛、桃花鲜艳的景象；想到陶渊明的《桃花源记》，那是隐士的避居胜地；想到道教的西王母种桃传说、桃木符避邪观念，甚至想到《射雕英雄传》里的道教中人"东邪"黄药师的桃花岛。另外，非常巧合的是，中国古代还真有一种观赏名石桃花石。依据南宋乾道《四明图经》卷7记载：秦汉时代的道教仙人安期生，曾在今浙江舟山海外的桃花岛学道炼丹，"尝以醉，墨洒于山石上，遂成桃花纹，奇形异状，宛若天然，人多取之，以为珍玩"。由于这种石上布满桃树枝与桃花状的花纹与斑点，故名桃花石。或许，应该是道教中人丘处机首译、李志常首记的这个桃花石名称，就是受到了与道教传说有关的这种桃花石的影响？无论如何，桃花石都可谓是个绝妙译名，它既反映了中华文化中特别讲究的名号情结，也可算是丘处机、李志常师徒对于中国历史作出的特殊贡献吧！

观赏名石桃花石

那么，Taugas（陶格司、桃花石）、Tamgaj（汤姆格笈）这些同出一源、译写略异的名称，最早的起源与含义又是怎样的呢？这却是个非常麻烦的问题。

Taugas 的起源与使用情况

100 多年来，关于 Taugas、桃花石这个系列的称谓是怎么来的，法、德、英、日以及中国的诸多学术名家之间，可谓异说纷呈，我所看到的观点，就有大魏说、唐家说、大贺氏说、回纥说、拓跋说、大汉说、敦煌说、天子说、太岳说、大汗说、山头说、大国华人说等等，这里没有篇幅逐个予以解释。相对而言，我觉得比较晚出的大汗说，证据更为坚强一些，附和者也较多一些，所以下面就简单介绍这种说法。

1983 年，中西交通史家章巽发表《桃花石和回纥国》（《中华文史论丛》1983 年第 2 期）一文，认为桃花石、Taugas 是"由大汗一名衍变而来"，主要理由有三：

首先，符合古音。大汗的古音符合 Taugas 等等同出一源的名称，其中的 s、也就是汉字转译的"石"字，为附加的后缀，表示"执事者"或"主事者"的意思，可置之不论。

其次，符合史实。大汗就是大可汗。"可汗"这个称呼的起源很早，如 402 年，柔然首领社仑已经自号可汗。

后来的中国古代北方游牧民族如柔然、突厥、回纥、蒙古等族对君主的尊称，就是可汗。北宋的宋白解释说："虏俗呼天为汗。"如此，少数民族的"可汗"与华夏汉族的"天子"，含义近似，即都与"天"有关。而由于这些北方民族与内地中原王朝接触频繁，于是也就习惯性地称中原王朝的皇帝为可汗、汗或大汗。"汗"是可汗的缩称，"大汗"是对中原王朝表示尊敬。

再次，符合使用情况。如1074年成书的喀喇汗王朝学者马赫穆德·喀什噶里编撰的《突厥语大词典》里，解释桃花石汗"就是古国和大汗"。与唐宋朝廷有甥舅之称的回纥民族西迁新疆与中亚所建立的喀喇汗王朝，统治者在喀喇汗（最高的汗）、阿尔斯兰汗（狮子汗）等尊称外，还要加上桃花石汗的徽号，就是因为桃花石汗具有大汗的美义。

依据以上理由，章巽先生认为：Taugas、桃花石等名称出自大汗；大汗先指中国皇帝，渐渐推广，就"用来作为对中国和中国人的称呼了"。当然，我在这里还可再作三点补充说明：

第一点，大汗的大。无论是华夏汉族还是非汉民族，"大"从古到今都是为人们所习用的一个壮美字眼，"大"不仅表示物理意义上与"小"相对的"大"，还具有文化意味，如"大汉""大唐""大宋"等国号，《论语》里的"大哉孔子""唯天为大"，即是对相应的国家、人物、自然现象的尊敬与赞美。作为 Taugas、桃花石来源的"大汗",也可这样理解,它实质上反映了非汉民族对中原王朝君主的一种特别尊敬。

第二点,大汗的汗。我在 2012 年年底"百家讲坛·国号"节目里,曾提到一个有趣现象,就是在亚洲地区许多民族语言中,表示伟大、盛大意思的词,发音都是"han",比如我们熟悉的汉水,古代朝鲜半岛的马韩、弁韩、辰韩,大蒙古国的成吉思汗,这些名称中的 han,都有伟大、盛大、至高无上的美义。这样,汗、可汗、大可汗、大汗,也就成了对最高统治者表达敬意的一种特别尊称。

第三点,桃花石名称反映了古代中国是多民族统一体。马赫穆德·喀什噶里《突厥语大词典》对"桃花石"的完整解释是这样的:

此乃摩秦的名称。摩秦距离契丹有四个月路程。秦本来分为三部:上秦在东,是为桃花石;中秦为契丹;下秦为八儿罕。八儿罕就是喀什噶尔。但在今日,桃花石被称为摩秦,契丹被称为秦。

怎么理解这段对于桃花石的解释呢?

首先,"摩秦"就是"大中国"的意思。所谓"摩秦",可以写作 Machin、Mahachina、Mahachinasthana。我们说过,Chin、China 来源于秦,是域外对中国的他称(参考胡阿祥：《嬴秦国号考说——兼说秦置秫陵无贬义》，《学海》2003 年第 2 期），Ma、Maha 是大的意思，sthana 是国土的意思。如此，"摩秦"就是"大秦""大中国"。如唐僧玄奘《大唐西域记》卷 5 中，记载了一段印度戒日王与玄奘的问答。戒日王问："自何国来，将何所欲?"玄奘答："从大唐国来，请求佛法。"戒日王问："大唐国在何方? 经途所亘，去斯远近?"玄奘答："当此东北数万余里，印度所谓摩诃至那国是也。"又说："至那者，前王之国号。大唐者，我君之国称。"很清楚，摩诃至那国就是印度对唐朝的尊称，就是摩秦，就是至那，也就是中国。

其次，"中国"是个整体。按照喀什噶里的解释，一方面，"摩秦"指当时的宋朝也就是北宋，狭义的"秦"则指与北宋同时的、统治中国北方的契丹辽朝，这就是"桃花石被称为摩秦，契丹被称为秦"的意思；另一方面，广义的"秦"本来又是一体的，它包括了"上秦"即北宋统治的中原地区、"中秦"即契丹辽朝统治的北方地区、"下秦"即以喀什噶尔 (今新疆喀什市) 为首都的喀喇汗王朝统治的新疆部分地区与中亚部分地区。换言之，喀什噶里的"桃花石"词条中，"表达的中国是一个统一体的观念，特别是关于喀什噶尔是中国的一个组成部分的观念，乃是时代的产物"（张广达：《关于马合木·喀什噶里的〈突厥语词汇〉与见于此书的圆形地图》，《西域史地丛稿初编》，上海古籍出版社，1995 年版)，而喀喇汗王朝的统治者在喀喇汗（最高的汗）、阿尔斯兰汗（狮子汗）等尊称外，还要加上"桃花石汗"的徽号，也说明了"喀喇汗王朝的统治者自认是中国的国王，他们的王朝是中国的王朝，他们王朝统治的地域也是中国的领域"（魏良弢：《喀喇汗王朝史稿》第二章，新疆人民出版社，1986年版）的普遍认识。

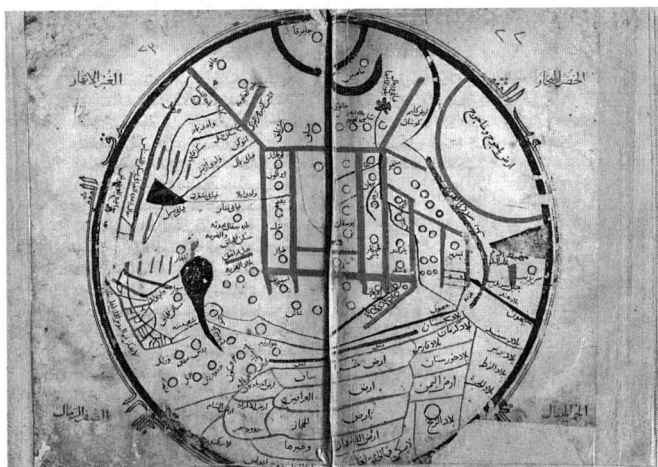

马赫穆德·喀什噶里所编《突厥语大词典》卷首的圆形地图

那么，可以认作中国多民族国家证明的 Taugas、桃花石名称，使用情况又是怎样的呢？依据各种中外文史料的记载，我们能够判定，这类有关中国的他称，流行的地域大体是北亚、中亚、西亚以及部分欧洲地区。这类他称使用的时间，上限不晚于 6 世纪末期，相当于中国的隋朝时期，因为席摩喀塔的《莫利斯皇帝大事记》约成书于610年，叙述的主要就是东罗马皇帝莫利斯在位（582-602）时的事情，而书中首见Taugas国号；又下限，至少在一定的地域中如中亚，延存到15世纪早期，相当于中国的明朝初年，因为根据西班牙使臣克拉维约（Clavijo）的《奉使东方记》，当域外称明朝为契丹国时，"唯察合台国人称之为陶格司（Taugas）"，这察合台国本是成吉思汗次子察合台的封地，有今新疆与中亚部分地区，后来分裂成西部的帖木儿帝国与东部的别失八里，而克拉维约奉使的国家，正是帖木儿帝国。也就是说，Taugas、桃花石称谓延续的时间，将近千年！

本文节选自胡阿祥《祖国的名称》第九讲，高等教育出版社，2017年版。

寻找 Cathay（契丹）：世界的"地理大发现"

众所周知，我们现在习称的所谓"地理大发现"，指的是从 15 世纪中后叶到 17 世纪末叶，为了发展新生的资本主义，欧洲的船队出现在世界各处的海洋上，寻找新的贸易路线和贸易伙伴。在这个过程中，欧洲涌现了许多杰出的航海家，他们发现了许多为当时的欧洲人所不知晓的国家与地区。然则促发这样的"地理大发现"的契机是什么呢？不妨说两个欧洲人寻找契丹的故事。

第一个故事是哥伦布寻找契丹。

克里斯托弗·哥伦布（Christopher Columbus，1451-1506），意大利热那亚航海家。哥伦布航海，"发现"了美洲"新大陆"，这被推为"地理大发现"中首屈一指的重要事件，它拉开了欧洲殖民美洲的序幕。

有趣的是，其实哥伦布航海的首要目的地，原来并非美洲，因为他根本就不知道有这块大陆的存在，而是他从

《马可·波罗游记》中知道的契丹。

马可·波罗（Marco Polo，1254-1324），13世纪意大利威尼斯的旅行家和商人，1275年来到中国，游历中国17年，并且担任了元朝的官员。1295年马可·波罗回到威尼斯后，次年在威尼斯与热那亚的海战中被俘，他在狱中口述了大量有关中国的故事，由其狱友鲁思梯谦（Rustichello da Pisa）记录成书，这就是1298年问世的《东方见闻录》，现在习称《马可·波罗游记》。在这部游记中，马可·波罗称中国北部原金朝疆域为"契丹"（Cathay），称中国南部原南宋疆域为"蛮子"（Manji），又说契丹和蛮子加上西藏、西域、云南等区域，都是元朝大汗忽必烈的领域，"忽必烈汗是元朝第一个皇帝成吉思汗正统的和合法的后裔，是鞑靼人合法的元首"，"忽必烈汗的版图比他以前的几个大汗更加广大而辽阔，国势也更强大"。

关于马可·波罗为什么称中国为"契丹"（Cathay）、"蛮子"（Manji），是个相当复杂的问题，这里不作讨论，有兴趣的读者可以参阅胡阿祥著《吾国与吾名：中国历代国号与古今名称研究》（江苏人民出版社，2018年版）第三十一章"Cathay：多民族国家的再次证明"。至于《马可·波罗游记》中盛赞的契丹与蛮子发达的工商业、繁华热闹的市集、宏伟壮观的都城、舒适的生活、清明的政治，描写的黄金遍地、美女如云、绫罗绸缎应有尽有那样仿佛人间天堂的景象，则自然激起了一代又一代欧洲人的憧憬和向往，也强烈地激起了欧洲人的好奇心和占有欲，并对以后的"地理大发现"产生了直接影响。即以哥伦布为例，1492 年 8 月 3 日，哥伦布就是带着西班牙国王斐迪南二世致契丹"大汗"的国书以及两份空白国书，抄录了朋友保罗·托斯康内里向他介绍契丹国的复函，率领 80 多位船员，分乘三艘帆船，从西班牙巴罗斯港扬帆出发，以寻找契丹国为目的，开始了艰苦的远航，并在 70 天后的 10 月 12 日到达中美洲巴哈马群岛。因为寻找契丹，却阴差阳错地发现了"新大陆"美洲，并进而对近现代的世界历史产生了无可估量的影响，这真是历史的有趣之处。

哥伦布登上新大陆

第二个故事是鄂本笃寻找契丹。

不同于哥伦布由海路寻找契丹却意外发现了美洲，110余年后，葡萄牙传教士鄂本笃（Benedict Goës，1562-1607）通过陆路寻找契丹，并最终证实了传闻中的契丹就是当时明朝统治的中国。有关这次寻找的过程，鄂本笃去世后，意大利传教士利玛窦（Matteo Ricci,1552-1610）依据鄂本笃日记整理成的《访契丹记》中有明确记载：

昔威尼斯人马哥孛罗尝著书详记契丹国事，名震欧洲。惟世代湮远，人已忘之。甚有谓为寓言，世间确无此国者。耶稣会神父之居莫卧儿朝廷者，尝致书于居住印度西部之同事人，叙述回教徒传说。谓契丹国更在东方，位于莫卧儿王国之北。此虽旧事重提，而实新闻也……神父利玛窦自支那国京城迭次致书印度诸同事，谓契丹（Cathay）乃支那帝国之别名。惟在莫卧儿朝中诸神父，来函所见，全然相异。皮门塔对于两说，初则怀疑不决。继则偏信莫卧儿诸神父之函。盖诸书已明言契丹各地，有回教徒甚众，而支那无该教之踪迹也。再支那业已证明向无基督教，而回教徒身历契丹境者，皆言之确凿，契丹有基督教也。亦有谓契丹与支那为邻国，因之误传，支那即契丹也。故皮门塔等会商决定，派人探访，以释群疑，兼寻与支那有否短捷交通路线也。（张星烺编注、朱杰勤

校订:《中西交通史料汇编》第1编第6章,中华书局,2003年版)

派出探访契丹国的人选,就是当时久居印度莫卧儿帝国、会说波斯语、熟悉内陆亚洲风情的鄂本笃。鄂本笃受命后,乔装打扮成亚美尼亚商人,"长衣缠头,腰挂弯刀,背负弓与箭筒,蓄须发甚长",并携带许多货物,混在一个500人的商队中,于1603年3月从印度莫卧儿帝国陪都拉合尔(今属巴基斯坦)正式启程,开始了他的探访契丹之旅。

走走停停中,1605年初鄂本笃行进到察理斯(今新疆焉耆县),遇到从契丹归来的一支回教徒商队,商队中人告诉鄂本笃:

往契丹国都城北京,与耶稣会教士寓于同旅舍内,其人告鄂以神父利玛窦及其同伴诸人详细情形,确实无误。鄂至此时,始恍然大惊,所欲探访之契丹国即支那也。

商人悉皆回教徒,在北京与耶稣会士同居三月之久,故能详言诸教士之情况也。诸教士献呈契丹皇帝钟表、乐琴、图画及欧洲方物。北京贵人皆礼遇教士,皇帝亦常召之入宫晤谈。其语真伪参杂,不可尽信。又能详言所见诸教士之面貌,惟不能告其名也。中国向例,外人入境,皆须依其俗,更改名字,故回人不得知也。商人又出示鄂葡萄牙文字纸一张，在旅舍扫屋时所得，留为纪念，携归示人，并将告以葡人如何能入中国也。此纸亦耶稣会教士某所书。鄂本笃等闻此诸语，心中大乐。契丹者非他，乃支那帝国之别名。其国都，回教徒所称为康巴路（Cambaul）者，乃即北京之别名。事已证实，毫无疑窦。

尽管已经"毫无疑窦"，鄂本笃还是想着去趟北京，见见诸位教中朋友，于是他继续一路向东：

由哈密行九日，抵支那国北方之长城。此城世界著名。停留处曰嘉峪关（Chiaicuon）。在此休息二十五日，以待是省总督之回音，可否入。至后总督覆音许入，于是起身。行一日而抵肃州（Sucieu），在此闻得北京及其他以前所知各地名。至是时，鄂本笃心中最后怀疑始全去，契丹（Cathay）即支那（China），同地而异名而已。

鄂本笃到达肃州（今甘肃酒泉市）的时间是 1605 年底。遗憾的是，由于信息不畅，鄂本笃一直没有联系上北京的教友，加上贫病交加，1607 年 4 月鄂本笃竟然病逝于肃州。

据上所引鄂本笃的《访契丹记》，有四点值得特别注意：

其一，鄂本笃受命探访契丹，仍与《马可·波罗游

鄂本笃画像

记》有关。马可·波罗描述的富足而奇特的契丹国，既让欧洲人无限向往，也让不少欧洲人将信将疑。其实就在马可·波罗当时，很多人即不相信他的《游记》。马可·波罗临终时，朋友们要求他为了灵魂的安宁，取消《游记》中说的"一些似乎不可相信的事"，马可·波罗却答复："我还没有说出自己所见所闻的一半。"而与这样的疑信参半相联系，许多欧洲航海家开始了通过海路寻找契丹的历程，哥伦布就是一例；鄂本笃则另辟蹊径，改由陆路寻找，并以生命为代价，最后取得成功，证实了马可·波罗口述的契丹，就是当时称为 China 的中国明朝。

其二，17 世纪初时，域外已习称中国为 China，Cathay（契丹）只是 China 的别名、从前的称谓，否则，鄂本笃的探访就是多余的。

其三，Cathay（契丹）就是 China，当时的中亚人以及在中国的西方传教士都是清楚的，而在印度的西方传教士以及欧洲人那里，对此却存在争论。

其四，与明朝史实相对证，16 世纪以后的明朝，西北直辖领地确至嘉峪关而止。

无论如何，哥伦布寻找契丹，阴差阳错地发现了美洲；鄂本笃寻找契丹，身临其境地进入了中国。这两个故事，都可谓彰显了"契丹"亦即其时的中国之无限魅力。其实，类似这样的寻找或探索契丹的故事，还有许多，姑引忻剑飞著《世界的中国观》（学林出版社，1991 年版）第五章第一节以见大概：

寻访契丹国，成为一件时髦的事情。1497 年，葡萄牙航海家达·伽马为寻求契丹，发现了绕好望角而至印度的航路；1436 年，英国人喀博德（John, or Giouanni Cabct）为寻求契丹，由英国第一次向大西洋西北航行，到达加拿大海岸；1558、1559 年间，英国探险家詹金生（Anthony Jenkinson）及约翰生（Johnson）兄弟，为寻求往契丹的通路，由俄国陆路东行，直达布哈拉（Bokhara）

城；1602 年，葡萄牙人鄂本笃（Benoit de Goëz）为寻访契丹，由印度阿格拉城（Agra）北行，不幸客死中国边境。所以，有一位外国教授曾说："探寻契丹（Cathay）确是冒险界这首长诗的主旨；是数百年航行业的意志灵魂。"这段历史的方法论意义更在于："凡可以震动世界的伟业，无不从梦思幻想而来，古时因寻'哲人石'，为后世化学打了基础；现代的航行地理学者实导源于当时探寻契丹的热诚。"

马可·波罗在旅途中

然则这样一段过往的历史，真是留给我们今人无限的反思：因为寻找《马可·波罗游记》中那仿佛人间天堂的"契丹"与"蛮子"，促发了以欧洲人为主角、以新航路开辟为主要内容的"世界地理大发现";而经此"世界地理大发现",走向世界、走向中国的欧洲,搭上了经济富足、国力强大、资本主义发展的快车,相形之下,"被发现"的"疑似"契丹的美洲与"真正"契丹的中国,则成了被掠夺、被宰割的对象,并且失去了走向世界的先机,同时也被迫起而应之,开始了巨大而深刻的全面转型。即以中国而言,反抗殖民主义、争取民族独立、追求民主共和,成为1840年代以来强劲而又伟大的主旋律,正是在这样的主旋律中,中国完成了从"睡狮"到"醒狮"的奋起,并正走在从"醒狮"到"雄狮"的征程中;而具体到本书的主题"中国地理大发现",其实也不例外,百余年来,以中国人为主角,内容涵盖地理视野的拓展、地理认识的深入、地质与地理现象的揭秘与还原等诸多方面的"中国地理大发现",同样精彩纷呈,既令人目不暇接于过去,更让人对未来充满着期待……

本篇系胡阿祥、彭安玉主编《中国地理大发现(增订本)》"结语",齐鲁书社,2019年版。

第三辑　国号与名号

"天汉"与刘邦的汉国号

提到汉国号，诸位不仅不会陌生，而且还非常熟悉。汉族这个称呼，就来源于汉国号。而由汉族这个族称，在当今社会生活中，汉又成了使用频率特别高与使用场合特别多的一个字眼，汉人、汉字、汉语等等，不胜枚举；国外有关中国的学问，也称汉学。可以说，对于中国的历史与文化来说，"汉"无疑是最鲜明的记忆与最显眼的符号；这种记忆与符号，最初又是以国号的形式表现出来的。道理明摆着：没有汉国号，哪来汉族称？而没有汉高祖刘邦，又哪来汉国号呢？

刘邦与汉朝

说起中国历史上的创业大帝，汉高祖刘邦这位平民大皇帝无人不知，但真正了解刘邦的人，可能也并不多。比如"刘邦"名字问题，就值得说说。本来，在家人、朋友圈内，以及当时的社会上，大家习称他为"刘季"，也就是"刘三""刘家老三"的意思，他的两个哥哥叫刘伯、刘仲，是刘家老大、刘家老二的意思。大概是在公元前202年刘季称帝时，他手下的萧何、张良一帮高参，才为他斟酌出"邦"这个美名，"邦"是比"国"还要大的字眼，《说文解字》段玉裁注："邦，国也。大曰邦，小曰国。"其实想想也可以理解，都做皇帝了，如果还叫"刘季"，成何体统？而从此以后，"刘邦"也就固化为汉高祖行之于后世的"大名"了。当然，以下为了方便起见，我们还是称刘邦。

刘邦创立的汉朝，是继秦朝以后出现的又一个统一王朝。曾经强大的秦朝，15年就灰飞烟灭了。秦亡汉兴。如果说秦朝是强大而短命的，那么汉朝就是伟大而持久的。"罢黜百家，独尊儒术"，汉朝实现了思想的大一统，而其确立的以儒术为统治思想、以经学为学术核心的原则，传承至后世没有根本改变；汉朝的制章立典、开疆拓土，则奠定了此后两千多年中国历代王朝政治体制的基本格局与广袤疆域的基本规模。至于从刘邦到刘秀再到刘备，从统一帝国到中兴帝国再到偏安王朝，汉朝国运虽有间断（王莽的新朝）与衰弱（魏、汉、吴三国的分裂），却也延续了漫长的四百多年。

两次违约及其结果

那么，这个伟大而持久的汉朝，最初又是如何建立的呢？说起来有些尴尬：原来，项羽与刘邦彼此之间的两次违约，竟然造就了"汉"为王国之号与"汉"为帝国之号的结果。

先说第一次违约。这是项羽对刘邦违约，因为这次违约，出现了汉王国。

公元前206年二月，西楚霸王项羽主持分封，沛公刘邦被立为汉王，这是汉国号开始出现的年份。刘邦是怎么被封为汉王的？东汉班固《汉书·萧何传》中有段比较详细的记载：

初，诸侯相与约，先入关破秦者王其地。沛公既先定秦，项羽后至，欲攻沛公，沛公谢之得解。羽遂屠烧咸阳，与范增谋曰："巴、蜀道险，秦之迁民皆居蜀。"乃曰："蜀、汉亦关中地也。"故立沛公为汉王，而三分关中地，王秦降将以距汉王。汉王怒，欲谋攻项羽。

这段史料不难理解，而其背景是，前209年，阳城（今河南方城县东）人、戍卒陈胜起义反秦，"号为张楚"。"张楚"是张大楚国的意思。为什么一定要"张楚"呢？楚是春秋战国时的南方大国。前299年，楚怀王熊槐入秦谈判，被背信弃义的秦国扣留，后来死在秦国，这颇令人同情。范增就说："秦灭六国，楚最无罪。自怀王入秦不反（返），楚人怜之至今。"当时社会上也流行着"楚虽三户，亡秦必楚"的预言。况且天下苦秦暴政，于是陈胜首义后，得到各路人等的纷纷响应。其中，沛县丰邑（今江苏丰县）人、秦朝小吏、泗上亭长刘邦与县吏萧何、狗屠樊哙、吹鼓手周勃等在沛县起义，杀死沛令，自称沛公，也就是沛县县令；下相（今江苏宿迁市西南）人、战国时楚国名将项燕之子项梁与其侄项羽则在吴（今江苏苏州市）杀死会稽郡守，项梁自为郡守，项羽为副将。等到陈胜被车夫庄贾谋杀后，项羽、刘邦两支义军逐渐成为反秦主力，并找到流落民间、为人牧羊的楚怀王之孙熊心，拥立为主，仍称"楚怀王"。前207年，项羽破釜沉舟，在巨鹿之战中消灭了秦军主力，并被推举为诸侯统帅；次年，刘邦入关，接受秦王子婴投降，于是秦朝宣告灭亡。

共同的敌人秦朝，果然在陈胜、项羽、刘邦这帮楚人的打击下灭亡了，但项羽、刘邦之间却产生了尖锐矛盾。这是怎么回事呢？

原来，按照当初楚怀王与项羽、刘邦等人的约定，"先入关破秦者王其地"，那么刘邦应被封为关中王，然而作为诸侯统帅的项羽却违背约定，改封刘邦为汉王。汉王封域在汉中与巴、蜀，也就是今陕西汉中地区与四川、重庆的部分地区，相对于周秦故都所在的富庶的关中，这里的位置相当偏僻。项羽对立有大功的刘邦仿佛流放罪人一样的"酬劳"，的确是太过分了，刘邦的愤怒也实属正常。至于项羽"蜀、汉亦关中地也"的说法，则属于强词夺理、玩弄概念的狡辩。因为战国秦汉时最为习用的关中概念，是《史记·货殖列传》所称的"关中自汧、雍以东至河、华"，即指今陕西关中地区，而汉中、巴、蜀不在其内。

其次，不仅如此，在项羽主持分封的包括灭秦有功将领、旧六国贵族以及秦朝降将的十八诸侯王中，他最不放心的就是因为"约法三章"（杀人者死，伤人及盗抵罪）而得到关中百姓拥戴的沛公刘邦。在项羽看来，他要取代自己假意推尊为楚义帝的楚怀王、成为新的楚帝的最大障碍，就是刘邦。有鉴于此，项羽一方面自立为西楚霸王，建都彭城（今江苏徐州市），拥有广大封域，以求控制其他诸侯；另一方面，更层层封堵刘邦的汉国：汉国都城在南郑（今陕西汉中市），南郑北面是山高谷险、东西绵延、难以横越的秦岭，项羽还嫌不够，又在关中预先分封了三位秦朝降将为王，即雍王章邯、翟王董翳、塞王司马欣，以求进一步阻挡刘邦北归的道路，再在东面分封申阳为河南王，建都洛阳。这样层层封堵之下，项羽认为刘邦是势难翻身了。

依据以上分析，不过相当于楚义帝名下小小县令的沛公刘邦被封为汉王时，果然"怒"出有因，"怒"得其理；

然而，刘邦"怒"而"欲谋攻项羽"，就当时形势看，时机还远未成熟，不仅刘邦的力量无法与项羽抗衡，"是时项羽兵四十万，号百万，沛公兵十万，号二十万"，而且项羽的家世声望，项羽与名义上的反秦力量总统帅楚义帝的密切关系，也是出身低微的匹夫刘邦所不能及的。事实上，刘邦也意识到了这些，所以他才甘冒生命危险，亲赴鸿门之宴；刘邦去做汉王时，更是烧毁秦岭栈道，以向项羽表示没有"出国"之意。

再说第二次违约。这是刘邦对项羽违约，因为这次违约，出现了汉帝国。

刘邦在愤怒却又无奈中，到汉中做了汉王。然而很快，刘邦就拜原在项梁、项羽手下得不到重用的韩信为大将，暗度陈仓，攻占关中，并继续东进，拉开了楚汉战争的大幕。双方打到前203年，项羽提出与刘邦平分天下，以今河南荥阳一带的鸿沟为界，西属汉，东属楚。和约签订后，项羽引兵东归，然而刘邦却向项羽"学习"，也很快违背了楚河汉界的鸿沟和约，对项羽发起攻击，最终，十面埋伏，四面楚歌，逼得项羽乌江自刎，得了天下。前202年二月甲午，在今山东定陶县的古汜水北岸，汉王刘邦即皇帝位，定国号为汉，于是统一的汉帝国正式建立。

历史就是这么无聊或有趣：因为不可一世的项羽的违约，使得本来应做关中王的刘邦，忍气吞声地改做了汉王，并导致了随后四年的西楚霸王项羽与汉王刘邦的楚汉之争；刘邦也审时度势地违了一回约，不遵守与项羽的鸿沟为界、平分天下的约定，最终逼死勇而无谋的项羽，称帝建国，国号为汉。

多重安慰

以上简单交代了汉国号出现的过程，其中有些细节值得思考：汉帝国的国号是来自汉王国的，而刘邦起初并不愿做汉王，那么，为何后来刘邦还是以汉作为帝国国号？汉这个国号又是什么意思呢？

解答这些问题的关键，是《汉书·萧何传》中萧何劝刘邦忍一时之气、作长久之计、先做汉王时说的一番话：

何谏之曰："虽王汉中之恶，不犹愈于死乎？"汉王曰："何为乃死也？"何曰："今众弗如，百战百败，不死何为？《周书》曰'天予不取，反受其咎'。语曰'天汉'，其称甚美。夫能诎于一人之下，而信于万乘之上者，汤、武是也。臣愿大王王汉中，养其民以致贤人，收用巴、蜀，还定三秦，天下可图也。"汉王曰："善。"乃遂就国，以何为丞相。

这番话里，至关重要的一句是"语曰'天汉'，其称甚美"——不是有"天汉"的说法吗？这是多么美好的称呼啊！正是这句话，使刘邦得到了一些宽慰，如北魏郦道元《水经·沔水注》就直接说："汉高祖入秦，项羽封为汉王。萧何曰：'天汉，美名也。'遂都南郑。"唐李吉甫《元和郡县图志·兴元府》也说："秦亡，项羽封高祖为汉王。高祖欲攻羽，萧何曰：'语曰天汉，其称甚美。'遂从之。"如此看来，刘邦接受汉王封号，以及后来确定帝国国号为汉，都与萧何的这句劝谏有关。

"语曰'天汉'，其称甚美"是什么意思呢？这联系到了古代的天文知识。据《汉书·萧何传》唐颜师古注所引，三国曹魏孟康说："语，古语也。言地之有汉，若天之有河汉，名号休美。"又晋朝不知姓氏、名瓒的大臣说："流俗语云天汉，其言常以汉配天，此美名也。"也就是说，无论是先秦的"古语"，还是秦以后的"流俗语"，都称天河为"汉"；"汉"既指天河，又称天汉，提到汉，就会联想到天，"天汉"这个流行词，把汉与天配在了一起。从这个意义上说，"汉"是美名，而以"汉"作为王国之号，也就是美好的名号了。沛公刘邦接纳谋士萧何的劝谏而称"善"，显然有这一层的首肯意思在内。

不过话说回来，项羽分封刘邦为"汉王"而不是别的什么王，直接原因还是他与谋士范增"阴谋"划定的汉国，都城南郑是秦朝汉中郡的治所，《史记·高祖本纪》"更立沛公为汉王"唐张守节的解释就是"本汉中郡"。那么，汉中郡名称又是怎么来的呢？

关于汉中郡名称的由来，《水经·沔水注》中说："汉中郡，因水名也。"汉中郡的"汉"得自汉水的"汉"，应该毫无疑义；至于汉中郡的"中"，学者们大多解释为"中游"，就显得相当勉强了，因为汉中郡并不在汉水中游，而是位于汉水上游。那么"汉中"之名究竟作何解释？其实，只要跳出"中"解释为"中游"这个思维定势，问题并不难解决。根据一些学者的研究，"汉中"这个地名与古代巴人有关。巴是一个古老民族，重庆古称巴郡，三峡有巴山夜雨的意境。虽然巴人的居住与活动区域，由于史料欠缺而难以梳理清楚，但湖北西部、陕西南部、四川东部以及重庆等地留下过巴人的踪迹，还是可以肯定的。而在巴人语言中，"中"就是地方；换言之，古代巴人语言表示"地方"这个意思的读音，大概相当于诸夏（汉族的前身）语言的"中"字读音，所以用"中"记音。也就是说，"汉中"这个地名，虽然从形式上看是诸夏文字，意思却不能按照诸夏语言解释，"汉中"其实是一个双语地名，就是诸夏语言的"汉"（专名）加上巴语的"中"（通名），意为"汉水流经的地方"。

"打破沙锅问到底"，这"汉"水又是怎么回事呢？从自然地理上看，今天的汉水（也叫汉江）发源于陕西宁强县嶓冢山，大体呈东南流向，由今武汉市的汉口、汉阳间汇入长江。历史上的汉水，并无重大变迁。有趣的是汉水的名称。"汉水"本来只称"汉"，"水"是后来加上去的，这就仿佛中国古代的"四渎"江、河、淮、济，后来才称江水、河水、淮水、济水（已经湮废），再后来又称长江、淮河、黄河，这是为了区别性更强、特殊性更明显。具体到"汉"水的"汉"，又有特别的美意。战国成书的《尚书·禹贡》称"嶓冢导漾，东流为汉"，东汉许慎《说文解字》也说"汉，漾也"，也就是说，如果仔细区分，"汉"的上源称"漾"，从南郑、汉中一带才称"汉"。清段玉裁《说文解字注》说"漾言其微，汉言其盛"，即发源时的"汉"，因为水流弱小，所以拟声为"漾"，等到水流盛大了，才又拟声为"汉"，这样，"汉言其盛"，"汉"也因此寓有了盛大、伟大一类的美义。值得注意的是，不仅诸夏语言的"汉"有"伟大""盛大"的意思，亚洲地区许多民族语言中，表示"伟大""盛大"意思的词，都发音为"han"，如古代朝鲜半岛的马韩、弁韩、辰韩以及今天的大韩民国，蒙古的成吉思汗，"韩""汗"都是所谓的汉字记音，而最初就是"伟大""盛大"的意思。再从字形上看，"汉"的古体也就是战国时的写法，左为"氵"，右上为"或"，右下为"大"，这样，古体的"汉"字由"氵"（水）、"大"、"或"（國）组成，同样带有明显的美义。

当然，这个在字形、字音、字义三方面都蕴涵美义的"汉"字，最大的美义还是与"天汉"的联系。如蔡文姬父亲、东汉蔡邕所作的《汉津赋》吟咏汉水道："夫何大川之浩浩兮，洪流森以玄清。配名位乎天汉兮，披厚土而载形。"这"配名位乎天汉兮"一句，是说在名声与地位方面，地上的汉相当于天上的汉，这显示了地"汉"与天"汉"的对应关系。地上的"汉"，发自西北，流向东南，应该就是同样流向的天上的"汉"名称的来源。西晋陆机《拟明月皎夜光》诗"招摇西北指，天汉东南倾"，"天汉东南倾"，正好符合地"汉"的形势。地上的"汉"，水流宏大，所以称"汉"；而在天上，荧光盛大的正是"天汉"。"天汉"如同一条云状光带，仿佛天上的一条大河，所以又称"云汉""河汉"；这条云状光带，略呈灰白色，因而也称"银汉"；光带是由密集的星群组成的，于是还称"星汉"。其实，这"天汉"以及一系列的相关称谓，都是由

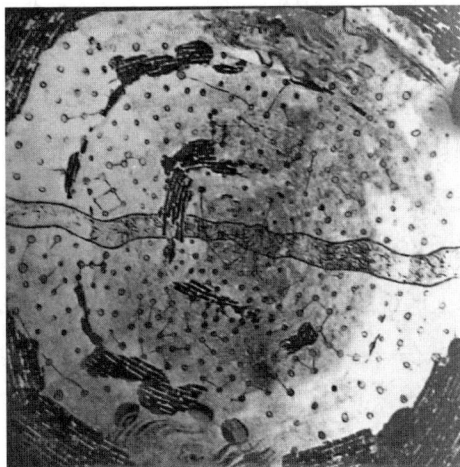

中国古代星象图壁画，中间为银河

地上的"汉"派生出来的。

为了说清楚这两千多年前出现的"汉"国号之源，以上从多个方面进行了一番"考证"。简单归纳一下并稍作推扩，我们得出如下几点认识：

第一，从历史看，项羽定刘邦王国之号为汉，直接原因是该王国的都城在南郑，而南郑为秦朝汉中郡的治所。

第二，从语言看，就汉中郡的"汉中"论，"汉"指汉水，"中"在古代巴人语言中作"地方"讲，"汉中"意为"汉水流经的地方"。

第三，从文字看，无论字形、字音还是字义，汉水的"汉"都是个美好的字眼。

第四，从天文看，因为天上的银河和地上的汉水相似，所以银河被称为"汉""天汉"；反过来，地上的"汉"既然与天联系在一起，也就带上了特别的美义。

第五，从心理看，萧何的劝谏"语曰'天汉'，其称甚美"，具有关键的心理安慰作用，它不仅使得刘邦委曲求全地接受了项羽给予的"汉王"封号，而且使得刘邦在得天下后，确定帝国国号为"汉"。而到了后来，有人干脆跳过以上所说的种种关联与环节，直接把刘邦的汉国号与银河联系在一起，如明朝时在中国生活了20多年的意大利天主教传教士利玛窦（Matteo Ricci）就说："汉，那意思是银河。"

第六，从影响看，仿佛天上银河一般悠长盛大、星光璀璨的汉朝，包括前汉与后汉，或西汉与东汉，既是中国历史上最伟大持久的王朝之一，汉国号也成为中国历史上最具影响力的国号之一。汉国号的影响，既表现在汉演化为此后直至现今中国主体民族汉族的族称，也表现在汉国号为后世许多汉族与非汉族建国者所沿袭；既表现在汉成了现今社会生活中使用频率特别高与使用场合特别多的一个字眼，也表现在汉成了域外有关中国的一种习惯称谓。

本文节选自胡阿祥《正名中国：胡阿祥说国号》第六讲，中华书局，2013年版。

新皇帝王莽的新名号与新政

在中国历代统一王朝中，有这么一个王朝颇不同于其他：首先，传统以及现代的大多数中国历史纪年表中，没有它的位置，而是把它包含在汉朝的历史纪年中；其次，"二十四史"中，没有属于这个王朝的专门的一部史书，甚至也没有这个王朝的皇帝的"本纪"，如在汉朝班固的《汉书》中，不仅把这个王朝的皇帝贬入"列传"，并且排在通常属于"乱臣贼子"位置的列传的末尾；第三，这个王朝的创始者与终结者是一个人，而且对于这个人的评价，现代史学家极为纷歧：范文澜说他是失败的骗子，翦伯赞说他是最有胆识的政治家，吕思勉说他是具有改革意识的志士仁人，郭沫若说他是倒行逆施的皇帝，至于外国学者，或说他是阴谋家、野心家、伪君子，或说他是改革派、时新派、务实主义者，或说他是纯粹儒者与无能皇帝的结合，或说他是过得特别假、活得特别累的表演大师。

这个特殊的统一王朝，就是公元 9 年到 23 年、由王莽一人而始终的新朝。

新朝把汉朝腰斩成了两半，就是前汉与后汉，或说是西汉与东汉。刘邦创建的西汉两百余年，刘秀创建的东汉将近两百年，中间就是历时 15 年的王莽的新朝。新朝尽管短暂，但它毕竟是个统一王朝，我们说中国历代统一王朝国号，自然不能少了"新"国号。况且就历史事实本身论，新朝在中国历史上也拥有被人忽视的、非常特殊的地位。可以认为，王莽取代汉朝、建立新朝，开创了中国王朝"和平"改朝换代的首例。王莽之前，改朝换代是血雨腥风的战争的结果，商、周、秦、汉的天下都是打下来的；王莽之后，在将近千年的时间里，起码在形式上，改朝换代往往是不流血或少流血的宫廷政变的结果，如魏、晋、隋、唐、宋，天下都是前朝皇帝"奉送"的。靠真刀真枪打江山的"阳谋"可以建立王朝，靠搞政变或收拾天下人心的"阴谋"也可以建立王朝，中国历史上反反复复出现的改朝换代，简而言之，就是这阳谋与阴谋两大类，而通过阴谋完成改朝换代，王莽的新朝是"始作俑者"。值得深思的是，这个"始作俑者"，在理论依据、具体做法、程序设计等方面，都给后世诸多的枭雄或英雄以启发与借鉴，为他们搭起了模仿或进一步完善的平台，所以王莽的新朝不是"始作俑者，其无后乎"，而是"始作俑者，其多后也"。

那么，王莽的新朝凭什么成为这个"始作俑者"？不必"一言以蔽之"，完全可以"一字以蔽之"：新！与旧相对的新。王莽正是凭借着"出类拔萃"的新的"道德"形象，成了新朝的开创者；又正是因为王莽全面推行新政，追求做个全新皇帝，而成了新朝的终结者。这话怎么理解呢？不妨说说王莽这位"新皇帝"的新名号与新政。

新朝建立的过程，与王莽作为新的道德楷模的个人形象，与王莽作为新德化身的社会认知，密不可分。从做官之前到开始做官再到逐渐升迁，从把持朝政到安汉公、摄皇帝、假皇帝以至真天子，王莽成功的全部奥秘，都在一个"新"字；相应地，王莽把他创建的这个王朝的国号，也称作"新"。如此，那种传统说法，即认为王莽定国号为"新"是因为他做过"新都侯"，就只能理解为偶然的巧合，而绝非问题的关键。这正如胡适先生所指出的："王莽即使不'从新都侯起'，也还是要做他的'新皇帝'的。""新"国号"不仅仅是'美号'，实有表示'委心积意'的革新的意义，也可说是表扬这'委心积意'的革新功德的美号"。（胡颂平：《胡适之先生年谱长编初稿》，联经出版事业公司，1984年版）

的确，王莽建立新朝后，也是事事求新。顾颉刚先生曾概括地说："自从国家的宗庙、社稷、封国、车服、刑罚等制度，以及人民的养生、送死、嫁娶、奴婢、田宅、器械等品级，他没有不改定的。"（《汉代学术史略》第14章，东方出版社，1996年版）甚至为了求新而求新。比如对于各类名号，包括中央和地方的官名、年号、各级爵名、郡县名、四夷部族的封号，王莽都大加更改，表现出浓重的名号"情结"。以郡县名为例，当时相当于现在省级政区的100来个郡国名称，他改了70多个，1500多个县，他改了将近一半，而且翻来覆去地反复改，有的郡县名称前后改了四五回。他改地名，如长安改常安、安平改安宁、潭中改中潭，相同意思改来改去，属于没事找事；广成改平虏、蓟县改伐戎、武要改厌胡，这是涉及边疆民族、带有镇压色彩的改名，属于没事惹事；至于无锡改有锡、于离改于合、谷远改谷近、辽阳改辽阴、西安改东宁，那就纯属无聊的游戏了。据研究，一般来说，历史上各朝各代更改地名，短期内不能超过百分之三四，王莽竟然改了超过半数，于是社会生活陷入了极度混乱之中。

王莽为了表示他建立的是个全新王朝，还特别重视"新"字，不仅国号称"新"，论功行赏，又封了许多"新"公，如号称"四辅"的安新、就新、嘉新、美新四公，号称"三公"的承新、章新、隆新三公，号称"四将"的广新、奉新、成新、崇新四公。

更名改号以外，王莽又引经据典，全面改制，并称之为"新政"。他以儒家艳称的西周为榜样，言必称周公，事必据《周礼》，制必从周制。从禁止土地与奴婢买卖的王田奴婢政策，到控制与垄断工商经济、增加税收的五均六筦之法，从歧视蛮夷戎狄的民族政策，到以小易大、以轻易重的改变币制，以及种种的制礼作乐，他都大张旗鼓地改制，力图改得古色古香。王莽大概觉得，只要这样做了，新朝就是西周盛世的重现，万民就会获得教化，天下就会永远太平。

这样的王莽，是不是很喜剧也很悲剧？历史既然已经走到汉朝，怎么可能再回到周朝？中国历史上托古改制的王朝是很多，而且所托之古多是夏、商、周三代中的周朝。平心而论，"托古"是有道理的。在农业经济占优势的古代中国，社会上普遍尊敬有丰富经验的老年人。处在这种情况下，很容易使人向往过去，向往古代。所以，思想家们提出一项政治改革的理论，政治家们提出一项政治改革的方案，都要托古，即把当前的设想、方案假托于古代，说这种改革不过是恢复古代那太平盛世里尽善尽美的制度而已。但是注意了，这只是形式上的"托古"，并不是实质上的"复古"，因为真正的古代，没有传说中或理想中那么美好，社会总是在发展进步着的，真要"复古"，那就显得泥古不化了。王莽的悲剧，正在痴迷周礼，反汉朝而为之，看似一切求新，其实归根到底，王莽的求新，原是完全脱离社会实际、纯属劳民伤财、徒然激发各种矛盾、动听却也糟糕的复古或说复旧。于是王莽失败了，而且败得是那么的凄惨！

本文节选自胡阿祥《正名中国：胡阿祥说国号》第七讲，中华书局，2013年版。

有关扬州隋炀帝陵"质疑"的质疑

2013 年 4 月 14 日，扬州市文物局召开新闻发布会，正式宣布在扬州市邗江区西湖镇司徒村发现了隋炀帝陵。作出这样的判断，关键证据在出土了"随故炀帝墓志"，其中已经小范围公布的墓志内容如下：

惟随大业十四年太岁 / 一日帝崩于扬州江都县（……）/ 于流珠堂其年八月（……雷塘）西陵荆棘芜（……）/ 永毕苍梧（……）/（……）贞观□□年（……）/ 朔辛（……）葬炀（帝……）/ 礼也方（……都）/ 督府长（史……）[①]

① 此据南京大学张学锋教授的释读，见《新华日报》2013 年 5 月 23 日 B8 版，"释读扬州隋炀帝陵出土墓志，南大教授回应三大质疑"。按"/"为墓志换行符号，"……"为缺字，"（ ）"内的文字为推测。

2013年出土的"随故炀帝墓志"

　　然而很快地，各种质疑之声纷起。其中，立足于学术、见诸多种媒体报道的质疑之声，以马伯庸、李文才为代表。作家马伯庸在其微博中的质疑是：墓志中出现了"大业十四年"字样，考虑到大业十三年李渊就已拥立隋恭帝杨侑登基，遥尊杨广为太上皇，改元义宁，所以墓志中不可能还用杨广的大业年号，就算不写武德元年，起码也得写义宁二年。随后，扬州大学李文才教授接受媒体采访，除了赞同马伯庸的观点外，又提出了两点新的质疑：其一，按照制度学上的常识，皇帝的墓穴中不可能有墓志，只可以放玉册；其二，即便唐朝政府真为隋炀帝撰写了墓志，墓志中"随故炀帝墓志"的"随"字的使用，也不符合常识，因为"随国公"杨坚称帝时，已经改"随"为"隋"，"隋"是"上自文武百官、下至平头百姓都熟知的国号，怎么可能会在杨广死后，突然又将'隋'字改成之前的'随'字"。及至 4 月 18 日，笔者也接受了《新华日报》半个多小时的采访，笔者的倾向性看法是：以上马、李二位的三点质疑，不仅难以成立，反而是坐实此墓为隋炀帝陵的"铁证"。① 以下就此稍作说明。

关于"大业十四年"纪年

隋末唐初的 617 年到 618 年，纪年情况以及相关史实确实相当复杂。《旧唐书·高祖纪》大业十三年（617）十一月：

① 惟此次采访后，因为江苏省内相关宣传部门限制媒体进行深度报道，所以主要内容并未见报，故有此则札记之作也。又本则札记仅就此三点"质疑"提出"质疑"，其他诸如经清朝大学士阮元认定的、今扬州市北郊雷塘作为旅游景点的隋炀帝陵之真伪，今陕西武功隋炀帝陵、河南洛宁杨广墓之究竟，隋末唐初隋炀帝陵迁葬的过程，杨广得"炀"之恶谥的时间等问题，本则札记不作讨论，或待更多考古材料公布后，再行撰文。

癸亥，率百僚，备法驾，立代王侑为天子，遥尊炀帝为太上皇，大赦，改元为义宁。甲子，隋帝诏加高祖假黄钺、使持节、大都督内外诸军事、大丞相，进封唐王，总录万机。

　　这是说大业十三年十一月，进入长安（今西安市）的李渊，既立杨广的孙子、14岁的杨侑为隋帝，改元义宁，又"遥尊"身在江都（今扬州市）的杨广为太上皇；至于事实上的隋朝皇帝杨广，当然并未接受"太上皇"的名义，而仍用大业年号。又《旧唐书·高祖纪》义宁二年（618）五月：

　　隋帝逊于旧邸……甲子，高祖即皇帝位于太极殿，命刑部尚书萧造兼太尉，告于南郊，大赦天下，改隋义宁二年为唐武德元年。

　　又《资治通鉴·唐高祖武德元年》：

　　三月……帝自解练巾授（令狐）行达，缢杀之……炀帝凶问至长安，唐王哭之恸……五月……戊午，隋恭帝禅位于唐，逊居代邸。甲子，唐王即皇帝位于太极殿，遣刑部尚书萧造告天于南郊，大赦，改元……隋炀帝凶问至东都，戊辰，留守官奉越王即皇帝位，大赦，改元皇泰。

这是说，在江都，大业十四年（618）三月，杨广被缢杀；在长安，义宁二年（618）五月，隋帝杨侑禅位于唐王李渊，李渊成为唐帝，并改义宁二年为武德元年；稍后，在洛阳，隋朝越王杨侗即皇帝位，改大业十四年为皇泰元年。

要而言之，杨广死难的618年，既是隋大业十四年、义宁二年、皇泰元年，又是唐武德元年。以此，杨广的墓志中，既承认了其"帝"的身份，当然就应该而且只能使用杨广的纪年，也就是大业十四年。换言之，如果墓志中使用"武德元年"，则"崩于扬州江都县"的"帝"，将不再是"隋"帝而是"唐"帝；又如果墓志中使用"义宁二年"，则义宁本系杨侑年号，故也存在名实不符的问题，况且，李渊的武德既接续的是杨侑的义宁，李渊的唐又是接受杨侑的隋禅让的，若系"义宁"于"太上皇"也就是李渊废除的皇帝杨广，那么李渊的"唐"以及"武德"，就失去了正统的依据。

其实，在史籍与墓志中出现"大业十四年"纪年，本来没有疑问。[1] 清人赵翼在《廿二史札记》卷13中，就专

---

① 如在上引《新华日报》的报道中，提及南京图书馆研究员徐忆农的检索结果，即唐初所修的《隋书·许善心传》之"十四年，化及弑逆之日，隋官尽诣朝堂谒贺，善心独不至"，此"十四年"为"大业十四年"；又张学锋列举了唐初《卢文构夫人月相墓志铭》、洛阳出土的王德备墓志，也都有"大业十四年"纪年。

门有条"大业十四年":

> 隋炀帝江都之难，在大业十四年，而《隋书》及《北史》只书十三年者，缘十三年唐高祖起兵入长安，奉代王侑为帝，改元义宁，而炀帝大业之号，已从削除，修史者皆唐臣，自应遵本朝之制，以义宁纪年，而炀帝之被弑，转书于义宁二年之内。其实天下共主，一日尚存，终当称其年号，则大业十四年，不可没也。

又李崇智在《中国历代年号考》(中华书局，2001年版)"隋"中也指出：

> 《资治通鉴》只书大业十二年，后以"义宁"系年。杨侑为李渊所立，义宁改元，炀帝尚在，大业年号未废。赵氏"大业十四年不可没"之说是也。

也就是说，历史纪年本来就应该是 617 年标注为"隋大业十三年 恭帝义宁元年（十一月改元）"，618 年标注为"隋大业十四年 义宁二年 皇泰元年（五月改元） 唐高祖武德元年（五月改元）"；① 而属于杨广的 618 年，当然应得如墓志的标注为"大业十四年"。

关于无"玉册"而有"墓志"

作为帝王礼仪用玉的玉册，是用以记录重大事件的玉质文书，多由长条形片状玉用丝线连缀而成。其中与帝王去世后有关的玉册，有上书请谥文字的玉谥册、上书类似现在悼词的玉哀册。就玉哀册言，其最重要的特征，是为本朝先帝先王先后书刻并且入陵的玉册，如南京南唐二陵中高皇帝李昪与皇后宋氏合葬的钦陵，就出土了刻字填金的李昪的玉哀册、玉谥册与宋氏的玉哀册、玉谥册。② 如此，无论李渊还是李世民，作为唐朝皇帝，都没有理由，

---

① 沈起炜编著《中国历史大事年表（古代史卷）》（上海辞书出版社，1983 年版）第 228—229 页即如此标注。又 617 年到 618 年间，当时中原地区的各方势力建号称尊者甚多，如以纪年论，就有朱粲的"昌达"，林士弘的"太平"，窦建德的"丁丑""五凤"，李密的"永平"，刘武周的"天兴"，梁师都的"永隆"，郭子和的"正平"（或作"丑平"），薛举的"秦兴"，萧铣的"鸣凤"（或作"凤鸣"），曹武彻的"通圣"，宇文化及的"天寿"，李轨的"安乐"，等等。
② 按谥册读后，藏于金匮，副本藏于庙。至于谥册入陵，大概始于唐。又中主李璟与钟氏合葬的顺陵中，则出土了石灰岩质的石哀册与石谥册。

也没有礼制依据，为虽是亲戚、但毕竟是前朝皇帝的杨广制作玉哀册。[①] 再者，虽然汉唐文献中颇见为帝王后妃撰作"哀册"的记载，但目前考古所见出于陵墓中的玉哀册，就笔者所知，尚未见到有唐朝以前者，较早的有唐中宗李显长子、韦后所生的李重润陵中所出之玉哀册[②]。这样，隋末唐初是否使用玉哀册陪葬，也还无法确知。

另一方面，扬州考古所见之"随故炀帝墓志"，也不能成为质疑此为隋炀帝陵的理由。所谓"礼有经亦有权"，帝王崩而有墓志的情况，其实不乏。如卒葬宣陵、追谥昭武皇帝、庙号太祖的闽王王审知，臣下翁承赞为撰《唐故威武军节度使守中书令闽王墓志》；后晋末帝石重贵为契丹掳去、死于建州，契丹（辽）臣牛藏用奉命撰《大契丹国故晋王墓志铭并序》。又975年南唐国灭，南唐后主李煜被迁至开封，及978年李煜死后，葬于洛阳邙山，而南唐旧臣、宋朝臣子徐铉奉旨所撰的《大宋左千牛卫上将军追封吴王陇西公墓志铭》，正是李煜的墓志。然则某种意义上的隋朝末代皇帝、迁葬于唐朝贞观年间的杨广陵中，

① 唐高祖李渊的母亲独孤氏与隋文帝杨坚的皇后独孤氏是姐妹关系，分别是独孤信的四女、七女。至于李渊与杨广，则是年龄相仿的表兄弟关系。

② 701年李重润为大周女皇武曌杖杀。705年中宗李显复位后，追谥懿德，并自洛阳迁葬，为乾陵陪葬墓，而且号墓为陵。

出土了墓志，而不见玉哀册，即与石重贵、李煜有墓志的情况近同，并不奇怪。

关于"随"字的使用

相对而言，被社会大众与部分学者看作最有力的质疑，是墓志中"随故炀帝墓志""随大业十四年"中的"随"字。而按照笔者的理解，这却是最能说明事实的证据。

早在十几年前，笔者就在《东南文化》2000 年第 9 期发表过《杨隋国号考说》一文；同年 11 月出版的《伟哉斯名——"中国"古今称谓研究》（胡阿祥著，湖北教育出版社），第三章第二节为"隋"；又 2013 年 1 月，新出的《正名中国：胡阿祥说国号》（中华书局）第九讲为"隋：吉祥还是晦气"。在这些论著中，笔者既详细梳理了隋国号的由来："今湖北随州市一带，先秦有随国；随国灭亡以后，历置随县、随郡、随州等。北周武成元年，杨忠以扬威汉沔，得封随国公；忠子杨坚袭封，并进爵随王。及杨坚篡周，以'随'寓意不祥而改为'隋'。"又全面讨论了围绕"隋"国号之有趣的文化现象："杨坚着意斟酌出的新国号'隋'，既颇受后人之嘲讽；踵'隋'而立的唐朝，于'隋'国号复多增笔作'随'。'隋'国号之种种改动，反映出中国古今文化之一大特色：名号情结。"

按"踵'隋'而立的唐朝，于'隋'国号复多增笔作

'随'",可巧又正是理解墓志中"随故炀帝墓志""随大业十四年"中出现了看似反常的"随"字的关键。据顾炎武《金石文字记》卷 2 "皇甫诞碑"条:

> 《皇甫诞碑》隋字作随。虞世南《孔子庙堂碑》、欧阳询《九成宫醴泉铭》、王知敬《李卫公碑》、高宗《李英公碑》、天后《顺陵碑》、于敬之《华阳观王先生碑》、裴漼《少林寺碑》皆然。

由此可见,初唐时代对于"隋"国号的用法,确是多改作"随"。[①]而此种改动,其实含有政治寓意在乎其中:"隋"本短促,作"随"正名副其实。又据岑仲勉《隋唐史》上册《隋史》(中华书局,1982 年版)第一节《杨隋之先世及其统一》所述:

> (杨)坚以父忠封随国公,因改朝号曰随,又恶"随"字带"走",故去走为隋。清代金石家见初唐石刻常

①据日本高桥继男《国号隋字考》(《法制史研究》第 44 期,创文社,1995 年)文中对隋唐石刻资料的统计,隋朝石刻资料中,称"隋"者占九成以上,称"随"者不到一成;唐初到唐玄宗时期,称"随"者达到八成以上,唐中期以后逐渐减少,到晚唐,称"隋"者又恢复到了近九成。

作"随"，遂疑旧说之误。近年石刻大出，则隋石刻无不作"隋"。往日新朝，往往反胜朝之所为，初唐间作"随"，实因此之故；然初唐以后，又作"隋"者多，作"随"者甚少，苟非杨坚先曾改定，则无以解此等异同之迹也。

是则新朝反胜朝之所为，又可谓中国文化的独特现象之一。至于扬州隋炀帝陵考古所出之墓志中的"随"字，无意之中，又为此种独特现象加上了一条无可置疑的有力的注脚。

进而论之，如果此墓志中的"随"字，按照一般社会大众以及部分学者的理解，写成了看似"正常"的"隋"字，那反而不符初唐时代起码碑刻中"隋字作随"的"惯例"了，换言之，那倒真有可能如某些学者所推测的，是作伪了。再进而论之，这个"随"字，以及"大业十四年"纪年、无"玉册"而有"墓志"现象，既"反常"到了"匪夷所思"的地步，甚至迷惑了、糊弄了许多的学者，则若果然此墓志为伪造，那么作伪者的史学水平，也实在是高超到了"匪夷所思"的程度了。①

本文原刊《南京晓庄学院学报》2013年第 4 期

---

① 笔者也曾思考为什么现在中国大陆的考古成果及其结论，尤其是历史名人墓葬考古的成果及其结论，基本都会受到来自社会与学界各方的质疑，这是否意味着当今社会的缺乏诚信与当今学界的造假风气，已经"凝聚"成了"怀疑一切"的可怕心理趋向？这方面最典型的例子，应该是 2008 年 12 月抢救性发掘以来，走过了近六年的风风雨雨，而最终于 2013 年 5 月被确定为第七批全国重点文物保护单位的"安阳高陵（曹操墓）"。笔者对安阳高陵（曹操墓）是持基本肯定的态度的，参考胡阿祥:《感受安阳和曹操之间的因缘关系》，收入李凭主编：《曹操高陵——中国秦汉史研究会、中国魏晋南北朝史学会会长联席会议》，浙江人民出版社，2010 年版。而通过本则札记的讨论，笔者同样倾向于此次扬州司徒村所发现者，确为唐初贞观年间迁建的隋炀帝陵，惟所期望者，系统、全面的考古报告能够尽快问世，以利诸多问题的进一步研究。

武曌的名号情结

按照普遍的说法，唐朝从 618 年到 907 年，共历 290年。这是不准确的。因为从 690 年九月到 705 年二月，国号是"周"不是"唐"，皇帝姓"武"不姓"李"，这样的情形，客观地说就是改朝换代。

唐朝这样的情形，与汉朝颇为相似。在长寿的汉朝或说西汉、东汉中间，夹着个好像匆匆过客一样的 15 年的新朝；而在长寿的唐朝的前期，也夹着个好像匆匆过客一样的 15 年的周朝。新朝以汉朝外戚、"表演大师"王莽而始终；周朝以唐朝皇后、强势女人武曌而始终。

当然，新朝的王莽与周朝的武曌也有不同。在《汉书》中，王莽被贬入"列传"的末尾，也就是被视为乱臣贼子；在《旧唐书》《新唐书》中，"则天皇后"武曌被尊为"本纪"，实际是认可了她的皇帝身份。王莽的结局是被悬首碎尸，死无葬身之地；武曌至今陪伴着她的丈夫李治，安详地躺在陕西那高大的乾陵里。又同样是皇帝，王莽与武曌还有个最大的不同：王莽是男人，武曌是女人。

武曌，中国传统帝制时代里、男权社会中，唯一一位真正的女皇。

因为这样的女皇身份，武曌，也就是我们习称的"武则天"，可谓妇孺皆知。直到今天，数不清的电影、电视、讲坛、演义小说、学术专著以及闲扯八卦中，武则天都是正说、戏说、歪说、瞎说以至"色说"的热门人物。

人们为什么喜欢说武则天？很简单：武则天既是女人，又是皇帝。历史本来就是由男人与女人共同创造的，但能够细说的男人太多，能够细说的女人太少，所以逮着一位能够细说的女人，自然不会轻易放过。如果复杂些思考，这武则天也确实值得细说：比如她的人生经历充满传奇，她的手腕残忍冷酷，她的功绩彪炳史册，她的个人生活丰富多彩。

这样的武则天，真是位说不尽也说不清、爱也不是恨也不是的女人。武则天自己大概也意识到了这些，今天乾陵前面高耸的无字碑，据说就是遵从她的遗言立的。无字有时胜过有字，这就仿佛中国传统绘画，留白的空间有时胜过渲染的画面。武则天的无字碑，究竟表达了什么用意，至今众说纷纭，唯有一点可以肯定，这无字之碑，留给后人无尽的思考。

大家熟悉的武则天，就简单地说到这里。接下来要说的，是与周国号相关的武则天浓重的名号情结。

说起武则天浓重的名号情结，这表现在许多方面：

第一，武则天的改名。

这是一个需要说明以正视听的问题，因为世人熟知并且习称的"则天"不是她的名。705 年，皇帝李显给她上的尊号是"则天大圣皇帝"，她自己要求改称"则天大圣皇后"。也就是说，在她生命的最后一年，82 岁时，才有了"则天"尊号，"则天"既不是她的名，也不是她的字，所以称她"武则天"其实不伦不类，等于在她的姓后面加了一个尊号。只是约定俗成，现在我们基本管她叫"武则天"了。

那么武则天本名是什么呢？本名照。大概觉得"照"字不够气派，689 年，在做皇帝的前一年，她为自己造了个新字"曌"，意为日月当空，普照神州大地。同时或在此前后，她还改变了大约 20 个非常重要的字，比如天、地、日、月、年、君、臣、圣、人、国等等的写法，比如地的写法是埊，国的写法是圀，君是上为"天"、中为"大"、下为"吉"，人是上为"一"、下为"生"。这些字，后来被称为"武周新字"。日月当空的曌，也是她造出的新字，而从此以后，"武照"也就改名"武曌"了。

类似"武照"改名"武曌"的情况，在中国历史上事例很多。皇帝，就要有与皇帝气势相当的大名。如汉高祖刘邦，本来叫刘季；五代十国时南汉皇帝刘龑，本来叫刘陟、刘岩、刘龚。邦是比国还要大的字眼，龑更是取《周易》"飞龙在天"之意造出的新字。皇帝如此，许多名人也是这样，在地位改变之后，往往就会改名。我们谈论历史，最好不要在这个事情上犯常识性错误。我就一直想不明白：民族英雄郑森，因为南明隆武皇帝朱聿键赐姓赐名，所以也叫朱成功，哪里来的"郑成功"呢？伟大的民主革命先驱孙文，号逸仙，"中山樵"只是他流亡日本时的化名，"中山"还是个日本姓氏，我们为什么要称他"孙中山"呢？甚至蒋中正，字介石，我们知道，称字是表示尊敬的意思，我们为什么习惯称"蒋介石"，而很少称不褒不贬的"蒋中正"呢？

话说回来，这武则天，我们还是应该按照"名从其主"的原则，称她武照或武曌。以下为了方便起见，因为主要谈的是作为女皇的她，所以我们姑且称她武曌。

第二，武曌的尊号。

武曌做才人时，唐太宗赐她的称号是"武媚"，人称"武媚娘"。"媚"在这里不是妩媚的意思，而是带有戏谑的味道。《武媚娘》本是民间倡优时常弹唱的一首俗曲，描写房中行乐之事。43岁的唐太宗打趣地称14岁的武曌为"武媚",既是因为这位姓"武"的新人,让他感受到了不同于贵族女子的民间气息,也表现了唐太宗性格中亲切诙谐的一面。

"武媚"不是尊号。说起武曌的尊号,伴随着她地位的改变,先后有过很多。称帝之前,她有天后、皇太后、圣母神皇的尊号;称帝之后,更有圣神皇帝、金轮圣神皇帝、越古金轮圣神皇帝、慈氏越古金轮圣神皇帝、天册金轮圣神皇帝的尊号;退位以后,又有则天大圣皇帝、则天大圣皇后的尊号。逝世以后,她的尊号也是起起伏伏,先后有天后、大圣天后、天后圣帝、圣后、则天后、则天顺圣皇后。

这些尊号都蛮有意思的,我们挑几个说说。"圣母神皇"尊号是688年启用的。所谓"圣""神",表明武曌是圣、神的化身,所谓"母""皇",显示武曌既为母后、又为皇帝的双重身份。当时,武曌事实上已经在做皇帝,而且准备名正言顺地做皇帝;然而,武曌还不想贸然废掉傀儡皇帝李旦,她还想再次试探一下天下的反应,"圣母神皇"尊号正具有这样的作用:进可去"母"称"皇",退可去"皇"称"母"。至于尊号中的"金轮",指的是佛光,尊号中的"慈氏",是梵文"弥勒"的意译,这反映了武曌对于佛教的利用。我们知道,儒家经典是反对女子干政的，而在佛教的《大云经》中，却找到了这样的记载："佛告净光天女言：汝……以女身当王国土，得转轮王所统领处四分之一。"又："我涅槃已七百年后，是南天竺有一小国……其王夫人产育一女……其王未免忽然崩亡，尔时群臣即奉此女以继王嗣。女既承正，威伏天下。阎浮提中所有国土悉来承奉，无拒违者。"武曌自认为她就是这位"当王国土"的"女身"，就是这位"威伏天下"的"一女"；而在一班无聊僧人与御用文士的解释中，更证明武曌就是弥勒佛转世，当做阎浮提（人间）之主。因为佛教成了武曌称帝的理论工具，所以武曌的周朝特别尊崇佛教，并且在天下各州设置大云寺，礼请高僧讲解《大

传为武曌形象化身的洛阳龙门石窟奉先寺卢舍那佛

云经》。又如武曌活着的时候，以"天后"尊号开始，以"则天大圣皇后"尊号结束，首尾都是随夫而行的"后"，这说明了在以男性为主的社会里，尽管会有个别女性成为权力的中心，却改变不了男为主、女为辅的传统定位，而武曌的周朝之所以成为历史的匆匆过客，根本原因也在这里。

第三，武曌的年号。

武曌不仅尊号众多，其年号之多也是中国历史上极为罕见的。在周朝的15年里，出现了14个年号，其中有一年竟然有证圣、天册万岁、万岁登封三个年号。

第四，武曌为别人更名改姓。

武曌的名号情结，还表现在她爱给别人更名改姓。比如两位非汉民族首领归附了武曌，她恩赐姓名"李尽忠""孙万荣"，希望他们尽忠李唐王朝、子孙万代繁荣；等到他们起兵反叛了，武曌马上把"李尽忠"改为"李尽灭"，"孙万荣"改为"孙万斩"。又如武曌除掉情敌王皇后、萧淑妃后，把王皇后的"王"姓改为蟒蛇的"蟒"，把萧淑妃的"萧"姓改为毒枭的"枭"。

如此看来，"素多智计，兼涉文史"（《旧唐书·则天皇后本纪》）的武曌，真的是相信文字的神奇，相信名号的力量。所以，她造字改名为武曌，又不断地加尊号、颁年号，还以更名改姓作为奖赏或打击别人的手段。那么，这样一位具有浓重名号情结的女皇，为她的新王朝定立的新国号，肯定也是极为讲究的了。如何极为讲究呢？简而言之，武曌在正式取代唐朝之前，已经完成了一系列的准备工作：确认父族武氏、母族杨氏都"出自姬姓"；追赠父亲武士彟为周国公，后又为周忠孝太皇；改用周历，推行《周礼》。至此，武曌的周朝已经呼之欲出，或者说，武曌的新朝已经不能不定国号为周了。

本文节选自胡阿祥《正名中国：胡阿祥说国号》第十一讲，中华书局，2013年版。

"天地阴阳人事际会"的赵宋国号

从960年正月到1279年二月，是中国传统历史纪年中的宋朝。宋朝分为建都开封的统一王朝"北宋"，从960年到1127年，亡于金朝；建都临安也就是今杭州的偏安王朝"南宋"，从1127年到1279年，亡于元朝。因为开封在北方、杭州在南方，所以后人称为北宋、南宋，其实当初赵匡胤始建、赵构重建的王朝，国号都叫宋，并没有区别。

在中国历代国号中，按照宋朝人的说法，这个宋国号显得极有文化内涵，考虑得极为复杂周到，是"天地阴阳人事际会，亦自古罕有"（秦再思《洛中纪异录》）的国号，也就是说，宋国号在天文、地理、阴阳、人事各方面都有充足的依据，堪称"自古罕有"的完美国号。果真如此吗？

宋国号"因所领节度州名也"

宋国号的来源与含义，本来非常简单，简单到甚至没有多少说头。

宋朝的开国皇帝赵匡胤，河北涿州人，出生于洛阳，行伍世家，自幼习武，善于骑射，战功累积，做到了黑暗动荡的五代十国时北方"五代"中最后一个朝代后周的大将，官拜殿前都点检，也就是最精锐的中央禁军的统帅。这支禁军，不仅是护卫宫廷的武装力量，也是征讨天下的主力部队。赵匡胤担任着这样一个重要职位，而且几乎所有的禁军中高级将领都是他的好友与亲信，这便直接决定了他日后兵变的可操作性。

960年正月初一，朝廷的贺岁大礼正在进行，一匹快马送来了一个紧急情报，说是辽与北汉联军很快将南下入侵河北地区。其实这是赵匡胤特意安排的谎报军情。即位不久的七岁的小皇帝柴宗训与年轻懦弱的符太后这对孤儿寡母，听从了范质、王溥一帮书呆子大臣的建议，马上就决定派遣智勇双全、声名显赫的赵匡胤率领禁军主力前往御敌。初二日，前军先行出发；初三一早，赵匡胤领着大军出城，当晚宿营在陈桥驿（今河南封丘县东南陈桥镇）。初四凌晨到晚上，这一天发生了许多大事：先是将士哗变，冲进营帐，把事先准备好的黄袍披到刚刚"酒醒"起床的赵匡胤身上，赵匡胤假作苦苦推辞，众人自然不允，山呼万岁，随后就拥着他向 40 里外的京城开封开去；等到大军入城，他手下的兵将纷纷亮出刀刃，群臣只好下拜，并马上就举行了禅让大礼；其间，据说连法定的重要文件，也就是禅让制书，赵匡胤的部下都替柴宗训准备好了。于是一个新的王朝诞生了，"大赦，改元，定有天下之号曰宋"（《宋史·太祖本纪》），这就是宋朝。

宋朝大概算是中国自古以来建立速度最快、最富有戏剧性的王朝了。但是匆忙之间建立的这个新王朝，国号却实在没有时间仔细考虑。由于赵匡胤兼任过的最高地方官职是宋州归德军节度使，所以新王朝的国号就直接叫"宋"了。清人毕沅在《续资治通鉴》中就明确指出："诏定有天下之号曰宋，因所领节度州名也。"

那么，这宋州归德军节度使是个什么官职呢？这个节度使驻扎在宋州，即今河南商丘市，是防守 100 多公里外的后周首都开封的重要官职。尽管赵匡胤作为中央禁军统帅，驻在开封，与宋州并无多少密切的关系，但宋州归德军节度使既是当时非常荣耀的官职，又是赵匡胤篡周前担任的最高地方官职，所以有"国家飞运于宋"（《宋史·律历志》）的说法，而赵匡胤建国，也就直接以宋为国号了。

宋成为国号后，作为国号来源的宋州，地位也是超常擢升。1006 年，宋州升为应天府，大概相当于今天的从地级市升为副省级市吧，而"应天"这个荣耀的名字，明显取义于"国家飞运于宋"的特殊背景，所谓宋州"乃帝业肇基之地，恭惟圣祖，诞启鸿图……宜锡崇名，用彰神武之功，具表兴王之盛"（《升宋州为应天府诏》）即是。到了1014年，更将应天府建为南京，成了宋朝首都东京开封府以外的陪都，这起码相当于今天的直辖市吧。这些，也都印证了宋国号得自宋州的事实。

巧合与附会

宋国号来源于宋州，宋州是赵匡胤兼任过军政长官的地方，这样的事实，可谓简单明了。但在富有文化的宋朝人看来，对此却感到很不满意：堂堂大宋国号，怎么能够如此平白浅薄呢？好歹也得加上些具有文化意蕴的解释，才说得过去啊！宋人的这种心理需求，在拥有悠久的历史记忆、丰富的古籍资源的中国，当然可以得到满足。于是，宋朝文人找到了许多的巧合，从而为宋国号加上了一层又一层的附会。

第一个巧合，赵匡胤的父亲是赵弘殷。

赵弘殷956年去世，曾为五代后唐、后汉、后周将领。后周时，赵弘殷被封为天水县男，也就是拥有了男爵的爵位，并与次子赵匡胤一起掌管禁军。因为这个"天水县男"，宋朝又得了个雅称"天水"。国学大师王国维曾经说过："天水一朝，人智之活动与文化之多方面，前之汉唐，后之元明，皆所不逮也。"（《宋代之金石学》）史家陈寅恪先生也说："天水一朝之文化，竟为我民族遗留之瑰宝。"（《赠蒋秉南序》）至于赵弘殷这个姓名，更是容易做出文章。"弘"是推广、光大的意思，"殷"联系着中国历史上夏、商、周三代中的商朝。我们知道，"商"是本号，是自称，"殷"是别号，是他称，这种情形，有些类似于三国时刘备、刘禅政权自称"汉"而他称"蜀"，只不过"蜀"这个他称具有贬义，而本来不贬不褒的"殷"，后来引申出了许多美义。如《说文解字》"作乐之盛称殷"，《白虎通德论·号》"殷者，中也，明当为中和之道也"；又在司马迁的《史记》中，以"殷本纪"记载商朝历史；今天考古学上鼎鼎大名、发现商朝甲骨文的河南安阳小屯村"殷墟"，是商朝后期的都城。既然"商"就是"殷"，"殷"就是"商"，那么，"赵弘殷"明摆着就是"赵家要发扬光大商朝"的意思。

第二个巧合，古代的商丘是赵匡胤的龙兴之地宋州。

宋州就是今河南商丘市。古代地名中，丘、墟往往有旧地、遗址、故城的意思。如殷墟——殷朝的故都，商丘——商朝的旧地。商丘这个地名先秦时就有了，据说与商人的起源有关，《史记·殷本纪》里说商人始祖契"封于商"，古人更认为商族、商国因此得名。到了596年隋朝时，在这里设置了宋州。宋州既是商朝的发祥之地，也是赵匡胤的龙兴之地，于是赵家与商朝的关系又更紧密了一步。

第三个巧合，宋州是商朝后裔宋国的国都。

隋朝时在古代的商丘设置宋州，是有历史依据的。公元前11世纪周朝大分封时，选了当时与商字读音相近的宋字，就在商丘这个地方，封了商朝的微子启为宋公，建立宋国，以继承商朝的祭祀。在当时，这是一个通行做法，是为了表示对前朝形式上的尊敬。如封了夏朝后裔建立杞国，就是成语"杞人忧天"里的那个杞。具体到微子启，本名启，因为商朝时分封在微（今山东梁山县），所以习称微子启。启是商纣王同父异母的哥哥，以正直见称，周武王灭商时，投降了周武王，并得封宋公。微子启的这个宋国，长期建都在商丘，大约有700年时间；宋国第一位国君又是商朝贵族启，所以在后来的社会习俗中，就往往宋、商互称了。

以上三个巧合，简单归纳一下，就是殷等于商，商等于宋，"赵弘殷"也就暗示着"赵弘商""赵弘宋"。果然，赵弘殷的儿子赵匡胤大展宏图、开创帝业的地方，又恰巧是商朝的发祥地、商朝后裔宋国的都城宋州，于是这便注定了赵匡胤要以宋作为他沿袭的国号了。

第四个巧合，阏伯居住商丘、祭祀大火。

宋人还找出了一个非常重要的巧合，即阏伯的居地与职业。阏伯是商朝以及宋国传说中的远祖，曾经居住在商丘祭祀大火。大火是天上的一颗赤色的一等恒星，今天称为天蝎座 α 星，这颗星被商人看作是关系到民族兴衰、历法节令、国家命运的族星，所以是商朝祭祀的主星，而主持祭祀的人最初正是阏伯，祭祀的地方则在商丘。今商丘市西南还有阏伯台，俗称火神台、火星台。而以此为依据，宋人对赵匡胤建国而自居火德便有了进一步的解释。本来，按照五德相生的理论，后周是木德，赵匡胤既然接受了后周的禅让，木生火，那么宋朝就是火德。而等到与阏伯居住商丘、祭祀大火联系起来后，宋朝的火德便有了悠久的历史渊源，仿佛赵匡胤既然镇守商丘，就当然会秉承火德，成就一番开国伟业，而且这番伟业，还是正儿八经地远绍夏、商、周三代之商的。

总之，以上种种的机缘巧合，把乱世中出身行伍世家的赵匡胤，与本来扯不上边的阏伯、微子启搭在了一起。

商丘阏伯台

阏伯不仅是商朝远祖，还是黄帝曾孙帝喾的大儿子，微子启不仅是名声很好的商朝贵族，还是西周时宋国开国之君；阏伯是在商丘也就是宋州祭祀大火的，微子启是在商丘也就是宋州开国的，赵匡胤的政权是火德，赵匡胤的龙兴之地又是宋州。如此等等的历史、地理、天文、五行巧合，加上赵匡胤老爸偏偏就叫赵弘殷，于是，这相互关联的层层证据链，共同证明了宋国号冥冥之中已经定于先世、赵匡胤就是远承两千年前商朝的真命天子的重要事实。而宋国号的解释，也随之越来越充分与完备，越来越复杂与神秘，最后竟然达到了北宋初年秦再思在《洛中纪异录》中所说的程度："天地阴阳人事际会，亦自古罕有。"而南宋初年李石的《续博物志》也同样认为："天地人之冥契，自古罕有。"只是这流行于宋朝的有关宋国号的完美解释，全都来自牵强附会！

火宋与火德

宋国号的解释，虽然来自附会，但也有着现实的影响。不妨说个故事。宋神宗年间，王安石变法，大力推行新政，其中一项措施是鼓励百姓租赁祠庙做市场，以搞活市场经济。当时南京也就是今商丘的地方长官张安道上疏，请求不要出租阏伯祠、微子祠，理由是："宋，王业所基也，而以火德王。阏伯封于商丘，以主大火；微子为宋始封。此二祠者，独不可免于鬻乎？"宋神宗知道这事后，大为震怒，以为"慢神辱国，无甚于斯"（罗大经《鹤林玉露·鬻祠庙》），于是天下祠庙都逃脱了被租赁的命运。本来，开辟祠庙做市场，不失为活跃经济的好方法，不料被地方长官张安道钻了空子，以与宋国号具有密切渊源关系的阏伯、微子为借口，反对这一"新政"；神宗皇帝也认为此举不仅"慢神"，而且"辱国"，即有损国家形象。由此可见，有关宋国号的附会之说，竟然成了政治斗争的借口与工具。

至于宋朝的火德，影响更是深远，以至宋朝有了"火宋"别称。北宋米芾就有"火宋米芾"印章，这枚印章的边款文字是："正人端士，名字皆正。至于所纪岁时，亦莫不正。前有水宋，故有火宋别之。"（李治《敬斋古今黈》）对此，清人俞樾《茶香室丛钞》解释说："按水宋，谓刘宋也……宋水德，故谓之水宋。至赵宋，则以火德王，故谓之火宋。火宋之称甚奇，世罕有用者。"也就是说，所谓"水宋"，指420年到479年建都在今南京的偏安王朝宋朝，由于开国皇帝是刘裕，所以也称"刘宋"，这就仿佛赵匡胤开创的这个宋朝，又称"赵宋"一样。

值得注意的是，1127年北宋灭亡后，宋徽宗赵佶第九子、宋钦宗赵桓的弟弟、康王赵构马上称帝于南京，这个南京就是宋州、应天府，也就是今河南商丘，宋太祖赵匡胤的发迹之地。当时商议年号，有"炎兴""建炎"两种意见，因为刘禅用过炎兴年号，最后确定为建炎。炎兴、建炎都是重建宋朝、重续火德的意思，赵构即位改元诏就说："朕惟火德中微，天命未改，考光武纪元之制，绍建隆开国之基，用赫丕图，益光前烈……以靖康二年五月一日改为建炎元年。"（《宋会要辑稿·礼》）等到1276年元朝军队攻破南宋首都临安城，赵昰称帝于福州，改年号为"景炎"，仍是光大火德的意思。

其实不仅赵匡胤的后代赵构、赵昰是这样做的，民间也是如此。如建炎年间，活跃于北方的一些抗金武装组织，用建炎年号，以红巾为标识；金朝末年，北方又出现了反抗女真金国统治、身穿红衲袄的"红袄军"。这里的红巾、红衲袄，都象征着宋朝的火德，表达了光复宋室江山的情结。等到南宋被蒙古元朝灭亡后，宋国号与火德，也仍是伸张大汉民族主义的两面旗帜，如元末徐寿辉、韩林儿的红巾军，不仅奉持火德，而且都直接以宋为国号；后来朱元璋建立大明，更标志着"反元复宋"的成功，这就仿佛清朝初年的"天地会"与清朝晚期的革命党，以"反清复明"为目标、为口号一样。从这个意义上说，理解宋国号及其附会之说，对于理解宋、元、明、清以至中华民国的历史，竟然也是一个关键所在。

本文节选自胡阿祥《正名中国：胡阿祥说国号》第十二讲，中华书局，2013年版。

因异而认同：从"华夏""汉族"到"中华民族"

"我"是谁？"我"从哪里来？在中国悠久绵长的历史中，这一直属于"文化"范畴的问题，道理很简单，中国古代并无现代意义的生命科学。进而言之，以代代相传的、构成生命的遗传基因 Y 染色体的检测为手段，对于类似问题所作出的全新回答，其实并不能真正"改写"既往的、立足于"文化"认知的那些答案。

举我本人的例子。经过复旦大学现代人类学教育部重点实验室的检测，2013 年 4 月 8 日，我知道了我的 Y 染色体为 N-M231+。按照生命科学的解释，N-M231 是"较晚期到达东亚的人群。阿尔泰语系、芬兰人等中高频分布，在中国广泛分布，汉人中通常 10% 以下，部分少数民族中较高频"，又"+ 号表示有突变"。然而这些"科学"答案，只是有趣地丰富了我对"我"是谁、"我"从哪里来的认识，而没有改变我对胡姓源出舜裔胡公满、中古时代胡姓以安定与新蔡为著望、近世以来我属宁波柴桥胡等等的"文化"认知，虽然这些"文化"认知并无"科学"数据的证明。

宁波柴桥原胡氏宗祠

作为"个人"的"我"是这样，推而广之，作为"华夏""汉族"以及"中华民族"的"我们"，又何尝不是如此呢？

一

起码在中国历史上，今天所谓的"民族"，终究是个因异而认同的"文化"概念，而非血统检测的"科学"概念。再具体些说，在中国历史上，那些相同点多、相异点少的人群，往往会在相同点少、相异点多的外部人群的压力下，产生彼此互认，进而认同；压力越大，危机越深，这种互认与认同的范围就越大，圈入的人群就越多，如此，便形成了具体的民族意识以至民族事实。这样的理解，与斯大林在《马克思主义和民族问题》一文中的定义，"民族是人们在历史上形成的一个有共同语言、共同地域、共同经济生活以及表现于共同文化上的共同心理素质的稳定的共同体"，是吻合的。当然，"民族"一词，在古汉语里并没有构成，而用"人""种人""族类""部落""种落"等词表示，用"民族"表示稳定的共同体，是100余年前从日文中引进的；但是，这并不妨碍我们讨论中国历史上的"民族"问题。

在中国历史上，地理与文化双重意义上的主体民族的形成有两次，一次是作为汉族前身的华夏，一次是汉族。

"华夏"的形成，离不开春秋时代外部蛮夷戎狄的压力与内部诸夏成员的互认，所谓"四夷交侵，中国微矣"（《诗·小雅·六月》毛序），"南夷与北狄交，中国不绝若线"（《春秋公羊传》僖公四年），在这样的情势下，相对于四夷来说，那些周天子分封的、与周天子的利害大体一致的诸夏国家，祭起了"尊王攘夷"的大旗。"尊王"，就是尊奉周天子为主；"攘夷"，就是排斥蛮、夷、戎、狄。这样，"华夏"就带上了民族的意味乃至凝成了民族的名称。"华夏"民族，就是区别于蛮夷戎狄的、文化灿烂、如同花一样美丽的"诸夏"，所以驾乎四夷之上。及至战国时代，华夏民族形成并壮大，平灭六国以后的秦朝，便是以华夏民族为主体的、多民族的、中央集权制的国家。

再言"汉族"的形成，同样联系着非汉民族。先是十六国北朝时期，入主中原的所谓"五胡"匈奴、鲜卑、羯、氐、羌，以"汉""汉子""汉家""汉妇人""汉老妪""汉小儿""一钱汉""狗汉""贼汉"等贬称，称呼曾经的两汉、三国、西晋之"天朝子民"，而在遭到这样辱骂的语境下，受到歧视的被骂者就有了一种彼此认同的意识，是为汉族的形成阶段；汉族意识的再次强化与汉族群体的进一步扩大，是契丹、女真、蒙古等族相继进入中原，建立起辽、金、大元政权时期，其时，"汉人""汉儿"一类仍带贬义的称谓再次大量出现，"汉"也成为身份、地位低下的一种象征；再往后，则是满洲民族进入中原建立大清王朝，汉人作为被统治民族，仍然处于弱势地位。而到了 1912 年中华民国建立，提倡"合汉、满、蒙、回、藏诸族为一人"，"合汉、满、蒙、回、藏诸地为一国"（《中华民国临时大总统宣言书》），至此，"汉族"作为汉人共同体的族称，正式出现在史册中。

要之，居中的、自认先进的"华夏"，是在周边的蛮夷戎狄的外部压力下，出现华夏意识、成为华夏民族的，华夏具有一种优越感；而"汉"是在胡族或说非汉民族的统治下、与其杂居状态中，被动自认的，在很长时间里，"汉"在非汉民族统治者的称呼里，带有贬义。

然而必须强调的是，诸如华夏、蛮、夷、戎、狄，汉、匈奴、鲜卑、羯、氐、羌、契丹、女真、蒙古、满洲，作为民族名称虽然区别明显，具体内涵却是复杂的、模糊的；也就是说，起码在中国历史上，并不存在血统纯粹的民族，而这联系着民族划分的标准问题。

在中国传统文化特别是主体民族华夏与汉的传统文化中，往往以"文化"而不以"血缘"区分民族。如在春秋战国时期，虽然也有"非我族类，其心必异"（《左传·成公四年》）的说法，但逐渐发展出一种标准，即区分华夏与蛮夷戎狄的关键，不是血缘关系而是文化选择。唐韩愈《原道》："孔子之作《春秋》也，诸侯用夷礼则夷之，进于中国则中国之。"1907 年杨度《金铁主义说》："《春秋》之义，无论同姓之鲁、卫，异姓之齐、宋，非种之楚、越，中国可以退为夷狄，夷狄可以进为中国，专以礼教为标准，而无有亲疏之别。"谭其骧师《近代湖南人中之蛮族血统》（《史学年报》第 2 卷第 5 期，1939）也指出："汉民族自古以来，只以文化之异同辨夷夏，不以血统之差别歧视他族。凡他族之与华夏杂居者，但须习我衣冠，沐我文教，即不复以异族视之，久而其人遂亦不自知其为异族矣。"也就是说，华夏（汉）如果接受了蛮夷戎狄（胡）的风俗习惯，就成了蛮夷戎狄（胡），反之亦然；华夏（汉）、蛮夷戎狄（胡）之分，不在族类，不在地域，而在文化。什么文化？《礼记·王制》说道：

> 中国戎夷，五方之民，皆有性也，不可推移。东方曰夷，被发文身，有不火食者矣。南方曰蛮，雕题交趾，有不火食者矣。西方曰戎，被发衣皮，有不粒食者矣。北方曰狄，衣羽毛，穴居，有不粒食者矣。中国、夷、蛮、戎、狄，皆有安居、和味、宜服、利用、备器。

由此，华夏（汉）与蛮夷戎狄（胡）的区别，是蛮夷戎狄（胡）"饮食衣服，不与华同"（《左传·襄公十四年》），华夏"以诗书礼乐法度为政"，而"戎夷无此"（《史记·秦本纪》）。其实读读所谓"正史"的蛮夷戎狄传、土司传甚至外国传，记载的主要内容也就是"饮食衣服"与"诗书礼乐法度"。而理解了这样的"文化"标准，再去探讨有关中国历史上各别民族的政治、军事、经济、文化等问题，也就有了清晰的梳理线索。

二

据上所述，我们还可以进而理解中国历史上乃至现在的一些重要的民族现象。

比如，正是因为华夏（汉）与蛮夷戎狄（胡）之分，关键在于文化，而文化总是在不断变迁、发展与进步的，加上"中国世界"相对独立的地理特点、周边民族向内地民族辐辏的文化趋势等因素的影响，遂造成汉族发展成世界上最大民族的结果。柳诒徵《中国文化史》（中国大百科全书出版社，1988年版）"绪论"指出：

> 数千年来，其所吸收同化之异族，无虑百数。春秋战国时所谓蛮、夷、戎、狄者无论矣，秦、汉以降，若匈奴、若鲜卑、若羌、若奚、若胡、若突厥、若沙陀、若契丹、若女真、若蒙古、若靺鞨、若高丽、若渤海、若安南，时时有同化于汉族，易其姓名，习其文教，通其婚媾者。外此，如月氏、安息、天竺、回纥、唐兀、康里、阿速、钦察、雍古、弗林诸国之人，自汉、魏以至元、明，逐渐混入汉族者，复不知凡几。

如此的民族融合，显示了汉族同化异族的能力极其伟大，随之，汉族的血统，在世界各民族中也最为复杂。当然，我们也承认历史上有变夏为夷、变汉为胡者，但毕竟零散地外迁边疆地区、并且真正融入非华夏族与非汉族者只是少数；就人数本身论，还是迁入内地农耕地区、融入汉族海洋者占了绝大多数。这样的融入又是多方面的，诸如身份的变胡为汉，经济生活的变游牧、狩猎为男耕女织，思想文化上的重天地君亲师，政治制度方面的实行中央集权专制统治，这些，都是不以个人与民族的意志为转移的，是虽然或快或慢、或主动或被动但却不可逆转的过程。

再如，若以华夏（汉）之地理语境或文化语境中的蛮、夷、戎、狄，作为中国历史上南、东、西、北之非华夏族、非汉族的统称，那么，蛮、夷、戎、狄指称的对象与地域也是变化不定的，其总的趋势是，蛮、夷、戎、狄指称的对象越来越少，指称的地域越来越远。具体来说，由于汉族以及非汉民族中原王朝势力的推展、内地农耕社会东部接海，所以逐渐地，"东夷"主要指称海外的政权与部族，如朝鲜半岛国家、日本列岛国家；"北狄"一直存在着，虽然所指对象多变，但大体在长城以外，并且往往被传统儒家视为化外之民与化外之地；"西戎"相对不太复杂，近处的"西戎"如河西走廊、四川西部及其周围部族，在史书中尚见记载与关注，但由于"中国"疆域的偶像大禹出自西戎的传说，所以强调得相对较少，而远处如青藏、西域的"西戎"，与中原内地的联系、交往、影响本来就较少较弱；至于包含了"群蛮""百越""千苗"的"南蛮"，其自身种属的复杂与自认的不足，加上中原王朝对其认识程度的有限，使得"南蛮"的面貌尤为模糊不清，乃至往往难辨渊源，这就诚如谭其骧师《近代湖南人中之蛮族血统》立足于比较立场所指出的事实：

北方之异族为客，多以武力入主中原，故其来踪去迹，较为显而易见；南方之异族为主，多为汉族政权所统治，故其混合同化之迹，隐晦难寻……史籍上关于此类事实之记载，在北为习见不鲜，在南为绝无仅有。即以私家谱牒而言，北族也往往肯自认出于夷狄，于内迁之由来，通婚之经过，历历可按。南方之蛮族，则当其始进于文明，自无谱牒一类之记载，迨夫知书习礼，门第既盛，方有事于谱牒，则或已数典而忘祖，或欲讳其所从出，不得已乃以远祖托名于往代伟人，臆造其徙移经过。易世而后，其讹误遂至于莫可追究，民族混合之迹，荡焉无遗。又如以姓氏推定族系由来一法，在北方亦为人所常用，在南方则扞格难行。盖北方民族之姓氏与汉姓截然有别，读史者见拓跋、长孙、尉迟、宇文，即可知其为鲜卑；见耶律，即可知其为契丹；见完颜、石抹，即可知其为女真；此诸姓不特显扬于北魏、辽、金当世，并能著迹于国亡百年之后，故鲜卑诸族血统之常存于中土，亦昭然若揭焉。而南方民族则不然。南方民族之语言与汉语同为单音系统，以是其姓氏亦属单音，以单音之姓氏，译为汉字，结果除极少数外，自与汉姓完全无异。汉族有张、王、刘、李、赵，蛮族亦有张、王、刘、李、赵，人但知其为张、王、刘、李、赵，设非语言习俗有异，乌可得而知其是否汉族耶！

而站在今天的立场上，无论这些"张、王、刘、李、赵"以及"拓跋、长孙、尉迟、宇文、耶律、完颜、石抹"是

"汉族"还是"非汉民族"，又都不妨碍其为"中华民族"。

三

现在，"中华民族"已是我们耳熟能详的概念了。我们常说的"中华民族大家庭"，包括56个民族成员；"五十六个民族，五十六朵花"，成了流行歌词。其实，"中华民族"这个概念，仍然有着从模糊走向清晰的历史过程。

据我在《伟哉斯名——"中国"古今称谓研究》（湖北教育出版社，2000年版）书中的考证，在中国古代，合"中国"与"华夏"二词而成的"中华"，起源于魏晋时期，首先使用在天文上，是与太阳、太阴配合的、居中的天门名称；然后扩而大之，地理概念上的"中华"，本指中原、内地或全国，文化概念上的"中华"，本指传统农耕地区的文化，民族概念上的"中华"，则本指汉族。及至100余年前"民族"一词从日文中引进后，不久就复合出"中华民族"一词，只是缘于古代的传统观念，最初"中华民族"一般仍指中国的主体民族即汉族，但是很快含义就有了拓展。如1913年初，在归绥（今呼和浩特）召开的西蒙古王公会议通电全国声明："数百年来，汉蒙久成一家……现在共和新立，五族一家，南北无争，中央有主……我蒙同系中华民族，自宜一体出力，维持民国。"

这是第一次在政治文件中，非汉民族代表人物共同决议，庄严宣告自己的民族属于中华民族。而与"华夏""汉"的形成相仿佛，"中华民族"的出现，也是此前的百余年来帝国主义列强侵略、压迫甚至分化企图的产物，正是空前的国家与民族危机，使得在同一个中央政府治理下的诸多民族，同呼吸、共命运的意识被强化，终于集聚成了"中华民族"；而发展至今，正如著名社会学家费孝通所指出的："中华民族这个词用来指现在中国疆域里具有民族认同的十一亿人民。它所包括的五十多个民族单位是多元，中华民族是一体。"（费孝通等著：《中华民族多元一体格局》，中央民族学院出版社，1989 年版）

然而"多元一体"的"中华民族"，对照现在通行中国大陆的上引斯大林的"民族"定义，显然又非一般人类学、民族学甚至社会学里的民族概念。毕竟，56 个民族，语言有异；56 朵花，花色不同。如此，我们可以认为，"中华民族"仍处在由民族意识到民族实体的形成过程中，在多数场合，"中华民族"是民族群或说是民族集合体，而在少数场合，"中华民族"则是政治概念。

进而言之，我们现在习称的"56 个民族""少数民族"，如果仔细推敲起来，似乎也有不妥。以"56 个民族"论，绝大部分是中华人民共和国成立初期，在调查与研究并不充分的情况下，从要求认证的几百个"民族"中，通过识别并经中央政府确认的民族；而事实上直到目前，有些划归某一民族的族体，还在提出重新识别为单一民族的要求，比如许多的四川康巴人不认为自己属于藏族，海南北部 50 余万讲临高话的人要求认证为临高族，以分布在贵州西北地区为主的 60 多万"穿青人"自认是"未识别民族"。但由于"56 个民族"的说法已成习惯（1965 年确认了 55 个民族，1979 年又确认了云南的基诺族），以及其他诸多考虑，一时之间，这个数字恐怕难以增减。至于 56 个民族中的"高山族"，其实包括了台湾地区的诸多族群，如阿美、泰雅、排湾、布农、卑南、鲁凯、曹、雅美、赛夏等，他们自称"原住民"，不叫"高山族"，而且这些族群的习俗并不相同，语言更是互不相通，如此，作为中国一部分的台湾地区，其族属也还属于遗留未决问题。又以"少数民族"论，仅仅因为诸多民族相对汉族而言人口较少，就称其为"少数民族"，我的感觉，这样的称呼多少欠妥。我平常的行文习惯，是"汉族"与"非汉民族"，"非汉民族"一词是中性的，这就好比穿衣服的左衽、右衽，没有褒贬之分。

再往下说，就更语涉敏感了，我们姑且作为问题提出来，而不展开。《中国社会科学报》2010 年 8 月 24 日的"特别策划"为"全球视野下的国家认同"，中、美、日三国的诸多学者，以中、美、俄、法、德、日的历史与现实为关注对象，得出了大体倾向一致的观点，那就是在当今世界形势下，国家认同要高于、也紧迫于民族认同。如马戎《"中华民族"是一家》提出：

以"中华民族"为核心认同建立一个全体中国人的"民族国家"，强化中华民族的"民族意识"，逐步淡化各"民族"的"民族"意识，只有这样才能加强各"民族"之间的相互认同。

又韩震在《全球化时代的国家认同》中，表示"非常赞成兰州军区原司令员李乾元上将的看法"：

要用国家观念淡化民族界限……是国家而不是族群让公民感受尊严和尊重，从而提高国家的凝聚力；个人因国家而不是因族群而感到荣耀自豪，从而增强公民的向心力。

联系前述的"华夏"在蛮夷戎狄的压力下自认，"汉"经过非汉民族的他认然后走向自认，我们或许可以认为，"中华民族"也正在外部的经济、文化甚至政治、军事的又一轮压力下，走在形成为真正的、民族实体的途中，"中华民族"的内涵与外延，也正在逐渐等同于国家公民意义上的"中国人"。

本文原刊《唯实》2014 年第 9 期

第四辑　自然与人文

惹人笑话的地名"望文生义"

何谓"惹人笑话的地名'望文生义'"？这涉及理解地名甚至探索地名的方法。就中国传统的地名记载与研究言，尤其重视地名的来源取义，而若在这方面，我们养成了"打破沙锅问到底"的习惯，那又往往是奥妙无穷的，不仅能够收获超级良好的文化感觉，而且可以避免惹人笑话的尴尬情况。

地名奥妙无穷，比如诸位都知道无锡，可是你知道无锡是什么意思吗？无锡作为县名，最早见于西汉。到了新朝王莽时，改为有锡，东汉再改回无锡。因为这样的改来改去，于是有了以唐代茶神陆羽《游惠山寺记》为代表的解释：

山东峰当周秦间，大产铅锡，至汉兴，锡方殚，故创无锡县，属会稽。后汉有樵客，山下得铭，云："有锡兵，天下争；无锡宁，天下清。有锡沴，天下弊；无锡义，天下济。"自光武至孝顺之世，锡果竭，顺帝更为无锡县，属吴郡，故东山谓之锡山。

所谓"山东峰"，指惠山东峰，"东山谓之锡山"，指无锡锡山。很清楚，按照陆羽的解释，无锡就得名于锡山的锡资源枯竭，而这本来是件好事。我们知道，锻造兵器的合金中，需要在铜中加入锡，这样不仅质地坚硬，而且韧度更好，所以有了"有锡兵，天下争；无锡宁，天下清"的说法，也就是说，"无锡"寄寓了天下和平安宁的美义。只是奇怪的是，诸位见过先有锡、再无锡、又有锡、再无锡的山吗？况且经过现代科学考察，锡山没有产锡的地质条件。所以一言以蔽之，把无锡说成"锡山无锡"，纯属无稽之谈。那么，无锡到底是什么意思呢？按照高大上的古语言学研究，"无锡"属于古越语地名的汉字记音或汉语化，它的确切含义今天已经无从考证。换言之，把"无锡"说成"没有锡"，就仿佛把"意大利"说成"意思就是赚大钱的人"、把"葡萄牙"说成"葡萄也有牙"，都是望文生义的笑话。

其实这样的笑话，在地名解说方面真是屡见不鲜。就以东南地区为例，不妨江苏、浙江各举一例。江苏的苏州，既来自"姑苏"，也别名"姑苏"，于是许多导游充满诗意地对游客们说：因为苏州姑娘长得水灵漂亮，所以得个

"姑"字；又繁体字"蘇"，上面是草字头，下面是鱼加禾，象征这里草木茂盛，是鱼米之乡。真是这样吗？典型的望文生义！姑苏的真实含义，我们迄今仍然不知。浙江的义乌，那里有被联合国、世界银行等权威机构称为"全球最大的小商品批发市场"，于是义乌名扬世界。义乌本名乌伤，这个名字西汉就出现了，到了唐朝改名义乌。为什么叫乌伤、义乌呢？说是当地有位颜回的后代颜乌。《论语》里记载，孔子称赞颜回"一箪食，一瓢饮，在陋巷，人不堪其忧，回也不改其乐。贤哉，回也"。颜回是孔子最得意的弟子，颜乌则是古今传扬的大孝子。如何孝？说是颜乌父亲去世后，他哭得死去活来，因为家贫如洗，没有工具，他只能以手挖坟，直挖得双手血肉模糊。颜乌的孝行感动了乌鸦，大群乌鸦衔来土块，帮着筑坟，乌鸦的喙都磨破受伤了，于是颜乌的血、乌鸦的血，筑成了一座紫红色的小坟包，而乌伤也因此得名，后来又取乌鸦受伤、民感其义的美义，改名义乌。这真是感天动地的中华孝道故事！然而起码就地名得名而言，乌伤本来也是不知确切含义的古越语地名，当然，这并不影响颜乌葬父、乌鸦衔土的传说，具有值得弘扬的教育意义。

需要说明的是，也不是所有的古越语地名都不知其义。如以"余"字齐头的余杭、余姚、余暨等地名，因为东汉古籍《越绝书》中留下了弥足珍贵的一句话，"越人谓盐曰余"，即汉字记音的古越语读音"余"，意思为

"盐"，我们就知道了这些地名的来历，都与盐有关。

东南地区有大量的古越语地名，虽然后来写成汉字形式，却不能按照汉字意思来"望文生义"地瞎解释。同样道理，西南、东北、西北的许多地名，情况也是一样。如西南地区有大量以"那"字齐头的小地名，那南、那孝、那坡等等，这个"那"，不是汉语习惯中与"这"相对的"那"，而是古壮语"稻田"的意思，明确这一点非常重要，因为这涉及学术界已经争论了百多年的亚洲栽培稻是起源于印度、越南还是中国的问题，而广西、云南等地的壮语"那"字地名，能为解决这个问题提供"一臂之力"。东北的牡丹江市，有首差不多等于"市歌"的《牡丹江之歌》，又名《花的城，花的江》，其实牡丹江并不盛产牡丹花，在满语中，牡丹江本名穆丹哈达，"穆丹"意为弯曲，"哈达"意为山岭，合起来，就是发源于山岭的弯曲河流。西北的贺兰山，如果按照汉字"望文生义"的路子，我都不知作何解释，而翻翻古籍就清楚了些。如唐人李吉甫《元和郡县图志》中说："山有树木青白，望如驳马，北人呼驳为贺兰。"驳，是传说中一种形似马而能吃虎豹的野兽，《山海经》中描述道："有兽焉，其状如马而白身黑尾，一角，虎牙爪，音如鼓，其名曰驳，是食虎豹。"又明末清初顾祖禹《读史方舆纪要》的解释是："其山盘踞数百里，上多青白草，遥望如骏马，北人呼骏马为贺兰也。"这里的"北人"，指中国古代北方草原民族，他们称呼"驳"

或"骏马"的读音，汉字记下来就是"贺兰"。

"贺兰山"已经不容易按照汉字"望文生义"了，好在这也让我们避免了一些令人尴尬的笑话。但是另一方面，类似这样"不知所云"的民族语地名，却值得我们深入探讨，因为它们的含义，就像《爱我中华》歌中唱的那样，"五十六个星座五十六朵花，五十六族兄弟姐妹是一家"，这一大家子，文化丰富多彩，地名也是异彩纷呈。简单举些一看就是汉字译写的地名例子。克拉玛依，在维吾尔语中，克拉是黑色的意思，玛依是油的意思，合起来就是"黑色的油"，克拉玛依也正是新中国成立后勘探开发的第一个大油田；乌鲁木齐，维吾尔语"优美的牧场"的意思；呼和浩特，蒙古语"青色之城"的意思；哈尔滨，满语"晒网场"的意思；西双版纳，傣语"十二个行政区"的意思。汉语中的"湖"，藏语称"错"，维吾尔语称"库勒"，蒙古语称"诺尔"，于是有了纳木错、库木库勒、巴格诺尔；汉语中的"山"，藏语称"日"，维吾尔语称"塔格"，蒙古语称"乌拉"，于是有了达才马日、慕士塔格、沙松乌拉。至于把慕士塔格习称为慕士塔格峰，把雅鲁藏布习称为雅鲁藏布江，那就属于为了方便理解而通名重复的双语地名了，直译过来，就成了慕士峰峰、雅鲁江江，蛮好玩的吧？

当然，也有蛮不好玩、很缺文化、惹人笑话的"望文生义"，我举两个亲身经历的例子，这两个例子并不涉及复杂的少数民族语言文字问题。

例一，关于四川为什么叫四川。除了现在已为越来越多人知晓的"四川"缘于境内有长江、岷江、沱江、嘉陵江四条大川的错误说法外，早年我在四川行走时，还听过另外两说。一说是，四川的"川"取自境内几个带"川"的县名，如北川、汶川、青川、沐川。但四川境内带"川"的县名，还有金川、通川、达川，以及重庆没有直辖前的合川、永川、南川啊。二说是，我与出租车师傅聊天，师傅自豪地说：我们四川的水陆交通四通八达，汽车、轮船川流不息，所以叫四川。我想这也许是职业期望与善意调侃吧，因为谁不知道李白的诗句"蜀道之难，难于上青天"呢？

例二，关于湖北省简称的改"鄂"为"楚"。2011年下半年，有关这事的议论，很是热闹了一阵子。要改的"正方"摆出的理由是这样的：首先，"鄂"不可不废，因为读音等于"恶人"的"恶"，字形也很不吉利，即两个"口"表示两个人吵架，一个耳朵边"阝"意味着领导偏听偏信，一个"亏"则代表了如此这般的结果，是大家都吃了亏；其次，"楚"不可不用，如"极目楚天舒"表达了心胸广阔，"楚文化"更是博大精深，令人向往乃至神往。我想请教一下诸位，可以这样无聊地解释汉字吗？比如读音，如果说"鄂"音同"恶"，那么海南省简称、读音同"穷"的"琼"要不要改？再说字义，追根溯源，

"鄂"本是击鼓传声的城邑的意思，"楚"本是披荆斩棘地行走的意思，孰优孰劣，说得清楚吗？最要命的是，果真湖北省的简称改"鄂"为"楚"，仅仅更换车牌一项，就得花多少钱啊？所以我们常说，没文化，真可怕！因为这样的可怕，当年我还写了篇很嬉笑怒骂的文章《改"鄂"为"楚"？何必折腾！》，发表于《文汇报》2011年11月7日"思想与人文"版，诸位若有兴趣，不妨找来看看，或有助于诸位减少些惹人笑话的地名尴尬吧……

看山：天下五岳

说起我国的山，诸位大概会有两个印象，一是山多，的确，我国是个多山的国家，山地、丘陵约占全部国土面积的2/3；二是名山多，如佛教视野中的"四大名山"五台、普陀、峨眉、九华，道家视野中的"三十六洞天、七十二福地"，然而终究还是以综合视野中的"五岳"最负盛名，那句版权归属徐霞客的"五岳归来不看山，黄山归来不看岳"，诸位应该都听说过吧。

有趣的是，当我想着核实一下徐霞客这句虽然得罪了"五岳"、却被黄山视为金牌广告词的出处时，却很是费了番功夫，也没找到，看来这是以讹传讹的说法。那从这个事情，诸位又是否得到了一些启发呢？凡事都要穷根究底，不要人云亦云，而我穷根究底获得的认识是，明朝的徐霞客说过"登黄山，天下无山，观止矣"，清初学者桑调元写过一副对联："六经读罢方持笔，五岳归来不看山。"于是两相叠合，大概就有了人民群众集体创作的"五岳归来不看山，黄山归来不看岳"这句俗语。

回到本篇的主题"天下五岳"，其实仍是个麻烦的问题。首先，为什么是"五岳"而不是"四岳""六岳"？这应该联系着古老的东西南北中的五方观念，比如东西南北四岳都在相应时代的中原王朝所控制的疆域四周，这就有点像"界碑"的作用了。其次，正是因为中原王朝的疆域是在变迁的，所以"五岳"的具体所指也有变化，西汉王朝确定的五岳是东岳泰山、南岳霍山、西岳华山、北岳恒山、中岳嵩山，其中的南岳霍山又名皖山，即今安徽天柱山，北岳恒山则指河北中部的恒山；到了隋朝时，改以湖南的衡山为南岳；到了明朝时，又改以山西北部的恒山为北岳，这才形成了我们今天所说的"五岳"。再次，"五岳归来不看山"的说法，还是很有道理的，因为这五岳各有独具的自然风光与人文魅力，这就是常言所道的泰山天下雄、衡山天下秀、华山天下险、恒山天下幽、嵩山天下峻，也是我特别欣赏的首季《中国地名大会》第9期的"五岳群英传"的解说词。下面，我就以这五段解说词为线索，串讲一番"天下五岳"的地名故事。

一说东岳泰山。"五岳群英传"的解说词道：

作为大哥，被仰视的不需要是身高。十八盘举目，一生曲曲折折，南天门回首，无非过眼云烟。封禅大典，我

首季《中国地名大会》第9期电视截屏

给了他们无上的荣耀，但未必改写那些轻如鸿毛的人生。
我是你家的镇宅大石，也是让你胆战心惊的老丈杆子。玉
皇之顶，五岳独尊。我是泰山，参透这名字的深意，长子
的使命就是我的答案。

所谓大哥、长子，就是泰山名字的深意。泰山或作太
山，这是大山的意思；泰山也名岱宗，宗是老大、长者的
意思，所以泰山号称"五岳独尊"。这种"五岳独尊"的
崇高地位，又联系着"岱"的得名与"封禅大典"的历
史。"岱"指泰山为"告代"之山，"告代"的"代"加上
"山"，就是"岱"，在古代，新王朝取代旧王朝后，皇帝
即天子需要祭告天父，这叫"告代"；因为这种"告代"，
扩展开来，天子就会常赴泰山祭祀，自以为有丰功伟绩的

天子，还会举行封禅大典，"封"即在泰山祭天，"禅"即在泰山下的梁父山祭地，这实际上反映了中国古代"天－天子－子民"的政治理念。天子受命于天，所以要祭天；天子离不开子民、土地与粮食，所以要祭地。平常年份，祭祀天地可以在都城举行，所以古代都城设有天坛、社稷坛，社是土地，稷是粮食。重要年份，为了表达特别的重视，就要到"会当凌绝顶，一览众山小"的泰山举行封禅大典了。因为这样的封禅大典，"稳如泰山""国泰民安"等等成语也应运而生，并写照着泰山作为古代中国"镇宅大石"的分量。至于泰山是"老丈杆子"的说法，则联系着一个有趣故事。话说 725 年，唐玄宗封禅泰山，任命中书令张说为封禅使，张说乘机把自己的女婿郑镒由九品官升为五品官。唐玄宗发现郑镒官阶升得这么快，便追问他有何功劳，郑镒无言以对，非常尴尬，在场的一位大臣乘机打圆场说："此泰山之力也。"从此，人们便称岳父为"泰山"，而泰山顶上的丈人峰也因此得名。

二说南岳衡山。"五岳群英传"有这样的解说词：

作为五岳中的小妹，我跟北方的几位哥哥们可不一样，"变应玑衡"，"铨德钧物"，要说名字来历最有文采的，非小女子莫属……岳麓书院中，爱晚亭下，听着诗词的吟诵声，闻着淡淡的墨香味，让我觉得千年时光也就弹指一挥间，温婉而又充实。或许，是我这样的气质让你们在这里流连忘返，让你们永远笑颜如画还不负芳华。

不知诸位是否感到奇怪，衡山在今湖南衡阳市，岳麓书院、爱晚亭在今湖南长沙市，它们之间隔得蛮远的，这是怎么回事呢？这就涉及衡山的名与实了。衡山作为一条山脉，南以衡阳回雁峰为首，北以长沙岳麓山为足，跨越约300里，拥有72峰。这样的衡山，对应到天文上，好像北斗七星中的天玑星与玉衡星连线；对应到地理上，又好像一件衡器也就是秤杆，可以称量大地的分量乃至道德的轻重，于是得名衡山，并且有了"变应玑衡""铨德钧物"的美誉。衡山雄踞南国大地，依傍湘江之滨，较之其他四岳，可谓风光秀美、气质温婉，仿佛一位可爱的芳华小妹。

三说西岳华山。"五岳群英传"中的华山，是位剑客，他傲然说道：

"自古华山一条路"，我的态度，我的路，从来只有一条。奇石也好，险峰也好，并非特立独行，只是不畏出格。你可以问我的名字，远观如花，花山就是华山。

"自古华山一条路"，指的是千尺幢、百尺峡那条几乎垂直的阶梯路，攀登者只有紧紧拉住铁锁链，才能艰难登顶北峰。"花山就是华山"则揭开了华山得名的奥秘。华就是花，华是古字，花是大约公元 300 年前后才出现的新字，所以华、花两字可以通用。一般以为，此山的南、东、西三峰相拥而成的山形，恰如一朵凌空怒放的莲花，所以得名华山；北魏郦道元的《水经注》也说："其高五千仞，削成而四方，远而望之，又若华状。"还有一种说法是，华山顶上有个大池，池中生长着千叶莲花，故名华山。

四说北岳恒山。这是"五岳群英传"中的将军，他自我陈述道：

末将恒山，在这吕梁和太行两山之间镇守已有千年。据天险，扼要道，末将在这兵家必争之地，有幸与无数千古名将并肩沙场——大将军李牧，飞将军李广，白袍薛仁贵，金枪杨六郎。历代以"人天北柱""绝塞名山"称颂末将战功赫赫，威风堂堂。然而，管子曰："恒者，天道之有常。"和平与安宁才是末将心中天道的模样。

念完这段精彩的解说词，诸位应该感到了恒山与战争的密切关系。的确，在历史上，恒山作为一道巨大的屏障，横亘在蒙古高原与中原腹地之间，阻挡着骑马射箭的游牧民族进入男耕女织的农耕社会，这就是它"人天北柱""绝塞名山"的意义所在，也是它得名恒山的缘由。当然，恒山之名还有一解，说是因为它位居北方边塞之地，而北方边寒乃是天道有常的自然规律，故名恒山。至于解说词中"和平与安宁才是末将心中天道的模样"，则可以理解为我们今人的美好愿望了。

五说中岳嵩山。"五岳群英传"这样解说嵩山：

嵩高惟岳，峻极于天。老朽乃中岳嵩山。"嵩"字，顾名思义，折解开就意味着山高。除了山形伟岸，我的武功天下最高，江湖上谁不知"天下武功出少林"。千百年来，我位于五岳中央，俯瞰中原大地风起云涌，历史变迁，有多少帝王在这里流连忘返，有多少古都在这里屹立千年。

念完这段，嵩山的得名似乎就不必多说了，东汉学者刘熙的《释名》即称"山大而高曰嵩"。这高大的嵩山，又不仅是自然的高大，更是人文的高大。如在嵩山的周边，有洛阳、开封、郑州三大古都，嵩山由此阅尽人世沧桑；在嵩山的内部，"禅宗祖庭"少林寺，道教胜地中岳庙，理学教育的嵩阳书院，佛教、道教、儒学三大文化在这里和谐共处、传承千年，而包括了这三处以及其他多处的嵩山历史建筑群，更被联合国教科文组织列入了《世界遗产名录》，并且称为"天地之中"。如此说来，嵩山就不仅是中华五岳中的中岳，中岳嵩山作为人文意义上的"天地之中"，也得到了世界各国的高度认同。

"大哥"泰山、"小妹"衡山、"剑客"华山、"末将"恒山、"老朽"嵩山，五岳群英，五张面孔，五座巍峨的高山，五段地名的传奇！这就是中华名山的魅力，也是中华山名的精彩！感悟这样的魅力与精彩，就能收获"仁者乐山"的胸怀吧！

读水：万古江河

按照思维习惯，上面说了山，接续就得说水了。说啥"水"呢？因为"水"可以泛指河流、湖泊、海洋等各种水域，为了避免内容庞杂，这里选说四条河流，即长江、黄河、淮河、汉江。

为什么说这四条河流？因为长江、黄河、淮河加上济水，在古代合称"四渎"，比如中国第一部辞典、成书时间不晚于西汉的《尔雅》说："江、河、淮、济为四渎。四渎者，发源注海者也。"即它们都是独流入海的大川。而说起"四渎"的重要性，《汉书·沟洫志》赞曰："中国川原以百数，莫著于四渎。"《礼记·王制》中称："天子祭天下名山大川，五岳视三公，四渎视诸侯。"即在中国的名山大川中，山的五岳、水的四渎最为著名，也最受朝廷重视。那么，为什么不说济水呢？因为历经变迁，流经河南、山东境内的济水已经基本湮废了，只留下一些相关地名，如济源市、济南市、济宁市。至于不在"四渎"之列的汉江，则是不得不说，道理明摆着：没有汉江，哪来的汉中？没有汉中，哪来的项羽封刘邦为汉王？没有汉王，哪来的刘邦的汉朝？没有刘邦开创的前汉（西汉）、刘秀开创的后汉（东汉）、刘备开创的季汉（蜀汉）的延续400多年，又哪来的汉族、汉字、汉语、汉学这些我们时时在用、处处可见的称呼？所以说，这起源于汉江的"汉"字，可谓中国历史最鲜明的记忆、中华文化最显眼的符号、中国人民最多拥有的共同的"名字"。如此，不妨就从汉江说起。

汉江发源于今陕西宁强县嶓冢山，由今武汉市的汉口、汉阳间汇入长江，长1500余公里，是长江最长的支流。汉江又称汉水，汉水本来又只称"汉"，为什么称"汉"？说起来蛮有趣的。在写成于战国时代的《尚书·禹贡》中有句话："嶓冢导漾，东流为汉。"东汉许慎的《说文解字》也说："汉，漾也。"也就是说，如果仔细区分，"汉"的上源称"漾"，流到汉中一带才称"汉"。清朝学者段玉裁在注释《说文解字》时说："漾言其微，汉言其盛。"这话的意思是：发源时的"汉"，因为水流弱小，所以拟声为"漾"，微波荡漾的漾；等到"漾"越流越大了，才又拟声为"汉"，并且"汉"也因此带上了盛大、伟大一类的美义。

值得注意的是，因为天上的银河与地上的汉水流向近似，都是从西北流向东南，所以银河有了"天汉"的称呼，于是提到"汉"，就会想到"天"，"汉"遂成为特别美好的字眼，这也就是公元前206年刘邦接受了项羽给予的汉王封号，以及公元前202年刘邦灭了项羽、得了天下后，仍然以"汉"作为帝国国号的原因。简而言之，追根溯源，汉江的"汉"意为盛大的河流，汉族的"汉"意为伟大的民族，蛮有意思的吧！

说过作为汉族名称来源的汉江，再说母亲河长江、父亲河黄河。注意，这是我的比喻。我总觉得，长江性情温柔、黄河脾气暴躁，所以把长江比作"母亲河"、把黄河比作"父亲河"，也许更加合适吧。

从地名来说，长江本来专称"江"；由于水量浩大，又被称为"大江"；"大江"源远流长，所以又称"长江"。的确，论长江之大，今天她的年平均入海水量近万亿立方米，约为黄河的20倍；论长江之长，约6400公里，雄居亚洲第一。然而也是因为长江太长了，所以她又有了许多约定俗成的分段名称，这既彰显了长江流域异彩纷呈的历史与文化，也是长江地名的最大特点。

长江发源于青海唐古拉山脉主峰各拉丹冬雪山的西南侧，汇入东海。她的正源叫沱沱河，然后叫通天河，藏语则称"直曲"。通天，表达了其地高峻，上可通天；"直曲"意为牛犊河，藏民传说，有只从天而降的牛犊，它的一对鼻孔永不停息地流水，这就成了通天河的水源。长江再往下流，有了"金沙江"之名。金沙江古称丽水，早在战国时代，韩非子就说"丽水之中生金"，明末宋应星在《天工开物》里也说："水金多者，出云南金沙江……回环五百余里，出金者有数截。"本来，《尚书·禹贡》里说"岷山导江"，这是地理视野不广的战国时代人们的认识；到了明朝的江阴人徐霞客，终于发出质疑"经典"的勇敢创新，振聋发聩地喊出"推江源者，必当以金沙为首"之声。又金沙江流至四川宜宾与岷江汇合，始称"长江"，然而此下的长江，仍多分段的专名。如四川宜宾至湖北宜昌段，因为大部分在四川境内，故称"川江"，其中自重庆奉节至湖北宜昌段，因为流经三峡地区，又称"峡江"；峡江之下，江水进入两湖平原，这是古代的荆州地区，故名"荆江"。荆江以下，流经今江西、安徽段，这里古属楚国，故称"楚江"，其中江西九江一段又名"浔阳江"，这是因为九江曾名浔阳。又江苏南京以下的长江，因为江面宽广、呈现"三角湾"形态，赢得了"洋子江"即海洋之子的名号，又因流经古代的扬州地区，而得名"扬子江"。及至近代，"扬子江"这个名称，更被延伸扩展到泛指整个的长江。

相对于长江的分段有名，发源于青海巴颜喀拉山北麓、汇入渤海、全长5400多公里、中国第二长的黄河，除了起源段有卡日曲（藏语意为"红铜色的河"）、玛曲（藏语意为"孔雀河"）等名称外，其名可谓"一以贯之"，即先专称"河"，也习称"大河"，再通称"黄河"。① 黄河得名的原因很简单，即由于流经土质疏松的黄土高原，泥沙俱下，结果河水成了滚滚黄流，故名"黄河"。这样的黄河，影响又极为复杂。就负面影响说，正是因为黄河的"黄"即泥沙含量太大，造成了黄河"善淤"即容易淤积、"善决"即经常决口、"善徙"即频繁改道三大问题，这给黄河流域的人民带来了无尽的麻烦乃至深重的灾难；而就正面影响说，黄河塑造了上游的"塞北江南"宁夏平原、河套平原，堆出了下游的"天下粮仓"华北平原，所以又被誉为中华民族的母亲河，连带着，早期的中国人认为大地是黄色的，黄色象征着丰收，中国的"人文始祖"称"黄帝"，我们也习称"炎黄子孙"。这样复杂的正面影响与负面影响的两相结合，还使"俟河之清""河清海晏""黄河水清"这些成语，成了中国传统时代清明政治的理想、社会祥瑞的象征、太平盛世的比喻。

然而旧时代的黄河，终究还是桀骜不驯的，并且脾气越来越暴躁。就以位居"父亲河"黄河与"母亲河"长江之间、发源于河南桐柏山、作为中国东部南北地理分界线的淮河来说，因为黄河 700 多年的欺凌打压，即从 1128

① 有趣的是，受到"江""大江""长江"的影响，中国南方的河流多称"江"，这就如同受到"河""大河""黄河"的影响，中国北方的河流多称"河"。这是值得关注的现象。

年到 1546 年黄河下游分成多股夺淮入海，从 1546 年到 1855 年黄河下游单股夺泗入淮，加上元明清三代尤其是明清时代，淮河还要承担"蓄清刷黄保漕"的国家大政、"无上使命"，也就是无偿地牺牲自己、全身心地奉献运河，结果曾经水清、槽深、流急的淮河，演至后来，竟然成了"两头高、中间低"的扁担河，成了上游"脑溢血"即水留不住、中游"肝腹水"即水流不动、下游"肠梗阻"即水流不出的一条苦难深重的河；好在母亲河长江接纳了淮河这个可怜的孩子，允许她南下扬州三江营，投入自己的怀抱，这才避免了淮河的"灭顶之灾"。而及至新中国，在毛主席"一定要把淮河修好"的大力号召下，淮河上游筑坝建库，淮河中游修建蓄泄洪区，淮河下游增添了再造"自然"的入海水道、灌溉总渠，千里淮河这才重新开始了走向"名实相副"的漫长道路。

"名实相副"的千里淮河，原本是条碧波荡漾、鱼游鸟翔的美丽之河，"淮河"之"淮"就是形象的写照。"淮"字的左边是"氵"，这表示它是条河，所以淮河最早的时候就叫"淮"，后来才有了"淮水""淮河"的称呼；"淮"字的右边是"隹"，隹是什么？是短尾巴鸟的统称，这揭示了淮河的水文特征，因为特征命名本是地名命名的基本方法之一。换言之，"淮"字的本义就是短尾巴鸟在水面上自由自在地浮翔，而鸟的叫声可能就是"淮"这个字的读音。我想，这样的淮河，才是曾经的民谣、大体写实了

毛主席手书"一定要把淮河修好"

隋唐北宋时代情况的"走千走万，不如淮河两岸"的淮河，也是习总书记指示的"绿水青山就是金山银山"发展理念的淮河吧！

河流孕育着文明，文明丰富了河流！民族的汉江、自然的长江、人文的黄河、环境的淮河，如此等等的江河，正所谓日月经天，江河行地，不废江河万古流！

寻根：故土难忘与地名搬家

　　去过台北的朋友，一定会注意到一个现象，即台北的许多道路名称是祖国大陆"地名搬家"的结果，如长春路、成都路、重庆路、南京路、宁波街、大理街、昆明街、哈密街、西藏路、宁夏路、辽宁路等等。这是怎么回事呢？

　　话说 1945 年，被日本帝国主义侵占了 50 年的台湾回归祖国，如何清理带有日本味道的地名也成为当务之急，因为地名不仅关乎群体记忆、文化认同，而且具有政治意蕴、民族尊严。1947 年，重新命名台北道路的任务，交给了从上海派遣到台北的建筑师郑定邦。在"发扬中华民族精神"大原则的指导下，郑定邦经过一番苦思冥想，终于有了主意，他拿出一张中国地图，浮贴在台北地图上，然后趴在上面，把中国地图上的省区城市名称，依照东西南北的方位，一条一条对应到台北街道上，于是，一幅中国地图便以地名的形式铺展在了台北。而这样做的结果，就诚如网民海跃的感叹:"脚下是陌生的土地,眼前是熟悉的路标,现实牵系历史,此岸映照彼岸,多么奇妙的穿越之旅!"

宝岛台湾,是中国不可分割的一部分,台北的大陆省区城市路名,便是台湾人民"寻根"祖国大陆的鲜活证明;这样的证明,在台湾又可谓无处不在。如台湾的汉族移民,祖籍以福建南部、广东东部最多,移民们思念故乡,常将故乡地名移植到台湾,这样,台湾与泉州、漳州、梅州、潮州等相关的地名就很多了,我举两个小地名的例子。福建泉州南安县安平镇是民族英雄郑森(即朱成功,现在习称"郑成功")[①]的故乡,1662 年郑森收复台湾后,为了纪念故乡、鼓励士气,改荷兰殖民者命名的热兰遮城(Zeelandia,来自荷兰 Zeeland 省名)为安平城,这就是今天台南热门旅游地"安平古堡"名称的由来。又十年前,作为中国唐代文学学会韩愈研究会常务副会长,我到屏东县内埔乡昌黎祠参访,这座始建于清朝雍正年间

① 1645 年八月,南明隆武帝赐郑森姓朱、名成功。1646 年,朱成功在海上起兵反清,用隆武年号。1658 年,南明永历帝封朱成功为延平郡王。1683 年八月,朱成功之孙朱克塽降清,奉大明永历正朔的台湾朱氏(郑氏)政权结束。按今人习称的郑成功,乃是清初"截头接尾,冠原姓,接赐名,称郑成功,骂逆贼,为蓄意之丑辱",参考谢碧连:《郑成功应称朱成功》,台南"市政府"印行,2004 年版。

的昌黎祠，供奉的是"唐宋八大家"之首、曾经做过"潮州刺史"的韩愈。在潮州移民那里，韩愈被尊为"文神"，而时至今日，"文公先师"韩愈，竟然演变成了台湾学子们的高考护佑之神。

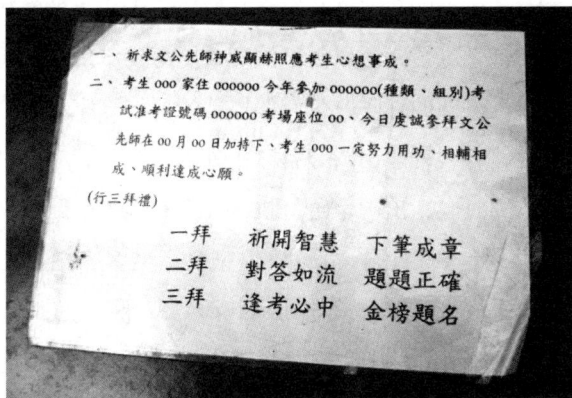

一、祈求文公先师神威顯赫照應考生心想事成，

二、考生000家住000000今年参加000000(種類、組別)考
試准考證號碼000000考場座位00、今日虔誠參拜文公
先師在00月00日加持下，考生000一定努力用功、相輔相
成、順利達成心願。

(行三拜禮)

一拜	祈開智慧	下筆成章
二拜	對答如流	題題正確
三拜	逢考必中	金榜題名

屏东县内埔乡昌黎祠供奉的韩文公，成了今日台湾学子的高考护佑之神

诸位，这就是台湾地名凝聚成的历史与现实、文化与心理，它有力证明了宝岛台湾与祖国大陆的血脉相连，鲜活彰显了台湾人民的"寻根"情结。

我们进一步放大视野，看看海外华侨是如何称呼祖国的。1971年，香港嘉禾摄制的电影《唐山大兄》，在世界上掀起了中国功夫的热潮，这部电影的主演是祖籍广东顺德、出生在美国旧金山的李小龙。电影取材于一个真实的故事。李小龙扮演的主角郑潮安，来自中国大陆，在泰国曼谷的一家制冰厂做工，他为了维护工友们的生命，凭着快速凌厉的腿功，一次次击败当地的打手、毒贩，泰国华侨因此尊称郑潮安为"唐山大兄"。注意，这里的"唐山"不是河北省唐山市，而是"大唐江山"的意思，因为中国历史上的大唐王朝在海外享有崇高威望，表达了海外华侨对祖国的自豪之情，所以逐渐演变成了海外华侨对祖国的称呼，而且这样的称呼，带有深厚感情。如客家谚语"无钱番过番，有钱转唐山"，"番"指外国，"唐山"指祖国，从前没钱的时候，出国辛苦打拼，等到有钱了，就要"转唐山"也就是回祖国，报效故土家乡；又客家山歌唱道"阿哥出门去过番，妹子赶到晒谷滩。双手牵紧郎衣角，问哥几时转唐山"，这首歌中的感情，与山西民歌《走西口》"哥哥你走西口，小妹妹我实在难留，手拉着哥哥的手，送哥送到大门口"，真是如出一辙。我们再来读首出生广东大埔的香港诗人蓝海文 1990 年写的诗《华侨》：

无需分辨／汉时的月亮　现代的月亮／勿庸把唐山／兑换成中国／

即使乡土，在你／身上脱落／乡音自你／嘴上溜走／

只要摸一摸胸膛／就会发现／里面跳着一颗／中华民族的／心脏

这首短诗，前两节写的是变，变的是时间、乡土与乡音，最后一节写的是不变，不变的是把"中国"称为"唐山"的华侨那颗中华民族的心脏！这是何等炽热真诚的爱国之心！

台湾同胞记挂着大陆，海外华侨眷念着祖国，这是中国人与生俱来的家国情怀。家是小国，国是大家，所以爱国与恋家说到底是一回事。那就不妨再说两个地名搬家、故土难忘的故事吧。

东汉学者应劭在给《汉书·高帝纪》作注时说："太上皇思欲归丰，高祖乃更筑城寺市里如丰县，号曰新丰，徙丰民以充实之。"这段话涉及的故事很有趣。我们知道，平民出身的汉高祖刘邦是丰县（今江苏丰县）人，他做了汉朝开国皇帝后，就把老爹接到首都长安（今陕西西安），并尊为太上皇。没想到的是，老人家因为听不到乡音、看不到邻里斗鸡遛狗，所以在京城住得闷闷不乐，于是孝顺的刘邦下令在长安的骊山之北、渭河南岸，按照丰县的模样，复制了一座新城，不仅街道、市场、房屋建得和丰县一模一样，连同丰县的百姓、鸡狗都搬迁了过来，据说鸡、狗放到街上，都能找到原来的鸡窝、狗舍。又不仅完全复原了丰县的实体，这座新城也被命名为新丰，意即新的丰县，于是丰县这个地名也被搬到了关中。

当然，像丰县这样名与实都能搬家的情形毕竟属于少数，谁让刘邦是开国皇帝、他爹又是太上皇呢！不过，正像 20 世纪 80 年代爱情歌曲"月亮走，我也走"所唱的那样，"人在走，地名也在走"即地名搬家的例子，那在中国历史上却是太多太多。上面说的台湾的福建与广东地名，我们可以称为"戴籍"地名，就是这样。还有一种情形是，地名虽然没有搬家，却长久保存在移民的心里、家族的谱中，这类地名，人们往往称为"寻根"地名，如有所谓"十大寻根圣地"的说法，这十大寻根圣地是：山西洪洞大槐树、湖北麻城孝感乡、河南固始、福建宁化石壁村、广东南雄珠玑巷、山东兖州枣林庄、江苏苏州阊门、江西鄱阳瓦屑坝、河北滦平小兴州、河南滑县白马城。下面就以山西洪洞大槐树为例，说说如何故土难忘。

有首流传大半个中国的民谣唱道："问我祖先在何处，山西洪洞大槐树。"那么这首民谣的背后，隐藏着一段怎样的历史呢？原来，明朝初年，历经长期的战乱与河患，黄淮流域变得人口稀少、田地荒芜，而山西地区由于兵灾、疾疫很少波及，人丁兴盛乃至人多地少，于是明朝政府为了缓解人多地少与人少地多的矛盾，便在平阳府洪洞县大槐树下设局驻员，专门办理移民事务。我们知道，传统时代的中国人有着"安土重迁"的顽强观念，而且是从风调雨顺、田地肥沃的山西前往残破凋敝的外地，所以这次移民运动是强制性的。如当时政府规定："凡五口之家迁二，六口之家迁三，七口之家迁四，八口之家迁五，有丁无地之家全迁。"结果就是，一方面，明初山西移民几乎涵括了中国北方常见的100多个姓氏，再经600多年来的开枝散叶，今天自称祖辈来自洪洞大槐树的炎黄子孙约有两亿，他们遍布中华九州、世界各地；另一方面，移民离开时的难舍故土、离开后的无限眷念，又造就了诸多独特而感人的风俗与传说。如为了防止逃跑，据说会在移民的双脚小趾甲上砍上一刀，作为记号，所以移民后裔的小脚趾甲是两瓣的，至今还有"谁是古槐迁来人，脱履小趾验甲形"的说法；又如强制迁移途中，是将所有人从背后捆住手、并用长绳联成一串的，这样，需要大小便时，就得请求官兵解开被捆的双手，后来"解手"也就成了上厕所的代名词。至于几百年来，山西移民后裔络绎不绝地回到大槐树，寻根祭祖，更是成为历久不衰的文化活动，彰显着我中华民族弥足珍贵的家乡故土情结，于是大槐树这棵古

山西洪洞大槐树

树名木、这段历史记忆、这条普通地名，也就成了"根祖圣地，华人老家"的象征，具有了超越时空的永恒价值。

我常说，地名是一声声乡音，镌刻着人们的记忆，地名像一盏盏明灯，照亮着游子回家的路，地名如一块块磁铁，吸引着你我思乡的情。诸位，通过上面的讨论，你应该认可这样的说法吧！

致敬：地名避讳与纪念地名

　　在今云南省保山市东北有个金鸡村，村边有处不韦县城遗址，这不韦县，从西汉到梁朝，存在了 600 多年。说起"不韦"，喜欢历史的朋友肯定会想到那位吕不韦，这不韦县还真与吕不韦有关系。依据东晋常璩《华阳国志》的记载，"徙南越相吕嘉子孙宗族实之，因名不韦，以彰其先人之恶"，这段记载的前因后果是这样的：建都番禺（今广州市）的南越国丞相、大权在握的吕嘉不愿归顺西汉朝廷，而且兴兵作乱，汉武帝震怒，出兵十万平叛。当平定南越叛乱的喜讯传来时，汉武帝正在左邑桐乡，当即改名闻喜，即今山西闻喜县；而当吕嘉的首级送到时，汉武帝正在汲县新中乡，遂改新中乡为获嘉县，即今河南获嘉县。两年之后的公元前 109 年，汉武帝又将吕嘉的子孙宗族远迁西南边地，并设置不韦县，意在彰显吕嘉家族的先祖吕不韦的恶行。那吕不韦有哪些恶行呢？他身为大商人，不好好做生意，却投资秦国人质公子异人，视为"奇货可居"；他身为秦王嬴政的相国、"仲父"，不好好治国理政，却钟情于豪奢、显摆、权势、内斗，结果被嬴政免职谴责、发配蜀郡，饮毒自杀。

说到这里，诸位大概就会觉得奇怪了，因为按照百余年来的习惯做法、普遍情形，纪念伟人、表彰英烈，才会以他们的名字命名地名。如广东省的中山市，遍布全国的中山路、中山公园，南京的中山陵，是为纪念推翻帝制、创立共和的伟人孙文先生的；[①] 东北抗日英雄有"南杨北赵"的说法，即南有杨靖宇、北有赵尚志，吉林省靖宇县、黑龙江省尚志市因此得名；山西省辽县，1942 年八路军副总参谋长左权将军牺牲在这里，因此改名左权县；张自

---

① 孙文，即今人习称的"孙中山"。按"孙中山"缘于"中山樵"，而"中山樵"只是孙文流亡日本时的化名，孙文在日本的化名，此前尚有"高野长雄""中山平八郎"。如此，"中山"自为日本姓氏，而且是在日本约 14 万个姓氏中排名约 50 多位的大姓。故从孙文之"中国人"身份以及"名从其主"原则出发，当称"孙文"，称"孙中山"极为不妥。那么，"孙中山"的称呼又是从何而来呢？ 1903 年黄中黄（章士钊）编译日本宫崎寅藏著《三十三年之梦》中记录的孙文事迹、言论，并加入评论，成书《孙逸仙》。由于章士钊当时日文底子较薄弱，在加写的一段评论中，误将真名"孙文"与化名"中山樵"的两个姓连缀，写成了"孙中山"；面对友人王侃叔"姓氏重叠，冠履倒错，子何不通乃尔"的指责，章士钊无言以对、只得认错，并于 1906 年再版时改正为"孙逸仙"。

忠是为国捐躯的抗日名将，北京、天津、武汉都有张自忠路，上海有自忠路；武汉的彭刘杨路则是三合一，纪念三位辛亥革命烈士彭楚藩、刘复基、杨洪胜。诸如此类的纪念表彰地名，可谓不胜枚举，这不奇怪，因为一个不记得来路的民族、一个忘记了渊源的国家，是没有希望的。那么话说回来，汉武帝设置不韦县、意在彰显吕不韦的恶行，又是怎么回事呢？其实这涉及了古今观念的不同，即古代讲避讳，今天讲纪念。

所谓避讳，就是"为尊者讳，为亲者讳，为贤者讳"，尊者、亲者、贤者的有些事情，是不能写、不能说的，他们与她们的名字，尤其是皇帝的名字，更是一不准写，二不准说，三不能用，那必须要写、要说、要用，怎么办呢？就通过避讳来表达被动或主动的致敬。避讳的方法很多，如换字、改形、变音、空格。具体到地名避讳，在中国历史上真是比比皆是，因为地名作为社会"公共产品"，总是被人说来说去、写来写去，如果触犯了皇帝的名讳，岂非大不敬？而大不敬的后果，严重时甚至是杀头之罪。

因为避讳而改变地名，在中国历史上，与皇帝制度相始终，即从秦朝开始，两汉渐兴，魏晋成风，隋唐鼎盛，元朝放松，明清严格，民国以后消亡；作为国家行为的避讳对象，也是历时有变、五花八门，总体而言，皇帝与他爹、他爹的爹，太子、太后甚至外戚，孔丘，这些人的本名，甚至嫌名即与本名音同音近的字，都在或曾在地名避讳范围内。而其例证之多，乃至有本专门的工具书加以考论，即2002年出版的李德清所著《中国历史地名避讳考》，书中所录条目约800条。举几个例子。西汉文帝叫刘恒，于是恒山改常山、恒水改常水，为什么要改恒为常呢？因为这两个字的意思差不多；也有常改为尝的，明光宗叫朱常洛，于是常州府、常熟县改为尝州府、尝熟县。隋文帝杨坚父亲叫杨忠，于是中国改神州，汉中郡改汉川郡，中江县、中丘县改内江县、内丘县。然而地名上用得很多的"丘"字也甚是麻烦，因为孔圣人名丘，于是清朝雍正三年（1725）新造了一个"邱"字，不仅用在地名上，而且用在姓氏上，原来的那个"丘"，则成了孔子的专用字，这样，可怜姓"丘"的人，哪怕"行不更名"，也无法"坐不改姓"，即统统被迫改"丘"为"邱"了。

地名避讳就说到这里。接着孔丘往下说，作为堪称儒家宗师、万世师表、民族灵魂、文化象征的孔子，当然需要纪念、值得表彰、必须致敬。于是曲阜有了著名的"三孔"孔府、孔庙、孔林，孔林的称呼来自中国古代礼制，即皇帝之墓称"陵"，王侯之墓称"冢"，百姓之墓称"坟"，圣人之墓称"林"；至于文庙，也称孔庙，或称宣尼庙、文宣王庙、至圣庙、先师庙、夫子庙，主体建筑为大成殿，那在传统时代，就差不多每座城市都有了，在受中华文化影响或多华人华侨的国家，也有不少。这些称呼的由来，则与孔子被尊为宣尼公、文宣王、大成至圣先师、孔夫子有关。我很喜欢夫子庙的称呼，感觉这个称呼有些烟火气，或者更接地气。其实孔丘还是蛮可爱的，比如有一回，孔子周游列国、访问卫国时，见了名声很差的卫灵公夫人南子。对于孔子见南子，他的弟子子路颇是不以为然，表示自己很不高兴，孔子则对子路解释说："我本来是不想见她的，但既然人家邀请了我，我只能以礼答谢。"孔子还连连发誓道："予所否者，天厌之，天厌之！"这话的意思是："如果我做了啥不正当的事情，就让老天爷厌弃我吧，就让老天爷厌弃我吧！"孔老夫子的可爱，由此可见一斑。而时至当代，我国在世界各地设立的推广汉语和传播中华文化的机构，也以"孔子学院"命名，因为孔子所倡行的"有朋自远方来，不亦乐乎""四海之内皆兄弟也""己所不欲，勿施于人""德不孤，必有邻""礼之用，和为贵"等等理念，实在堪称孔子版的"和平共处五项原则"，确实具有广泛而永恒的价值。

既然有了文庙，就得有武庙。武庙供奉的是汉末关羽。关羽本是刘备手下的一员大将，号称"万人敌"，却也恃勇轻敌，"大意失荆州"乃至"失生命"。然而这样的关羽，从宋朝开始，忽然官运亨通了起来，竟先后有十几位皇帝为他加封晋级，从公到王，从王到帝，乃至跳出凡界，先武穆岳飞而神，后文宣孔子而圣，到了清朝光绪年间，关羽的封号"忠义神武灵佑仁勇威显护国保民精诚绥靖翊赞宣德关圣大帝"，竟然长达26个字；在民间，关公关云长也被尊为驱邪避恶、现报平安的保护神，风调雨顺、招财进宝的财神。于是，神州大地，关庙林立，世界多国，也是所在多有，其数量甚至超过了孔庙。至于关庙的名称，则有关庙、关将军庙、关侯庙、关公庙、关王庙、关帝庙、武庙等20多种，还有来自刘关张结义的"三义庙"，奉祀关羽、张飞的关张庙，奉祀关羽、岳飞的双武庙等等，这些地名，构成了中华地名文化一道独特的风景线，体现了中华民族忠义仁勇的精神。

文圣孔子、武圣关公以外，与英雄义士、圣人神灵有关的各类地名，还有很多，无法一一去说，只再举两个我们致敬的偶像吧。顾颉刚先生曾经指出：中国民族的偶像是黄帝，中国疆域的偶像是大禹，这是使中国人之所以为中国人、中国之所以为中国的两大偶像。我想，这也是使中国地名之所以为中国地名的两大偶像吧。这话怎么说呢？黄帝作为民族偶像，起码中国的主体民族汉族就习称"炎黄子孙"；黄帝又被尊为"人文始祖"，在传说中，许多事物的发明权都要归功黄帝，许多典章制度也由黄帝首创，中国的第一部通史、西汉太史公司马迁的《史记》，也是以"黄帝者"三字开篇的；至于大禹作为疆域偶像，正是因为大禹劳心焦思十三年、三过家门而不入，驯服了滔天洪水、划分了天下九州，才成就了中国的"创世记"，才使人民得以安居，才使中国有了"禹迹""九州"一类的代称。

民族偶像黄帝、疆域偶像大禹既然拥有如此显赫的地位，那在地名方面肯定也有突出表现，只是表现的形式颇有差别。

先说黄帝。所谓"天无二日，民无二主"，黄帝既是唯一的，那么黄帝陵也应该是唯一的。有趣的是，唯一的黄帝，却有着多处的黄帝陵。现在我们每年隆重祭拜、平时庄严瞻仰的黄帝陵，在陕西黄陵县西北，其实这处黄帝陵，是距今 1000 年左右的唐宋时代才确定下来的，而距今 1500 年左右的南北朝时代，黄帝陵在今河北涿鹿县南，距今 2000 多年的西汉时代，黄帝陵在今陕西子长市西北。（参考胡阿祥：《黄帝陵究竟在何处》，《中国审计报》2005 年 5 月 25 日）虽然按照历史研究规范，历史记载越早，可信程度越高，但这并不妨碍今天的人们到陕西黄陵县的黄帝陵，表达对黄帝的敬仰之情，毕竟黄帝作为民族偶像，他的陵寝到底在什么地方这样的问题，已经不那么重要了，而重要且具有现实意义的是，在中华五千年文明史中，黄帝已经成为华夏民族、中华儿女、炎黄子孙、两岸同胞都认同的老祖宗。

再说大禹。因为围绕着大禹的神话传说，丰富多彩，围绕着大禹的感恩感念，真挚深情，所以围绕着大禹的纪念地名，也是星罗棋布。如全国很多地方都有祭祀大禹的禹庙；陕西旬阳市禹穴，那是大禹治汉水时住过的地方；山东济南市禹登山，大禹治济水时曾经登过；四川汶川县

传说为大禹治水时拓宽整治的黄河禹门口

相传是大禹的出生地，安徽怀远县相传是大禹夫人涂山女的家乡，浙江绍兴市相传是大禹的归葬地，这几处有关大禹的纪念地名尤其繁多，如绍兴，就有大禹陵、禹庙、禹祠、禹陵村等。诸位还可以特别关注一下今黄河山陕峡谷中的龙门口，那是大禹治黄河时拓宽整治的河道，所以也称禹门口，中国古代传说，黄河鲤鱼逆流而上，跳过龙门的，就会变化成龙，这被用来比喻科举考试中金榜题名，跳不过龙门的，额头上便会摔出一道黑疤，所以唐代大诗人李白诗中写道："黄河三尺鲤，本在孟津居。点额不成龙，归来伴凡鱼。"青少年们是想奋发向上、今后成龙成凤，还是沉湎游戏、未来摸爬滚打，站在黄河龙门口边，应该就会有所感悟。

魅力江南的"器"与"道"

一

关注"江南"研究的学人，是幸福的，因为时常会有发现、会有惊喜。此话怎说？比如 2020 年金秋，我到天水、陇南行走了十天；近日，2021 年元月下旬，我在写着《"宁夏"地名丛札》。在天水，我颇见"江南"店招，因为天水有着"陇上江南"的称呼，在陇南，我又见不少饭店大堂里悬挂着"早知有陇南，何必下江南"的广告；又尤其写着成文长达 16000 多字的"宁夏"地名时，我有两个时辰，随着"塞北江南"的美称而分散了注意力，一番查考之后，我在讨论"宁夏"地名的文章开头，竟也做了个预告："至于'塞'的含义、'江南'的象征以及由'塞北江南'而'塞上江南'的演变过程，则拟另篇探讨……"

为何"另篇探讨"？因为有令人惊喜的重要发现。晚唐韦蟾《送卢潘尚书之灵武》诗云：

贺兰山下果园成，塞北江南旧有名。水木万家朱户暗，弓刀千队铁衣鸣。心源落落堪为将，胆气堂堂合用兵。却使六番诸子弟，马前不信是书生。

据此，早在晚唐时代，远在西北的贺兰山下、今宁夏吴忠市一带，竟然已经有了"塞北江南"的习称。而再追溯上去，既然韦蟾诗云"旧有名"，那么"塞北江南"的得名应该更早。早到什么时候？北宋初年乐史《太平寰宇记》卷36灵州"风俗"："本杂羌戎之俗。后周宣政二年破陈将吴明彻，迁其人于灵州，其江左之人崇礼好学，习俗相化，因谓之'塞北江南'。"按此事也见于其他史籍，如《周书·武帝纪》宣政元年三月"上大将军、郯国公王轨破陈师于吕梁，擒其将吴明彻等，俘斩三万余人"，《周书·王轨传》"明彻及将士三万余人，并器械辎重，并就俘获。陈之锐卒，于是歼焉"，《陈书·宣帝纪》太建十年"二月甲子，北讨众军败绩于吕梁，司空吴明彻及将卒已下，并为周军所获"，《陈书·吴明彻传》"众军皆溃，明彻穷蹙，乃就执"，又《资治通鉴》卷173"王轨引兵围而蹙之，众溃。明彻为周人所执，将士三万并器械辎重皆没于周"，等等。如此看来，早在北朝末期，即北周宣政元年（578）稍后，随着"江左"即江南战俘被迁灵州，灵州（治今宁夏吴忠市北）由此"习俗相化"，也变得仿佛江南的"崇礼好学"了，于是得名"塞北江南"。

值得注意的是，又不仅"崇礼好学，习俗相化，因谓之'塞北江南'"，我还见到一条稍晚于《太平寰宇记》的记载，北宋仁宗时，曾公亮、丁度《武经总要》前集卷19：

> 怀远镇，本河外县城，西至贺兰山六十里，咸平中陷，今为伪兴州。旧有盐池三，管蕃部七族，置巡检使七员，以本族首长为之。有水田果园，本黑连勃勃果园。置堰，分河水溉田，号为"塞北江南"，即此地也。

按"黑连勃勃"，即十六国时期夏国国君匈奴族铁弗部的赫连勃勃。换言之，兴州（治今宁夏银川市）一带"号为'塞北江南'"，是因其地"有水田果园……置堰，分河水溉田"。

然则综合上引史料，可以做出的判断是：至迟在公元六世纪末时，以今银川、吴忠为中心的银吴平原，因为地理景观的水田、果园、置堰，因为社会风俗的"崇礼好学"，已经获得了"塞北江南"的美称；而时至今日，这里大漠金沙、黄土丘陵、水乡绿稻、林翠花红的自然地理景观与人文地理景观之相映成趣，又可谓交织出一幅"塞上江南"的五彩画卷。那么问题来了，为何这样的地理景观与社会风俗，就是"江南"呢？不妨先说个接近"塞北江南"得名时代的公元六世纪初的故事。

公元506年，建都江南建康（今江苏南京）的梁朝发动北伐，主帅萧宏命令手下乌程（今浙江湖州）丘迟给镇守淮南寿阳（今安徽寿县）的北魏将军、睢陵（今江苏盱眙）人、原梁朝降将陈伯之写了封信，伯之得信，于是拥兵八千来归。这是一封怎样的书信呢？古往今来，人们都以为信中的这几句话最为感人：

暮春三月，江南草长，杂花生树，群莺乱飞。见故国之旗鼓，感生平于畴日，抚弦登陴，岂不怆悢！所以廉公之思赵将，吴子之泣西河，人之情也，将军独无情哉？

人岂无情？所以丘迟的一封信，招来陈伯之的八千兵！我想，这既是故国乡关的情思，也是文学经典的力量，更是说不清也说得清的江南的魅力。因为江南的魅力，所以当时的贺兰山下，有了"塞北江南"的美称，所以现在的神州大地，"江南"的店招、广告、习称随处可见……

二

江南的魅力何在？在于说不清的模糊。

比如江南在哪里，江南是什么，可谓言人人殊。气象学者说江南是梅雨，地理学者说江南是丘陵，语言学者说江南是方言，历史学者说江南是沿革，经济学者说江南是财赋，人文学者说江南是文化，诗人说江南是"江南"。这方面的有关情况，《中国国家地理》杂志2007年第3期曾经做过专辑，这里不必展开。梅雨的"江南"，广及淮河以南、南岭以北、三峡以东；丘陵的"江南"，把苏、锡、常、宁、杭等排除在外；方言的"江南"，以吴语最具代表性，这样南京就不是江南，而萧齐诗人谢朓《入朝曲》却说"江南佳丽地，金陵帝王州"……

江南的魅力何在？在于说得清的意象。

我想，江南是天造一半、人造一半，是人文色彩浓重的自然、是自然风韵独具的人文，江南是灵动、是创新，江南是转型、是天堂。就以江南是转型来说，先概而言之，先秦秦汉时代，政治与文化的主话语权在黄河流域，江南属于偏远蛮荒之地；东晋南朝时代，北方为非汉民族入主，江南成为华夏正统所在；唐宋元明清时代，江南乃是财赋重地，朝廷依靠着抽取江南民脂民膏的运河才得以维持；明清以迄近代，江南又得风气之先。再详而论之，比如从"偏远蛮荒"的旧江南转型为"华夏正统"的新江南，我在《江南文化的转型：以先秦秦汉六朝为中心》（收入《长三角文化与区域一体化——2019年"长三角文化论坛"论文集》，上海人民出版社，2020年版）文中是这样描述的：

新旧江南文化的转型开始发生在西晋永嘉年间，此前为南方地域色彩浓厚、以"轻死易发"为特征的旧江南文化范畴，此后为熔铸外来的北方文化与土著的江南文化、以"艺文儒术"为表征的新江南文化范畴。新江南文化之新，又体现在物质文化、制度文化、精神文化、行为文化、心态文化诸多方面。

换言之，北方官民的主动迁徙江南，使吴越江南得以升华为"文化江南"；江南战俘的被动迁徙塞北，又使塞北边疆成了"风俗江南"；而回到本文主题，那名实相副的"江南"，即便仅从"转型"角度来说，确切公认的、长江以南的今苏浙皖沪三省一市的江南空间，就有着流变的内容与丰富的内涵。

三

江南文化的内容或内涵都有哪些？我想不妨从五大方面去关注。一是物质文化，如温山软水、流水人家、古镇与园林、飘香的稻米、缓缓移动的油纸伞、蓝印花布、茶叶、丝绸等等，这是山水江南与风物江南；二是制度文化，就以近代以来为例，从洋务运动到民族实业，从乡镇企业到高新科技，江南人最会因地制宜、因时制宜、因人制宜，充满着探索与创新的特别禀赋；三是精神文化，丝竹流芳的音乐、婉约悠扬的民歌、自然淡雅的布置、聪颖灵慧的性格，与杏花春雨江南是那么协调一致；四是行为文化，以今天来说，江南人做事、谈恋爱、说话甚至吵架，总有那么种值得品味的江南味道，总有那么种精致、优雅、闲适、情趣的生活追求；五是心态文化，江南人的心态是"我是江南人"，江南是身体与心灵的诗意栖居，江南是和平、安逸、美好的人间天堂，江南就是我，我就是江南。

如果这样去理解魅力江南，理解"形而下者谓之器"即具象层面的物质江南、制度江南、精神江南，理解"形而上者谓之道"即抽象层面的行为江南、心态江南，那么江南真可谓有着说不尽的现实话题，做不尽的学术空间。我们可否把"江南"比作一台多幕大戏，而我们是观众？作为观众，要想看懂魅力江南这台大戏，把握魅力江南的"器"与"道"，我们就应该知道剧目、了解舞台、掌握剧情、熟悉演员、明了道具。

说到知道剧目，比如"江南"是如何从到处都有的普通名词（意为某江之南），变成特指某地的专有名词？又是如何从一般的空间概念，变成具象的符号概念乃至广泛的象征概念？作为象征概念的"江南"，又为何集中或凝聚了中国人的理想国、乌托邦、香格里拉、桃花源、天堂情结？

说到了解舞台，随着"江南"成为专有名词与象征概念，"江南"的地域空间得以扩大、争夺乃至跳跃。如多年以前，就有过争论，关于说着江淮官话的南京是不是江南的"硝烟弥漫"。又如2019年10月，我参加了在无锡拈花湾文旅小镇举办的"第二届江南文脉论坛"，我注意到其中设置了在泰州举办的"泰州学派"分论坛，而泰州在长江以北。再如2019年年初，我在"南京桐城商会"的讲话中，说到清朝安徽的省会有将近百年在南京，桐城文派初祖方苞生于南京、长于南京、葬于南京，是南京的风土与气场，滋养催生了方苞的声名与才气；桐城文派的集大成者姚鼐，主讲各地书院42年，弟子遍天下，其中主讲南京钟山书院22年，既使钟山书院成为一方学术圣地，也将桐城文派的影响推向新的高峰。所以，"桐城文派"的主场其实在南京。至于现在的南京，也被安徽人亲切地称为"徽京"。另外，我在20多年前的博士学位论文《魏晋文学地理研究》中，论证在文化、心理、政治等各方面，长江以北的扬州属于江南；到了唐代，杜牧的"青山隐隐水迢迢，秋尽江南草未凋。二十四桥明月夜，玉人何处教吹箫"，这样的诗人的"江南"，却是地理的江北扬州；甚至直到今天，烟花三月、二分明月的扬州，仍被视为江南。通过扬州的例子可见，文化的力量往往能够超越地理的限制。这样的超越，又使"江南"甚至跳跃到了远方，如上文讨论的宁夏平原被称为"塞北江南"，提及的甘肃天水被称为"陇上江南"、甘肃陇南其实底气不足的广告"早知有陇南，何必下江南"，以及同样值得说说的西藏林芝被称为"西藏江南"。

说到掌握剧情，为什么分裂时期江南政治地位上升？隋唐以降统一时期江南经济地位因何重要？如何认识江南在华夏文明"薪火相传"中的特别贡献与"避难所""回旋地"的特别地位？如何理解江南军事上被人征服、文化上征服别人的坚韧与光荣？如何彰显温山软水、富庶安逸的江南，即便军事上被人征服，也有着"扬州十日""江阴死义""嘉定三屠"那样的铁血精神？简而言之，这样的"江南"，从"工具"意义上说是如何被"炼"出来的，从"民族"意义上说是如何被"压"出来的，从"文化"意义上说是如何被"养"出来的，从"经济"意义上说是如何被"献"出来的，都是"魅力江南"这台大戏剧情的关键。

说到熟悉演员，诸如太伯、仲雍、季札、言偃如何拉启江南文明的大幕？西晋的永嘉南渡、唐朝的安史南渡、宋朝的靖康南渡，如何夯实与丰富江南的人文基础？江南的土著、移民及其矛盾与融合的过程怎样？魅力江南的创造者与承载者是哪些民族、宗族、家族、个人？

说到明了道具，古往今来，存在过、积淀下哪些魅力江南具有象征意义的独特符号？比如《中国国家地理》2007年第3期曾经推出"最能体现江南精神的12种风物"，即乌篷船、大闸蟹、辑里丝、龙泉剑、蓝印花布、油纸伞、黄泥螺、龙井茶、霉干菜、扬州澡堂、紫砂壶、绍兴酒，只有这些符号吗？再以旧时为苏州府、常州府瞧不上的无锡县为例，现在的无锡，肉骨头成了美食，泥巴成了工艺品，曾经辉煌的影视城，现在极为成功的灵山大佛与拈花湾，为什么"一张白纸"上画出了为宁、镇、苏、常"嫉妒"的精彩，乃至南京牛首山下也要建设向无锡拈花湾文旅小镇看齐的"金陵小城"？诸如此类，我想要看懂、推广魅力江南这台大戏，熟悉这些具有道具意义的"符号"及其历史过程，也是十分必要的。

　　"魅力江南"是台魅力无限的多幕大戏。如果说上面所说的舞台、剧情、演员、道具都是形而下的"器"，那么，这台大戏的灵魂、形而上的"道"，就是中国人的天堂情结。这样的天堂，不是西方人天上的、虚构的、教堂里的天堂，而是中国人地上的、现实的、生活中的天堂，这样的中国人的天堂，是不仅安身而且养心的家园，是理想的、诗意的栖居地，是人与自然和谐相处的典范，是尊重自然、利用自然、改造自然的榜样，是"道法自然"的结晶，这也是魅力江南的全球意义与人类价值所在；而具体到追求"日新月异"与守护"绿水青山"的现代中国，当然也不例外，毕竟现代化不能以牺牲自然、家园、故乡、安身、养心为代价。

四

以上，是我这么多年以来，身在江南而切身感受的江南魅力，心在江南而行走各地的一些发现与惊喜。而前几天，当我收到南京市鼓楼区政协常委崔曙平兄发来的"'阅江南'系列发布内容策划"，欣喜于"发布主题"的"器"与"道"兼容并包、相得益彰，即"源江南·历史""意江南·精神理想""筑江南·建筑空间""品江南·诗画人戏曲文学""居江南·人居生活""新江南·创新创造"，我又着实感动与欣喜了许久，于是献上此篇改写与充实自旧作《魅力江南：中国人的天堂》（《江苏地方志》2020年第1期）而改题为《魅力江南的"器"与"道"》的拙文，以共襄盛举矣……

本文2021年1月23日撰稿，2月18日刊发于"学习强国"开放平台。

改"鄂"为"楚"？何必折腾！

近来，湖北省的简称改"鄂"为"楚"的议论颇是热闹，以当地的部分专家学者、工商界人士乃至政府官员为主的正方，摆出的理据是这样的：首先，"鄂"不可不废，因为其音同"恶"，其形望文生义也是大不吉利，两"口"表示两人之间发生了口角，一"阝"意味着领导偏听偏信，一"亏"则代表了如此这般的结果，是大家都吃了亏；其次，"楚"不可不用，由词句而成习语的"极目楚天舒"意境甚佳，不仅反映了视力极好，而且表达了心胸广阔，至于"楚文化"云云，更是博大精深，令人向往乃至神往。那么身份、成分复杂的反方理据又何在呢？大体归纳如下：清代湖北省会武昌是隋朝以降的鄂州治所，有历史渊源；习惯成自然了，改了会不习惯；"鄂"为湖北一省独享、"楚"属多省共有资源。

正方反方，理据都显得充足，而如此一来，事情也就麻烦了：改"鄂"为"楚"，还是仍"鄂"不变，实在纠结得很！

感谢《文汇报》，约我忝列末议，不妨先表明一言以蔽之的态度：何必折腾！

国人的名号情结

为什么我的态度是何必折腾呢？担心此例一开，伊于胡底！这话怎么说？按照上述贬"鄂"褒"楚"的逻辑推衍开来，大概会有无数的地名要改。

众所周知，中国人特别是中国的主体民族汉族人，有意识无意识地都具有浓厚的名号情结，这名号包括人名、地名以及其他种种专有名称。其中的原因当然很多，而非常重要的一点在于方块汉字。依据象形、指事、会意、形声等原则造出的汉字，不同于拼音文字，拼音文字只是一堆字母的组合，我们往往看不出多少的奥妙（也有例外，比如日本殖民朝鲜半岛期间，改 Corea 为 Korea，如此 Japan 就排在 Corea 前面了）；汉字就不一样了，它的音、形、义纷繁复杂、变化不定，不仅可以"望文生义"，如果以细密的功夫进行分析的话，那有时简直就是个无底洞。所以殚精竭虑地取名定号，就成为古往今来中国文化的一大特色，甚至一门传统学问。只是虽然如此，还是有许多的名号经不起"分析"。

举些例子。前两天在处高速公路休息区，看到大大的"昌记粽子"广告，同行的老教授干笑了几声，我明白他笑的是这"昌记"的谐音太不文雅。南京有片区域叫"南湖"，由于历史的原因，社会治安方面的确存在"难糊"的问题，导致的结果是，南湖所属的建邺区为新城大量命名道路名称时，强烈排拒"湖"字，弄出了一批毫不相干的"山"来，说是蕴含了积极向上、勇攀高峰的意思。我家附近，有龙阳大酒店、月月红小吃，文化水平高些与生活经验多些的人，看到这样的店名，大概都不敢光顾吧。再扯远些，三国时的蜀汉，开国皇帝是刘备，继承刘备做皇帝的是他的儿子刘禅，就是那个"扶不起的阿斗"，刘禅后来投降了曹魏。蜀汉为什么二世而亡？当时的大学者谯周说是名字出了问题，备是准备，禅是禅让，这不明摆着准备好了禅让给人家吗？不过谯周好像有意"忘记"了刘备还有个养子叫刘封，封+禅就是"封禅"，那可是皇帝才能主持的拜祭天地的仪式啊。又同样是做名称的文章，秦始皇帝建立的秦朝，"秦"在拆字先生那里，是取"春"字的字头、"秋"字的偏旁合成的，寓意春秋循环、传之万年，不过秦朝也是二世而亡，这又怎么解释呢？再如"支那"，从前日本人喜欢称我们为"支那"，我们很不喜欢这个称呼，为什么？字面意思就很不好啊，"支那"，支解那里，所以我们反戈一击，按照英语Japan的发音，选了"假扮"这两个字称呼日本。

诸如此类的"说文解字","水平"不可谓不高，道理当然也是有的，但是，我们又能怎样？都改吗？那就改不胜改了！

"鄂"与"楚"的PK

简单交代了肯定与"鄂楚公案"关联的历史文化或者心理暗示的背景之后，我们顺着这样的思路，来看"说文解字"里的鄂与楚，到底孰优孰劣。

"鄂"字不细说了，必欲除之而后快的正方已有"周详"的贬斥。只是这种种的贬斥，多属浅薄的附会。按照字义的正解，鄂是形声字，其声读作咢，咢是徒手击鼓的意思，其形旁"阝"就是"邑"，邑是城市的意思，如此组合起来，鄂的意思其实蛮好的。那么正方力挺的"楚"又怎么说呢？我国第一部系统分析字形和考究字义的字书、东汉许慎所著的《说文解字》是这样解释的："楚，丛木。一名荆也。从林，疋声。"楚就是疋于丛木之中，直白些讲，就是行走在森林中（疋，足也，脚也），或者换言之，披荆斩棘吧。比较一下：击鼓传声的城市的"鄂"与披荆斩棘地行走的"楚"，孰优孰劣？说不清楚，差不多吧。

再看鄂、楚二字的使用情况。鄂主要是作为地名使用的。最为人熟知的鄂，早期有西周时楚的封国鄂（在今湖北鄂州市）、战国时屈原《楚辞·九章·涉江》里的"乘鄂渚而反顾兮"的鄂渚（在今武汉市黄鹄山上游不远处的长江中），晚些的鄂，有鄂县（秦始置，在今鄂州市境内）、鄂州（隋始置，在今武汉市境内）等，现在则是湖北省简称的鄂。其声旁"咢"也有其他的引申义、假借义，如边际、花托（咢通萼）、惊愕（咢通愕）、直言（咢通谔）。

楚呢？作为地名使用的楚，比鄂的指称空间要大得多，如果说历史上鄂主要是点状地名的话，那么楚就是面状地名了，而且是个变动很大的面状地名，这又联系着作为国家概念的楚。最有名的楚国，当然是先秦的楚国，西周时起初立国于荆山（今湖北南漳县西）一带，其疆域屡有伸缩，论其伸展，春秋时西北到武关（今陕西丹凤县东南）、东南到昭关（今安徽含山县北）、北到今河南南阳、南到洞庭湖以南，战国时更有扩大，东北到今山东南部、西南到今广西东北角，攻灭越国以后，又扩大到今江苏与浙江；次有名的楚国，是五代十国时马殷据今湖南、建都长沙、经历六主、凡56年的楚国；当然还有其他次次有名的楚国，这里就不说了。值得强调的是，楚在地名义以外，其他的意思也使用得相当广泛，比如痛苦、刑杖、丛莽、华美、伧俗、鄙拙、整齐，等等，这其中，褒义与贬义参半，连带着组成的词汇，则既有楚天、楚材、楚腰、楚辞、楚骚等褒词，却更多诸如楚切（凄苦）、楚囚（处境窘迫之人）、楚凤（赝品、伪物）、楚氛（俗恶之气）、楚毒（古代炮烙之刑）、楚掠（拷打）、楚挞（拷打）、楚恻（悲伤）、楚梦（好梦不长）、楚楚可怜、四面楚歌等贬词或者不那么吉利、开心之词。而这样比较下来，还真不明白是"鄂"优抑或"楚"好。

也许，单就字形的望文生义言，鄂劣楚优，鄂又是吵架、又是偏听偏信、又是吃亏，楚有双木，写照着自然环境的良好；只是这样拆字，我们姑且不戴"封建迷信"的大帽子，也显得太没文化了吧！如何没文化呢？比如我们常当笑话讲的一些汉字瞎解：婺源的女子文武双全，婺就是女＋矛＋文啊；无锡意味着天下太平，因为那儿的锡山神奇着呢，有锡兵、无锡宁；江苏自古鱼米之乡，苏就是直接的反映；又晚清的私塾先生回答童生"何谓伽利略意大利人"的提问道，"伽利略的意思就是赚大钱的人"；同样的水平，当李鸿章的儿子要去担任驻葡萄牙公使时，李讶异地问"怎么葡萄也有牙"。说句不怕得罪人的话：把"鄂"拆解为吵架、吃亏云云，岂非冬烘的私塾先生与糊涂的李鸿章大臣的同类？甚至有过之而无不及！毕竟，现在是科学昌明、文化繁荣的新时代啊！

退一万步讲，借用某些网友对"鄂"字的最新"考证"，上古三代时，鼍鱼也就是鳄鱼大量分布在长江流域，形成了以捕鼍为生的民族也就是湖北的先民，变迁下来，湖北也就简称鄂了。果真这样的话，象征珍稀动物的"鄂"与标志苍莽丛林的"楚"，又有了难分胜负的对决了：树木绿化与动物保护，都重要啊；而且比较言之，窃以为"鄂"对于追求可持续发展、注重天地生人协调的湖北，还显得尤其紧迫：鳄离不开水，素有"千湖之省"美誉的湖北当下的环境问题，正在于水面的消失。提供两个令人惊心的数据吧：20 世纪 50 年代，湖北省有天然湖泊1052 个，2000 年时仅存 83 个；同样的两个时间点上，江汉平原湖沼面积原有 3 万多平方公里，然后已有 80% 的湖沼面积消失。

当然，以上是带些沉重味的玩笑话，也附会得有点过分了，读者谅之。

算几笔账

收缩下话题，板起些面孔，具体来说现在热议中的、上文没有 PK 出优劣结果的、作为湖北省简称的鄂与楚问题。

首先，既然无所谓优劣，改鄂为楚也就失去了冠冕堂皇的文化理由。而且，说得严重一些，莫名其妙或者缺乏充分理由地改鄂为楚，还违反了中华人民共和国国务院发布的《地名管理条例》、民政部发布的《地名管理条例实施细则》、湖北省人民政府颁布的《湖北省地名管理办法》等诸多的法规。《条例》《细则》《办法》文繁不录，建议要求改鄂为楚的正方人士学习学习，这里不嫌啰唆地提醒一声：按照这些法规的规定，"可改可不改的和当地群众不同意改的地名，不要更改"；而按照这些法规的精神，即便要改的话，也绝非湖北一省说了算，上达国务院、下及全国人民，有着审批权或发言权，所以麻烦着呢。这是政治账。

其次，诚如反方的意见，这楚也不是湖北一家独享啊，博大精深的楚文化，大家都有历史的与现实的贡献。《史记·货殖列传》中有所谓西、南、东"三楚"的说法。"西楚"约当今淮河以北，泗水、沂水以西，相当于今河南中部及东部、安徽北部和江苏西北部；"南楚"北起淮、汉，南包江南，涵盖今安徽中南部、江西全境、湖南湘资流域及湖北东部地区；"东楚"跨江逾淮，东至于海，包括今江苏大部、安徽东南部及浙江北部地区。虽然时至今日，河南以中原文化为荣，江苏、浙江的江南部分喜欢打吴越文化牌；然而，湖南之为楚地，既为湘省珍视，江苏的若干地域文化中，楚汉文化也占有相当重的分量，又徐州既津津乐道为西楚霸王项羽之都，江西北部、安徽南部以及南京等地，也都喜欢自称"吴头楚尾"。简而言之，这与楚相关的各省各地各市，大概不会愿意出让"楚"的版权，给湖北——尽管这是先秦楚国的起源地与中心区——独享的。可以想见的是，假如湖北的简称改鄂为楚了，势必引起其他各方对失去的"文化"的追念与追索之情，相应地，也就拉开了与湖北的距离，或者疏远了与湖北的感情。这应该不是危言耸听吧！这是感情账。

再次，就湖北本省而言，改鄂为楚的动议，肯定也不是万众一心、全民拥护、举省同庆。道理很简单：真要改简称，起码荆、汉二字不比楚字理由少、底气弱。如荆，既是古代楚国的别称，用以纪念楚立国于荆山的历史，荆州又是传说中著名的三代九州之一，以及后来的州、府、路等名称，而"九曲回肠"的荆江，也是名气甚大；又如汉，汉江、江汉平原、武汉、汉口、汉阳，如此等等，"汉"在湖北省的使用场合与使用频率，与"楚"大体仿佛，而省会武汉的简称之一也叫汉，这就显得更有分量了。行文至此，笔者不禁杞人忧天起来：改鄂为楚，不会造成湖北内部鄂派、楚派、荆派、汉派之间的矛盾吧？鄂派、荆派、汉派完全可以拿出坚强的历史、地理依据啊！这是历史账、地理账，或者统称为文化账吧。

最后再算一笔算不清楚的经济账。早在1991年，我在大学讲义《地名学概论》中写过这么一段：

地名的社会性要求地名具有一定的稳定性。更改一个县名，不仅影响邮电、交通，而且涉及本县各行政机关、企事业单位的公章、牌匾、信笺、票据、合同以及其他文件中名称的变更，还涉及到他县、他省以及各个部门对该县地名的引用，牵连面极大。

这是陈年旧话了，但现在的情况更是可怕：时代已经进入信息时代，而与地名有关的信息一旦混乱，其损失将是无法估量的——这还是间接损失，至于直接损失或者说经济成本，听说襄樊市改名襄阳市，仅修改当地的各种地图、公章、证件、招牌的行政成本，就达到了至少1亿元人民币（这肯定还是非常保守的数字），这可都是纳税人的血汗钱啊！又不独仅此，现在全国一盘棋，地球也成了地球村，一个地方一时兴起改个地名，却让各国各地跟着被动埋单，这是不是有欠厚道？所以地名还是尽量保持稳定为好。稳定的地名，既方便社会使用，又保存历史记忆，何乐而不为呢？当然，如果改鄂为楚，真的理由充足、不改就不成其为湖北省了，或者为了强力"拉动内需"，又或者钱多得实在没处花了，大气得愿意承担外省乃至外国因此产生的费用，那还情有可原；可是，就笔者看来，至少目前的湖北还不是这个样子。如此，湖北省的正方诸位，是否可以少找些麻烦，多省些钞票，不要瞎折腾了呢？

本文原刊《文汇报》2011年11月7日"思想＆人文"版，原文有删节，此为全稿。

第五辑　谈文论史

分歧严重的"中国历史分期"问题

旧时的戏剧舞台两边，最常用的一副对联，就是"天地大戏场，戏场小天地"。其实"中国历史"又何尝不是一台戏呢？纵向流变的中国历史，好像一条河，从远古流到当今；横向展开的中国历史，仿佛一台戏，由读史可以入戏。而将纵向与横向、时间与空间综合起来，谈论中国历史这台多幕大戏，就必然无法回避分幕——划分剧情的段落问题，换作历史学的专业说法，就是"中国历史分期"问题。

中国历史分期问题，我们耳熟能详、运用得也最广泛的分期方法，是套用马克思主义史学的社会形态法，即原始社会、奴隶社会、封建社会、资本主义社会、社会主义社会、共产主义社会；具体到中国，因为涉及诸多的现实问题，比如中国社会的性质判断、中国革命的前途何在、中国国家的道路选择，所以早在20世纪30年代，就形成了一场大论战，而时至今日，在不少的中国历史教科书中，"资本主义社会"被"中国化"为"半殖民地半封建社会"，或者特殊化为"资本主义萌芽"，"社会主义社会"的表述则是"中国特色的社会主义初级阶段"。

这样的分期方法是否符合中国历史的实际呢？笔者不知道；笔者所知道的，是相关的分歧极为严重。

比如中国奴隶社会与封建社会的分界，笔者所知道的，就有八种意见，即以范文澜、翦伯赞等为代表的西周封建说，以李亚农、唐兰等为代表的春秋封建说，以郭沫若、白寿彝等为代表的战国封建说，以金景芳、黄子通等为代表的秦统一封建说，以侯外庐、赵锡元等为代表的西汉封建说，以周谷城、郑昌淦等为代表的东汉封建说，以何兹全、王仲荦等为代表的魏晋封建说，以梁作干等为代表的东晋封建说；如此，中国封建社会的上限，在不同史学家按照马克思主义原理所作的论证中，前后相差了近1500年。而更加"釜底抽薪"的是，"封建社会"这个中国史学的常用词，能否成立都有疑问。如周振鹤在《中华文化通志·地方行政制度志》（上海人民出版社，1998年版）中，既准确地定义"封建是封邦建国之意，所以凡封建必定有封土，即封邑或封国"，又"以此标准为判"，毫不客气地指出：

自本世纪初，历史唯物主义兴起，封建社会一词从日本舶来，用以称呼资本主义社会以前的那个社会发展阶段，这是日本人用中国的"封建"一词来翻译feudality的结果。但这个词于欧洲和日本社会是合适的，因为当时欧洲和日本正处于与周代封建形似的状态，但于中国社会却不合适，因为中国的封建社会除汉晋特例外，恰恰不存在"封建"状态，而是高度皇权专制的中央集权形式，这样就出现封建社会无"封建"的怪事。说到底，用封建社会一词来规定从秦到清的社会性质是名不副实的。

笔者非常认同上引的辨析！又如中国资本主义萌芽的产生时间，战国说、西汉说、唐代说、宋代说、元代说、明代说、清代说，涵盖了2000多年的中国古代历史，何其"萌芽"生长之缓慢也！近年以来，更有学者否定"萌芽"之说，判定"中国资本主义萌芽"的争论或论证，根本就是在什么是"资本主义"这个大前提都没有搞清楚的情况下，牵强附会出来的"伪命题"（参考仲伟民：《资本主义萌芽问题研究的学术史回顾与反思》，《学术界》2003年第4期）。而其他诸如什么是中国的奴隶社会，中国奴隶社会的上限开始于何时，中国的封建社会史如何分期，怎样理解中国的"半殖民地半封建社会"，也都众说纷纭。如此，站在今天的立场上，编写"中国历史"这台大戏的"正剧"，分幕方案大概就要言人人殊、五花八门了。又多年以来，笔者在论文与著作中，用词方面不乏异于社会之一般情形者，比如除了引文外，笔者大体不用"封建社会""少数民族""农民起义"等类词汇，因为笔者总觉得，这些用词或概念，或者有欠准确，或者涉嫌歧视，又或者失去了史学研究应当秉持的客观立场。

平心而论，马克思主义史学的社会形态分期法是科学的方法，但是我们必须注意或者承认，如果缺乏了高、精、尖、准的中国历史的基础研究，那么，这种科学方法、特殊概念的运用，便失去了前提。谭其骧师在《对今后历史研究工作的四点意见》（《社会科学》1983年第5期）文中曾经指出，"中国史里许多重要问题长期以来讨论来讨论去得不到解决"，根本原因在于没有"重视对经济基础和生产力的研究"，而马克思主义史学的一个主要论断是，"经济基础是历史发展的决定因素，在经济基础中，生产力又是决定的因素"。中国历史分期问题的分歧，正可以作如此的理解。

相对于主观色彩浓厚的社会形态分期法，笔者倒是觉得，依据客观的中国历史本身的史实，进行中国历史"正剧"的分景、分场、分幕、分段，起码就目前而言，是更加符合马克思主义历史唯物史观的。比如以一般意义上的正剧主角帝王或若干帝王分景；以某一姓帝王家族延续统治的朝代分场；以反映大格局的统一与分裂分幕；以综合指标，包括政治、经济、学术、文艺诸多方面的变化分段。帝王、朝代、统一与分裂是客观而明显存在着的，无需多说；综合指标的分期方法，经过日本学者内藤湖南及其后继者们的完善，把中国传统时代的历史划分为"上古"（东汉中期以前）、"中世"（东晋十六国到唐中叶）、"近世"（从宋到清）三期，中间则是东汉中期到西晋、唐后期到五代两个过渡期。按日本学者的这种分期方法，在国际中国史学界的影响，相当广泛与深远，值得我们细加体会。

东晋南朝侨州郡县的定义与研究

一

侨州郡县是我国传统沿革地理学中特定时代的特定名词。完全意义上的侨州郡县，即某州某郡某县的实有领地陷没，而政府仍保留其政区名称，寄寓他州他郡他县，并且设官施政，统辖民户。大凡侨州郡县设立之初，和当地州郡县无涉，不过借土寄寓；然而侨置既久，部分侨州郡县因侨得实，拥有了实土，其名称却仍旧沿用侨名，遂致实土也类侨置，侨置又多实土。

侨州郡县的普遍设置乃至成为一种制度，是东晋十六国南北朝时代而又尤其是东晋南朝地方行政设置的特殊现象。所以称其为"特殊"，是因为它与一般州郡县迥然有别。何谓"一般州郡县"亦即正常行政区？按行政区又称行政区域，简称政区，它是国家为进行分级管理而划分的区域。这些区域都设有相应的地方各级政府，以管辖该区域的政治、经济、社会、文化等事务。构成一个政区必须具备以下八个要素：一定数量的人口；一定范围的地域空间（即有明确的、封闭的边界线，同级政区既不重叠，亦无空白）；相应的机构（如行政、司法、监察等机关或其派出机构、分支机构）；一个行政中心（即地方政府驻在地，我国古代称治所）；隶属关系（即某个政区在整个政区体系中的地位及与上下级政区之间的辖属关系）；行政建制（即政区通名，用来区分政区的不同类型，并在一定程度上反映政区的行政等级）；行政等级（即政区的行政地位）；名称。而以侨州郡县与此相对照，则可发见其特殊性太多：可以没有人口、仅具虚名；没有地域空间，而为借土侨寄；相应的机构难得健全；行政中心基本模糊；隶属关系异常复杂；行政等级往往在虚实之间；至于名称特别是专名，尤为混淆。要之，禹域自古以来，但凡画地分疆，立县邑，设州郡，尽管建置不恒，代有递更，然而都是实地实名，寻考起来，较易明其变迁之迹；侨州郡县则不然，其最大的特殊在于寄在别处、侨建名号。即以东晋南朝论之，"建康也，而有高阳、广川；襄阳也，而有扶风、京兆；广陵也，而有雁门、辽西：既以客户而杂主。寿春也，而称为睢阳；合肥也，而称为汝阴；沙羡也，而称为汝南：更以假号而夺真"。（钱大昕《东晋疆域志》序）又南徐治于京口，雍州镇在襄阳；淮南侨郡，分江南成实土；琅琊寓邦，居江表为大郡：则地异名同，总非故土；"且省置交加，日回月徙，寄寓迁流，迄无定托"，遂致"邦名邑号，难或详书"（《宋书·志序》），"名实混殽，观听眩瞀"（钱大昕《东晋疆域志》序）。

然则侨州郡县之特殊，甚至使得定义侨州郡县都颇为不易。关于侨州郡县的定义，上海辞书出版社 1979 年版《辞海》"侨州郡县"条首句云：

东晋、南朝时在其管辖地区内用北方地名设立的郡县。

又上海辞书出版社 2000 年版《中国历史大辞典·魏晋南北朝史》"侨州郡县"全条云：

西晋末，北方战乱，人口大量南移，总数约达九十二万。东晋专设侨州郡县，统率北来流民，在京口境内侨立南徐州和南兖州、广陵界内侨立南青州和南豫州、襄阳境内侨立秦州和雍州。幽冀等州南徙侨民较少，不侨立州，仅在长江南北侨立幽冀诸州之郡县。《宋书·州郡志》载，仅长江下游今江苏北部地界，就有侨置三十三郡、七十五县。侨人不列入当地户籍册，以别土著。实行土断前，侨人不负担赋役。东晋设置侨州郡县，一为安置流民，二为保持北方门阀士族地望。侨州郡县的官吏，均以北方门阀士族充任。

按以上两种定义，都存在可以商榷之处：其一，侨州郡县并非东晋南朝所独有。东汉、曹魏已有侨置郡县的记载，而隋统一南北后的各代也有在边地设置侨州郡县的。即以东晋十六国南北朝时代言之，十六国北朝的侨州郡县也不少，唯大规模设置却在东晋南朝。只是东晋初期之置侨州郡县，原为一种临时建置，后因南、北长期分裂，乃成长期制度。其二，所谓侨州郡县，是原州郡县沦没后，"皆取旧壤之名"（《隋书·食货志》）设立的，是甲地的地名移用到了乙地（也有少数侨郡县不沿用旧名而新创），仅称"用北方地名设立"，概念似乎模糊。其三，如南徐、南兖、南青、南豫等州的名称，是刘宋才出现的，约略言之，东晋初期侨州郡县皆用所沦没之原州郡县名，东晋末年刘裕北伐后，始在新收复的原州郡县名前加"北"字，与侨州郡县相区别，刘宋初年又多取消"北"字，而在侨州郡县前加"南"字。其四，东晋南朝既"侨立幽冀诸州之郡县"，也曾侨立幽、冀等州。相对来说，上海辞书出版社 1996 年版《中国历史大辞典·历史地理》吴应寿师所撰"侨州郡县"条较为准确："我国历史上以流亡人民原籍的州郡县旧名设置在所寄居之地的州郡县……西晋亡后，中原战乱，人民流徙，西起凉州，东至辽东，均有设置，尤以秦岭、江淮以南，东晋南朝境内为最多……至隋统一南北，遂完全废除"，至于此前此后之侨州郡县，"其规模、作用和影响都不如东晋南北朝"。

据上讨论，可以认为，借土寄寓是侨州郡县最重要的性质。一般州郡县既有其人民，又有其土地；而侨州郡县，虽然大多领有侨流人口，却"无有境土"（《资治通鉴》卷128大明元年）。但问题的复杂之处在于还存在着另种情况，即侨置既久，相当一部分侨州郡县通过土断等途径，分割当地州郡县，有了实土。割成实土后，这些侨州郡县与一般州郡县无异，本质上就不再是"侨"州郡县了。如南徐州，宋元嘉八年（431）划江南为实土，治京口，这以后，南徐州就不再是侨州，其所领南东海、南琅琊二侨郡及其侨县，也因先后拥有实土，而不再是侨郡；至于南徐州境内的南兰陵、南东莞、临淮、淮陵等侨郡，因为仍无实土，所以还是侨郡县。按侨州郡县的这种虚实变化，造成了本书在处理研究对象"侨州郡县"方面的麻烦，此作特别说明如下：

为了能够比较完整地研究原州郡县沦没——侨州郡县设立——侨州郡县割实（或省并或改属）的全过程，充分揭示侨置制度的前后变化，本书对于"侨州郡县"概念的运用，是视侨置改为实土前后为一体。因为侨州郡县即使分得了实土，其"侨"置的形式没有变，称的仍是"侨"名，领的也多是侨流人口及其后裔，侨置所代表的政治意义（如表示正统所在与收复失地的决心、吸引与安抚侨流等）也未失去，此即"实土亦类侨置，侨置又多实土"也。而基于上述考虑，本书讨论的东晋南朝侨州郡县，范围就比较广泛了，寄寓无实土者固然是探讨的重点，而初寄寓、后有实土的实土"侨"州郡县，也在论述之列。

二

研究东晋南朝的侨州郡县，笔者以为必须从宏观与微观两个方面着手。所谓宏观，即对侨置制度以及侨州郡县系统的各别方面，结合侨流人口进行分析；所谓微观，即尽力考证具体州郡县的侨置经过与侨寄地。微观考证是宏观分析的基础，宏观分析则是微观考证的总结与提高，两者是不可分的。

尽管有着这样那样的困难，对东晋南朝侨州郡县与侨流人口进行研究，还是一项十分有意义并亟待开展的工作。

首先，侨州郡县与侨流人口问题是理解东晋南朝历史的一大关键。东晋十六国南北朝的历史，虽然错综复杂，但其中也有主要线索可寻。此主要线索，在十六国北朝为胡汉问题，在东晋南朝为侨旧问题。所谓"胡"，乃三国西晋时代不断内徙及十六国北朝时代先后入主中原的非汉民族，所谓"汉"，即十六国北朝时代北方之汉族士民；又所谓"侨"，主要指西晋永嘉乱后不断南徙的北方官民，所谓"旧"，主要指南方土著。胡汉之间、侨旧之间既颇多矛盾，又有各种形式的合作。胡汉之间因有矛盾，引起了大量北方人口的侨流南方，侨旧之间因有矛盾，促成了东晋南朝侨州郡县的大量设置；胡汉之间、侨旧之间又有合作，从而十六国北朝得以立国于北方，东晋南朝得以立国于南方。以此，治东晋十六国南北朝史，理解侨州郡县以及与之相关的侨流人口，是为关键。进而论之，侨州郡县的广泛设立乃至成为一种制度，与这一时代的侨流人口及其安抚问题，与宗族势力、门第观念以及讲究郡望的社会风气，都密切相关。因此，论述侨州郡县及其相关的一些问题，无疑有助于我们加深对魏晋南北朝之社会变动与社会风气的认识。

其次，侨州郡县反映了这一时代地方行政制度与地方政区建置的特点。顾颉刚、史念海指出："自侨置之制兴，疆域区划颇异畴昔，秦、汉旧规无复存留，隋、唐以后即大异其趣，故谓此种制度为吾国疆域史上之一大分畛，亦无不可。"（《中国疆域沿革史》第十五章第二节，商务印书馆，1938 年版）又周振鹤分析：

行政区划是地方官员安身立命之所，是他们进行行政管理的权力范围。只有划定行政区域，才能设官施政，这是一般的常识。但是在历史进程中也出现过只有行政机构，而无行政区域的特例，如三国时期的遥领与虚封，东晋南朝的侨州郡县。这是地方行政制度折去一翼（侨州郡县），甚至两翼（遥领、虚封）的不正常现象，在这里行政区域只是虚幻的存在，而地方制度并不因此而废除，所以必须作为专门的研究对象来阐述。（《地方行政制度志》第九章，上海人民出版社，1998年版）

确如所言，"行政区划与地方政府两者相互依存，国家划分行政区域是为了设置相应的地方政府，而地方政府的设置则是为了管理一定的行政区域，两者共同决定着国家政权的纵向结构体系"。[①] 如此，东晋南朝侨州郡县的研究，本就是东晋南朝乃至魏晋南北朝之政区、区划、地方政府、地方官员研究的有机组成部分[②]，而东晋南朝侨州郡县的紊乱与特殊，也正是魏晋南北朝地方制度与政区设置紊乱、特殊以及随宜状况的集中反映。比如因置侨州郡

① 胡阿祥《六朝疆域与政区研究》（西安地图出版社，2000年版）"绪论"。又《周礼》有云："惟王建国，辩方正位，体国经野，设官分职，以为民极。"按划分行政区域即"体国经野"，此为"设官分职"、管理百姓的前提。
② 长期以来，"行政区划"和"行政区域"两词多有人通用，简称为"行政区"或"政区"，这是可以的，但在论述问题时，作为两个概念，不应混淆。"行政区划"中心词是"区划"，即划分，其性质是工作，是一项对于行政区域进行划分与调整的工作；"行政区域"中心词是"区域"，是划分后的结果，其性质是一种地理实体。

县，东晋南朝之分州设郡益形繁杂，分割酬庸，建置日多；这又引起了州郡县隶属关系的渐次变更以至偏离正轨，《宋书·州郡志》已载有无县可辖之郡，至《南齐书·州郡志》，无县之郡既比比皆是，"荒或无民户"之郡尤多，郡已无民户，又何论县邑！降及梁、陈，统辖情形越发如此。于是，秦汉以来整齐稳定的郡县两级制、魏晋以来较为整齐稳定的州郡县三级制，在侨州郡县以及连带产生的滥置州郡的冲击下，遂大为紊乱；这次紊乱，竟一直持续到隋室继统、废三级制为两级制方才停止。要之，如果不能够深刻把握侨州郡县这一关键，我们也就无从深入理解我国地方行政制度史与政区建置史上秦汉至隋唐间的巨变。

再次，侨州郡县作为特殊的政区，古往今来，许多人由于不明究竟或者浅尝辄止而造成的各类错误，真是不胜枚举。随述几例：《后汉书·滕抚列传》说到"无上将军"徐凤、"黄帝"马勉"筑营于当涂山中"，《荀淑列传》说到荀淑"后再迁当涂长"，唐李贤注"当涂"并以为唐宣州之当涂，这是不察宣州当涂（治今安徽当涂县）起自东晋因流人而侨立的当涂，非汉时当涂（治今安徽怀远南古当涂城）。《史记·荀卿列传》云"荀卿乃适楚，而春申君以为兰陵令"，此兰陵县战国楚所置，治今山东苍山县西南兰陵镇，而南宋杨万里《延陵怀古》诗有《兰陵令》一章，盖以兰陵侨县（在今江苏苏南）为楚之兰陵，其时空邈不相及者以至如此；北宋陈襄《古灵集》中诗亦同此误。

又松滋改名高塘，高塘改名宿松（治今安徽宿松县），在隋开皇十八年，"而乐史《太平寰宇记》乃云：晋武平吴，以荆州有松滋县，遂改为宿松。夫晋武平吴，即汉松滋旧县立尚未久，何容即有荆州之侨县？"（洪亮吉《更生斋文甲集》卷 1 "与宿松文学书"）按诸如此类之舛谬，在历代著述、古今地志中，每有所见，洪亮吉《东晋疆域志》"序"曾指陈这种状况："方州之志，郡国之书，遇荆、扬之土著，皆疑并、冀之流人；谱楚、越之名区，悉改燕、秦之郡望，喧宾夺主，以假乱真。"又清人刘宝楠在《宝应图经》"序"中，言修《宝应图经》之难："典午东迁，侨立郡县，一隅之地，分为数州，瓜剖豆分，朝更夕变。或以客夺主，但拥虚名，或以寄乱真，全无实土。而欲条析蜗疆，缕分蚁壤，此二难也。"以此，对侨州郡县予以史料的梳爬、史实的考证、制度的研究，于整理古籍、编史修志等项，也自有其实际意义。

更进一步说，东晋南朝侨州郡县的探讨，还与历史地名学、人口迁徙史等存在着这样那样的联系。按我国史籍历来对人口迁徙，无论是政府移民或者民间自发迁徙，大都语焉不详；但是，地名却常常可以提供人口迁徙的一些线索。19 世纪中叶，H.N. 纳杰日金曾指出："地名好比化石世界，根据它，考古学家可以像地质学家那样来确定移民定居的各顺序阶段。"苏联地名学家 A.M. 谢利谢夫也认为：地名"可以阐明很久以前各人种的关系史，各族人民和各居民群的迁徙情况"。（转引自 [苏]B.A.茹奇克维奇《普通地名学》第一部分第六节，高等教育出版社，1983年版）而在中国历史上，东晋南朝的侨州、侨郡、侨县，正是这样一类具有典型代表意义的地名，它可以表达人口迁徙的始点与终点，提供有关迁徙时间与迁徙路线的线索。如谭其骧师正是依据正史地理志中有关侨置地名的记载，对西晋永嘉丧乱后的侨流人口进行了成功研究。而永嘉丧乱后的侨流人口，又与东晋南朝的政治格局、军事形势、经济开发、文化变迁以及风俗嬗变等等密切相关，则侨州郡县的探讨，将大有助于这些方面的研究，又何待多言！

本文节选自胡阿祥《东晋南朝侨州郡县与侨流人口研究》"引言"，江苏教育出版社，2008年版。

《琅琊榜》中的滑族复国与赤焰军号

中国人历来有重视名称字号的传统，大至国家称号，小到人名、地名，无不充满智慧和奥秘。《琅琊榜》小说与电视剧中，也贯穿着花样百出又颇为考究的名称字号。尽管《琅琊榜》剧情是"架空"的，但诸多的名称字号并非无中生有地凭空想象，而是依托于历史，从真实的名称字号中提炼和发挥而成。本篇例说《琅琊榜》中的"滑族"与"赤焰军"。

一

在《琅琊榜》的剧情设计中，以秦般若为实际首领的"滑族复国"，可谓是一条隐含的主线，并与梅长苏主导的"扶持明君、平反冤狱、振兴山河"主线，交织斗争，从而构成全剧的四大主题之一。

"滑族复国"主题在剧中的展现也是相当充分、非常复杂：

如有一群神秘的女子，她们效力于"红袖招"。红袖招明里是处风月场所，暗里则是一个间谍情报组织，主人是美艳动人、精明干练、心狠手辣的誉王谋主秦般若。这个组织只有女人，其成员都是滑族后人。滑族起先依违大梁和大渝之间，当年梁帝借助誉王生母滑族玲珑公主（祥嫔）的力量登上帝位，后来梁帝感觉到了威胁，最终滑族遭受灭国之灾，而率军灭滑者正是林殊（梅长苏）的父帅林燮。滑族被灭后，滑族掌政的璇玑公主隐藏大梁民间，并遗言皇室出身的徒弟秦般若辅佐誉王、助其夺嫡、以图复国。秦般若与梅长苏明争暗斗，及至誉王逼宫失败，滑族的复国梦想也宣告破灭。

再如誉王的所作所为，与滑族脱不开干系。誉王的谋主是滑族的秦般若，誉王后来得知生母祥嫔竟是低微早逝的滑族玲珑公主，聪明倜傥、虚伪圆滑、富有野心、但本无夺嫡资格的誉王，自幼又为无子的言皇后抚养、为梁帝宠爱。这些元素结合在一起，终于导致其在夏江的鼓动下，破釜沉舟，发动逼宫之役。至于阴险狡诈的悬镜司首尊夏江，也与滑族璇玑公主存有私情，故而夏江联手谢玉陷害祁王、赤焰军，既为报祁王提议裁撤悬镜司之恨，也为复赤焰军平灭滑族之仇。剧中的其他配角，如江左盟中人童路与滑族后人隽娘的感情纠葛，即被秦般若利用为打击江左盟的工具。

凡此种种，皆可见出"滑族复国"这条线索在《琅琊榜》剧中的非同一般。那么，在魏晋南北朝的历史中探幽索隐，我们能找到些什么与此相关或者可以比附的事实呢？

首先，滑族确实存在。"滑族"作为剧中一个看似神秘的民族，在南北朝历史上竟然真的存在过，《梁书·诸夷传》中就有关于滑国的记载，鉴于剧中滑族的重要，这里全录《梁书·滑国传》如下：

滑国者，车师之别种也。汉永建元年，八滑从班勇击北虏有功，勇上八滑为后部亲汉侯。自魏、晋以来，不通中国，至天监十五年，其王厌带夷栗陁始遣使献方物。普通元年，又遣使献黄师子、白貂裘、波斯锦等物。七年，又奉表贡献。

元魏之居桑乾也，滑犹为小国，属芮芮。后稍强大，征其旁国波斯、盘盘、罽宾、焉耆、龟兹、疏勒、姑墨、于阗、句盘等国，开地千余里。土地温暖，多山川树木，有五谷。国人以麨及羊肉为粮。其兽有师子、两脚骆驼，野驴有角。人皆善射，著小袖长身袍，用金玉为带。女人被裘，头上刻木为角，长六尺，以金银饰之。少女子，兄弟共妻。无城郭，毡屋为居，东向开户。其王坐金床，随太岁转，与妻并坐接客。无文字，以木为契。与旁国通，则使旁国胡为胡书，羊皮为纸。无职官。事天神、火神，每日则出户祀神而后食。其跪一拜而止。葬以木为椁。父母死，其子截一耳，葬讫即吉。其言语待河南人译然后通。

我们再参考《魏书》《周书》《北史》等史籍的记载以及学界的研究，可以获得的认识是：滑国为中亚大国，王都在拔底延城（位于今阿富汗北部伐济腊巴德），在东汉时是亲汉的西域国家，魏晋以来与内地断绝往来，至梁天监十五年（516）起，与萧梁通好，贡献方物，后为突厥所灭，部落分散中亚各地，逐渐与其他民族融合。有趣的是，《琅琊榜》剧中的滑族非常凸显女性形象，领导滑族复国运动者，皆为智勇兼备的女性，而这与西域的滑国颇为相似，如上引史料中所谓的"少女子，兄弟共妻"，王"与妻并坐接客"，换个角度思考，实际反映了滑国的一妻多夫制，暗示了女性在这个国家的特殊地位，或者滑国就是个以女性为主宰的母系氏族社会，是个地地道道的"女儿国"。

其次，关于剧中滑族的得名缘由。据上所言，历史上尽管存在真实的滑国，但地处西域也就是今天的中亚，并不是梁朝的近邻，也不在梁朝的边疆或境内；又历史上的滑国尽管与梁朝有遣使奉表、贡献方物的关系，却并非"亡国灭族"于梁朝，而是灭亡于突厥，所以与大梁朝廷、江左盟也不可能会有那么多的爱恨情仇。如此，《琅琊榜》

小说与剧中的"滑族"，或许受到了真实的西域滑国的启发，而具体到"滑族"之"滑"的得名，可能还能另寻缘由。

熟悉中国史籍的朋友，应该知道著名的"蛮夷猾夏"的说法。《尚书·舜典》"蛮夷猾夏，寇贼奸宄"，唐朝经学大师孔颖达解释说："猾，乱也。夏，华夏。群行攻劫曰寇，杀人曰贼，在外曰奸，在内曰宄。言无教所致。"又《左传·僖公二十一年》"蛮夷猾夏，周祸也"，孔颖达解释说："猾夏，乱诸夏。"众所周知，汉族的前身与雅称是"华夏"，华夏民族，就是区别于蛮夷戎狄的、文化灿烂、如同花一样美丽的夏人，至于"蛮夷戎狄"或南蛮、东夷、西戎、北狄，则是中国传统史籍中对于非华夏族、非汉族的习惯称呼，而"蛮夷猾夏"，就是蛮夷戎狄扰乱、威胁、侵略华夏的意思。

进一步说，如果从文字方面考究，我们还会揭开"滑族"之"滑"的奥秘。原来在东汉许慎的《说文解字》中，只有"滑"字而没有"猾"字，"滑"字的意思，既本指水的滑溜，也引申指水声、水流的混乱，再引申就指一般的乱了。后来大概由于篆体的𣴧（滑）字偏旁容易与"犭"混淆，于是出现了"猾"字。换言之，"蛮夷猾夏"更加原始的写法，应该是"蛮夷滑夏"，这方面的例证其实很多，如东汉王符《潜夫论》之"蛮夷滑夏，寇贼奸宄"，东晋袁宏《祭牙文》之"戎狄滑夏，虔刘生民，蠢尔东胡，被发左衽"，宋末元初马端临《文献通考》之"蛮夷滑夏，周祸也"，《大明宪宗纯皇帝宝训》之"蛮夷滑夏，自古有之，要在边将羁縻得宜，使不敢越境为乱而已。曷尝以殄灭为快"，清朝顾炎武《日知录》之"六经所载，帝舜滑夏之咨"，"猾夏"都作"滑夏"。而写到这里，笔者不禁要为海宴之"滑族"命名击节赞叹，因为"滑族"作为依违大梁、大渝之间的一国，若是偏向大渝，那就的确成为大梁之"蛮夷滑夏"一般的严重威胁了。

最后，滑族的命运或有蛮族的影子。如上所述类似剧中"滑族"的民族，在梁朝是否存在呢？答案是肯定的。我们看看当时蛮族的情况。

南朝时期，作为专称的蛮族，人数众多，据朱大渭先生《南朝少数民族概况及其与汉族的融合》(《中国史研究》1980 年第 1 期）的估计，约在 140 万人左右。蛮族又主要分布在汉水流域、长江中游，这是南朝最重要的军事区域，不仅地当腹心，而且北接北魏、西魏等敌对政权。南朝政权包括梁朝在内，为了统治的稳固，为了劳动人口的增加，必然要加强对蛮族的控制。除了与汉人错杂居住、已经成为国家的编户齐民，以及深山远夷未与汉人接触两种情形外，南朝政府对待蛮族，或者迫使其归降，纳入州郡县系统，以征取赋役，或者"以夷制夷"，敕封其首领，设置统治较为宽松的特殊政区，又或者直接武力讨伐，掳其生口，括其钱财。

与剧中的"滑族"依违"大梁"与"大渝"之间、最终导致亡国灭族的情节相似，历史上的梁武帝发迹之地、南朝的汉水流域，因为蛮族的势力最为强盛、紧邻北魏与西魏，而且多不宾服、恃险为乱或者首鼠两端，所以南朝的征伐费力最多、耗时最久，被征服蛮族的命运也最悲惨，如《宋书·夷蛮传》"史臣曰"："命将出师，恣行诛讨，自江汉以北，庐江以南，搜山荡谷，穷兵罄武，系颈囚俘，盖以数百万计。至于孩年羹齿，执讯所遗，将卒申好杀之愤，干戈穷酸惨之用，虽云积怨，为报亦甚。"又《通典·边防三》："自后魏与宋、齐、梁之时，淮、汝、江、汉间诸蛮渠帅互有所属，皆授封爵焉。""梁武帝遣兵沿沔破掠诸蛮，又遣蔡令孙等三将步骑五千侵南荆之西，沿汉上下，破掠诸蛮。"又《宋书·文帝纪》：雍州刺史、宁蛮校尉武陵王刘骏"讨缘沔蛮，移一万四千余口于京师"。《宋书·沈庆之传》："前后所获蛮，并移京邑。"又《隋书·南蛮传》："南蛮杂类，与华人错居……其俗断发文身，好相攻讨，浸以微弱，稍属于中国，皆列为郡县，同之齐人。"如此等等的史料还有许多，不再多引，而综合以观，剧中"滑族"被灭国屠城，大梁京城金陵滑族后人众多，而且这些人已经融入大梁民间、与大梁子民无异，等等，真与南朝汉水流域的蛮族何其相似！

　　当然，与南朝汉水流域的蛮族历史并不相似者，是滑族后人锲而不舍的复国追求。而在笔者的知识储备中，这样的复国追求，既见于十六国时期鲜卑族慕容氏此伏彼起的五个燕国，即慕容廆之子慕容皝开始的前燕、慕容皝之子慕容垂开始的后燕、慕容皝之孙慕容冲开始的西燕、慕容皝之子慕容德开始的南燕、慕容垂养子慕容云（本姓高，出身高句丽王族）开始的北燕；也见于金庸先生武侠小说《天龙八部》中的重要角色慕容复。慕容复面如冠玉，文武双全，潇洒闲雅，机警多智，出身武林世家姑苏（今江苏苏州）慕容，而真实身份即是"五燕"慕容余脉。作为没落的天潢贵胄，翩翩公子慕容复以复国称帝为最大的追求，最后也因复国屡屡受挫而致发疯。或许，《琅琊榜》电视剧中滑族复国的情节，又受到了这样的历史与小说的启发吧。

二

"且待赤焰归，整军再从头，守我山河家国依旧。"《琅琊榜》剧中的赤焰军，久经沙场，铁骨铮铮。正是赤焰七万将士的浴血奋战，才保得梁帝龙椅的安稳，才换来大梁北境的安宁。而仔细探究，就连"赤焰军"号本身，竟也蕴藏着耐人寻味的含义。

首先，"赤"的本义就是火焰，小篆的 炎（赤）字，从大从火；其次，所谓"推赤心于天下"，赤也是赤诚之心、光明磊落、忠贞不二的象征，所以"赤焰"之名足可代表林燮、林殊父子的忠心；再次，中国古代以赤色为南方之色，称南方为"赤方"，称南方之天为"赤天"，称南方之神为"赤帝"，而梁朝正是拥有南方半壁江山的政权。最后，更重要的还是，按照"五德终始"说，大梁王朝的德运正是火德，所以"赤焰"写照了梁朝立国的根基。

梁朝的德运，居于五德中的火德，这方面的证据甚多。如502年，齐帝萧宝融在他的"禅让"玺书中说："昔水行告厌，我太祖既受命代终；在日天禄云谢，亦以木德而传于梁。"（《梁书·武帝纪》）这句话清楚地交代了南朝的刘宋为水德，萧齐接受刘宋的禅让，所以为木德，及至萧衍开国，同样是以接受萧齐禅让的方式实现的，那么自然应取五行相生的顺序，以火为德。事实正是如此。如505年，河南国（即吐谷浑，在今青海一带）贡献舞马，梁武帝命大臣张率作赋，张率赋中即称"既效德于炎运，亦表祥于尚色"（《梁书·张率传》），"炎运"是"火德"的另种表述。及至557年，梁朝末代皇帝萧方智禅位于陈朝开国之君陈霸先，其禅位玺书中也称："昔者木运斯尽，予高祖受焉。今历去炎精，神归枢纽，敬以火德，传于尔陈。"（《陈书·高祖纪》）这里又重复了一遍齐为木德、梁为火德的德运次序，陈霸先在宣劳四方州郡的玺书中也说"自梁氏将末，频月亢阳，火运斯终，秋霖奄降"（《陈书·高祖纪》），至于陈朝的德运，当然就是顺序而承的土德了。

按照礼制，五德各有其对应的德色。如东晋的金德对应白色，刘宋的水德对应黑色，萧齐的木德对应青色，萧梁的火德对应赤色，陈朝的土德对应黄色。具体来说火德对应赤色，如赵匡胤创建的宋朝（北宋）为火德，于是重建宋朝（南宋）的高宗赵构首个年号便是"建炎"，寓意重建火德；元朝末年"反元复宋"的义军，头裹红布，号称"红巾军"，表达恢复南宋的政治目标；而起自红巾军的朱元璋称王之后，同样统一军装为红色，树立红色旗帜。回过来再看梁朝，既然梁朝确立了火德，那么对于赤、朱、绛、红等赤系颜色的推崇，也就事属必然。比如梁朝开国不久，便将皇帝所乘各类舆辇上树立的旗帜改为赤色旗，皇帝在大典上所穿的冕服，也以赤色、绛色作为蔽膝、鞋、袜、裤、腰带内侧以及中衣（相当于今日的衬衣）领口、袖口的颜色。其他如皇太子的朝服为"朱衣、绛纱袍"，诸王与太子服色相同，开国公、侯、伯、子、男也着"纱朱衣"，虽然材质降了一级，但同样属赤色。

由此看来，"赤焰"这看似简单的二字，其实包含着太多的历史信息，而赤焰军号与大梁火德，可谓正相吻合！

本文选自胡阿祥《胡阿祥解说〈琅琊榜〉》"释名篇"与"证事篇"，山东画报出版社，2016年版。

"山水诗都"宣城

　　研究中国古代文学者都知道，现在自称"山水诗都"的城市是马鞍山。马鞍山山明水秀，又是"诗仙"李白的钟情与终老之地，以"山水诗都"作为城市名片没有问题。只是我们需要注意，马鞍山建市的历史很短，是1956年才成立的，而李白游历的当涂、采石矶，终老的青山，在唐朝时本来属于宣州管辖；另外，马鞍山的"山水诗都"，其实是"山水＋诗都"，而这里要讨论的宣城之为"山水诗都"，是"山水诗＋都"。如此，宣城、马鞍山这两个"山水诗都"可以并行不悖。

　　我为什么称宣城是"山水诗＋都"？理由如下：

　　第一，时空吻合。

　　王国维曾经说"一代有一代之文学"，如先秦散文、汉赋、魏晋南北朝骈文、唐诗、宋词、元曲、明清小说；诗歌也是这样，"一代有一代之诗歌"，如先秦的《诗经》、楚辞，汉代的乐府，魏晋的咏怀诗，两晋的玄言诗。具体说到山水诗，《文心雕龙·明诗》："江左篇制，溺乎玄风……宋初文咏，体有因革，庄老告退，而山水方滋。俪采百字之偶，争价一句之奇，情必极貌以写物，辞必穷力而追新。"也就是说，山水诗是对玄言诗的革命。玄言诗是以诗的形式宣讲老庄玄理，抽象玄奥，缺乏诗情画意。而取代玄言诗的山水诗，清新优美，明白晓畅，是自然的人化与人的自然化，是人对自然的深情投注。

山水诗早期的代表人物，是前后辉映、有着族伯与族侄关系的谢灵运与谢朓。晋宋之间的谢灵运，游走吟咏在浙东的山水之间，使得山水诗独立成派，所以谢灵运被称为山水诗的鼻祖；南朝萧齐的谢朓在宣城的创作，使得山水诗走向成熟，后世公认他是整个南朝最有成就、最为杰出的山水诗家，清人叶燮曾经说："六朝诗家，惟陶潜、谢灵运、谢朓三人最杰出，可以鼎立。"

山水诗出现于晋宋之间，而成熟于萧齐的宣城，所以宣城作为山水诗都，在时间与空间两方面都是吻合的。

第二，作品典型。

何谓山水诗？山水诗是以表现山水之美、抒发观赏山水时的心境与感受为主题的诗。比较谢灵运与谢朓这对伯侄的作品，谢灵运的山水诗一般是三段式结构，即叙事—写景—谈玄，其中谈玄一段，是由观赏山水而悟出的人生哲理，几乎全是老庄的玄理，如《登池上楼》在"池塘生春草，园柳变鸣禽"之后，就是一条玄言的尾巴："祁祁伤豳歌，萋萋感楚吟。索居易永久，离群难处心。持操岂独古，无闷征在今。"这些诗句不仅难以理解，而且缺乏形象，淡乎寡味。所以人们常说，谢灵运的山水诗是"带玄言的山水诗"，这样的山水诗往往"有句无篇"，就是有极好的写景的句子，但缺乏情景交融的整体。

到了比谢灵运晚生80年的谢朓，是以身体进入山水，以心灵拥抱山水，使得山水诗有了长足的进步。如谢朓在出任宣城太守路上所写的《之宣城郡出新林浦向板桥》诗，其中说："既欢怀禄情，复协沧州趣。嚣尘自兹隔，赏心于此遇。"——出任宣城太守，既有俸禄可拿，值得欢喜，又有山水可玩，意趣无穷。从此远离喧嚣的尘俗，投入令人赏心悦目的山水——"赏心于此遇"，遇见的就是宣城。宣城是谢朓山水诗的重要源泉。谢朓存世的诗140多首，其中近50首山水诗，大多是他任宣城太守时或在往返途中所创作的。

我们看看谢朓的山水诗："余霞散成绮，澄江静如练。喧鸟覆春洲，杂英满芳甸"；"江路西南永，归流东北骛。天际识归舟，云中辨江树"；"远树暧阡阡，生烟纷漠漠。鱼戏新荷动，鸟散余花落"——这些诗句，风格清丽协调，境界圆融流美，难怪齐梁文坛领袖沈约称道："二百年来无此诗也。"

说起山水诗，人们总要举例，而所举的例子，总离不开谢朓在宣城创作的山水诗，所以宣城作为山水诗都，贡献出来的作品最为典型。

第三，影响深远。

山水诗不仅属于宣城，也属于全国，不仅属于南朝，也属于唐朝。而对唐诗中的山水诗影响最为深远者，仍然是谢朓。明朝胡应麟在《诗薮》中说："唐人鲜为康乐者，五言短古多法宣城。""康乐"指谢灵运，"宣城"指谢朓。胡应麟还具体举例道："余霞散成绮，澄江静如练，初唐也。金波丽鳷鹊，玉绳低建章，盛唐也。天际识归舟，云中辨江树，中唐也。鱼戏新荷动，鸟散余花落，晚唐也。俱谢玄晖诗也。"胡应麟所举诗句，竟然全部出自谢朓的山水诗，这不能说是偶然的巧合，而是客观事实的反映。除了胡应麟以外，宋朝诗人赵师秀说"玄晖诗变有唐风"，清人吴淇更说谢朓诗"专精于写景，而情与事寓焉……故唐人每摘其句以为诗题云"，"遂以开唐人一代之先"。由此可知，有唐一代的诗人，在写作技巧、格律运用、描述对象等方面，颇多受益于谢朓。

我们不妨举个例子，看看谢朓对于李白的影响。桀骜不驯的李白，是天才绝伦的"诗仙"，却如清人王士禛所说："青莲才笔九州横……一生低首谢宣城。"李白不仅缅怀谢朓，如"谁念北楼上，临风怀谢公"，而且化用谢朓诗句，如"我吟谢朓诗上语，朔风飒飒吹飞雨"；李白不仅生前长忆谢朓，如"解道澄江净如练，令人长忆谢玄晖"，而且遗言葬在谢朓曾经建有别墅的宣州谢公山，也就是今天的马鞍山当涂青山，于是太白诗魂与玄晖故迹，得以相映成趣，马鞍山这座山水诗都，竟然也离不开谢朓。

山水诗在中国文学史上绵延了上千年，而说起声名最为显著、影响最为深远的人物与作品，还是谢朓及其宣城山水诗，所以立足中国文学史，宣城也是山水诗都。

第四，敬亭诗山。

宣城作为山水诗都，不仅因为谢朓的山水诗极言宣城之美，还因为宣城拥有一座独一无二的江南诗山——敬亭山。

敬亭山原名昭亭山，因为避西晋追封的太祖文皇帝司马昭的名讳而改名。说起敬亭山，最为世人熟知者是李白的《独坐敬亭山》。其实，最早使敬亭山成名的，还是谢朓写出了其山高与幽的特点、技法娴熟的《游敬亭山》，乃至唐人刘禹锡超格评说："宣城谢守一首诗，遂使名声齐五岳。"也就是说，敬亭山是因为谢朓的这首诗而与"五岳"齐名的。至于后世文人写敬亭山的诗歌，意境也大多与谢朓的这首诗相同或相近。就以李白的《独坐敬亭山》来说，也是如此："众鸟高飞尽，孤云独去闲。相看两不厌，只有敬亭山。"因为"高"，才有"云"，因为有"云"，才显出"高"的缥缈空灵。而据不完全统计，谢朓以后及至清朝，吟咏敬亭山的诗歌，今天可以见到的，就达到了

600多首。

宣城城边的敬亭山，好像一块磁铁，把谢朓、李白以及古往今来的许多山水诗人吸附在了一起，不仅敬亭山由此成为闻名遐迩的"江南诗山"，敬亭山水诗也成了中国山水诗的重要组成部分。这就是山水诗都宣城山水的魅力。

第五，文化符号。

相对于宣城城边的敬亭山，宣城城中最著名的人文景观就是谢朓楼了。这座楼是唐初宣城士民为了怀念谢朓，而在谢朓理事起居的高斋旧址建立的，存在了一千多年，历代登楼观赏者络绎不绝，赋诗题咏者难以计数。谢朓楼与宣城的关系，正如李白在《秋登宣城谢朓北楼》诗中所描绘的，登楼而望，"江城如画里，山晓望晴空。两水夹明镜，双桥落彩虹"。1937年，清末重修的谢朓楼被日军飞机炸毁。现在重建的谢朓楼，仍然雄踞闹市中心。谢朓楼对于宣城的符号意义，大概就相当于武汉的黄鹤楼、南京的阅江楼、永济的鹳雀楼、岳阳的岳阳楼吧。不同的是，上面这些楼都是因为诗文而出名的，唯有宣城的谢朓楼（也称谢公楼），直接以人为名。

谢朓楼以人为名的特殊现象，显示了谢朓对于宣城的特殊意义。谢朓的官职并不止于宣城太守，而且谢朓担任宣城太守只有短短的一年多时间（495年春到496年秋），既没有做过多少非同一般的大事，谢朓的人品也是聚讼纷

谢朓楼

纭，但后人仍习称谢朓为"谢宣城"，原因何在呢？诚如南宋洪刍《谢宣城集》"跋"所云："谢公诗名重天下，在宣城所赋为多，故杜少陵以谢宣城称之。"又《四库全书总目提要》亦云："其官实不止于宣城太守，然诗家皆称谢宣城，殆以北楼吟咏为世盛传耶。"南宋陆游也说："宣之为郡，自晋唐至本朝，地望常重，来为守者不知几人，而风流吟咏，谢宣城实为之冠。"换言之，即谢朓习称"谢宣城"的原因，在于谢朓在宣城太守任上，创作了一生中最好的山水诗作品；在于宣城的山水已经与谢朓的山水诗连在了一起，宣城最早就是因为谢朓的妙笔华章而名扬天下的；在于宣城的许多名胜古迹，化用了谢朓的诗句，如"合沓与云齐"与云齐阁，"余霞散成绮，澄江静如练"与绮霞阁、澄江亭；在于宣城竟然有了"谢朓城""谢公城""小谢城"等别称。再换言之，宣城官民祭祀谢朓、中国文学纪念谢朓，不是根据谢朓的权势与人品。谢朓没有什么权势——即便有权有势，权势也是短命的；谢朓的人品不乏非议，但相对于谢朓的文学，人们已经淡忘了这些非议。人们祭祀谢朓、纪念谢朓，是因为谢朓的文学，是因为谢朓的山水诗与诗中的宣城山水，同归不朽。

宣城城中有以山水诗家谢朓命名的楼阁，宣城城边又有"江南诗山"敬亭山。我们可以说，已经辞世1500余年的谢朓，已经辞世1200多年的李白，并没有离我们远去，他们仍然是"活"在今天宣城的文化符号。宣城的山水，因为谢朓、李白等名家的山水诗篇，鲜活灵动了起来，所以宣城作为"山水诗都"，真是名副其实！

然则"山水诗都"既反映了宣城的历史文化特色，那么，回到现实中来，围绕着宣城历史文化的继承、弘扬与创新，不妨再提三点"书生之见"：

首先，在中国这样的诗歌的国度，敢称"山水诗都"是需要有底气与实力的。而依据上面的讨论，宣城称为"山水诗都"，可谓名副其实。我想，今天的宣城，如果能够做好"山水诗都"这篇文章，那无疑是提升城市文化品位、丰富山水旅游内容的很好的着力点。就城市景观与自然风景言，宣城并无特别优势，然而，宣城的城、宣城的山、宣城的水与对话自然、天人合一的山水诗的独特联系，却是许多的城市、许多的山水不具备的。就以南京的山水为例，紫金山、玄武湖作为自然的山水，没什么好看的，人们看的是紫金山的历史与建筑，品的是玄武湖的文学与风水。同样，"山水诗都"，也是宣城人无我有、人有我优、人优而我独特、人独特而我唯一的文化符号，值得大力宣传、广泛弘扬。

其次，如果宣城把谢朓的历史文化资源放大、延伸，倡导甚至推出"中国第一华丽家族陈郡谢氏之旅"，那也是极有意思的。谢氏的影响，真是至今不歇，记得2008年谢晋导演、2015年谢铁骊导演去世，都有媒体电话采访我，问谢晋、谢铁骊、谢霆锋、谢安是不是一家的。这条旅游路线，包括了中古谢氏起源地河南太康，谢氏崛起江南的发祥地江西南昌，谢氏家族聚居地南京乌衣巷，谢氏置产兴业地浙江绍兴，谢氏编练北府兵的江苏扬州，谢安前后两次隐居东山的浙江上虞、南京江宁，谢氏建立不世功勋的淝水之战故地安徽淮南八公山，"大谢""小谢"开创山水文学的浙江温州、上虞、江西临川、安徽宣城，等等。通过这条谢氏之旅的踏访，能让今天的人们明白，何谓贵族做派、名士家风、言传身教，何谓庄老心态、雅道相传、芝兰玉树、风流逍遥，理解如何审时度势、出入进退、建功立业、隐遁山水、融入自然。这些，对于浮躁的当今社会，应该是有意义的。

最后，接着谢氏之旅说下去，与谢氏有关的这些地方之间，学者与政府层面，可以考虑建立起多方面的联系。这方面的成功例子，是我相对熟悉的韩愈。如韩愈故里河南孟州、韩愈贬官的广东潮州与阳山，都非常看重韩愈的研究以及相关资源的开发、利用与弘扬，也都取得了明显的社会效应。中国唐代文学学会韩愈研究会自从1992年成立以来，以上三地轮流坐庄，召开国际会议、高层论坛，于是，这些地方不仅学术研究氛围更加浓厚、学术联系更加广泛、旅游形象更加鲜明，地方政府之间也建立起常规的交流互访友好关系。也就是说，因为韩愈，汇聚了一大批的学人，密切了三地政府间的文化交流。及至2013年，韩愈曾经担任刺史的袁州，也就是江西宜春，也加入了这支韩愈研究与应用的队伍。而令人欣喜的是，现在又在宣城召开了"韩愈国际学术研讨会"，宣城且在规划建设韩愈文化园、韩愈纪念馆，于是，在韩愈研究与应用的这支队伍里，又加入了宣城。我想，这样的成功经验，完全可以复制到陈郡谢氏的身上。

本文节选自胡阿祥《宣城之韩愈前史：江南奥壤，山水诗都》，收入张清华主编《韩愈研究——2015年中国·宣城韩愈国际学术研讨会论文集》，文汇出版社，2016年版。

"桐城文派"之名义

关于桐城的一个文化现象

离开家乡桐城许多年了。这许多年来，行走各地，遇到过不少乡音或轻或重的桐城人，询之以他们的"府上哪里"，许多桐城人总喜欢冒称是安庆人！这颇耐人寻味：从现实的功利标准衡量，安庆较之桐城，一为市，一为县①，在一般百姓心目中，市里人自然荣耀，县里人不免相形见绌；况且，现行政区之所谓的大安庆市，本就包含安庆市及怀宁、桐城、枞阳等8县，如此说来，以桐城人而自称安庆人，也不算错。然而，也另有一些人，不仅坦然自称为桐城人，而且以籍隶桐城为自豪。

---

① 本篇撰于1995年。及1996年，桐城县改桐城市（县级），仍属安庆市管辖。

以桐城人而冒称安庆人，或自称是桐城人，这只是吾邑桐城诸多有趣的文化现象中较为突出的一个而已。大体说来，不愿做"桐城人"的桐城人，多是没有什么学识的人；而行不更名、坐不改籍的桐城人，则或多或少都具备一些中国传统文化知识（所谓文、史、哲一类），他们或清楚或模糊地意识到：自称为桐城人，并不会使自己脸上无光；一些或大或小的"文人"更清楚地知道：仅凭"桐城"这两个字，就可使自身陡增一股书卷之气！

我也算是个"文人"。圈内师友相推许，对我这个并不纯粹的桐城人①，往往作此套语："原来是桐城人啊！""桐城，那可是个出人的地方！"——其实，在文人、学者圈内，"桐城"本是个极富文化意蕴的地名；进之，"桐城"简直成了一块"学术文章"的金字招牌。古有"天下文章，其出于桐城乎"的说法，而近世"籍不隶桐城，文不尽雅洁"②，更被视为文人之绝骂。然则由此数语，已不难窥见桐城文化定位的非同一般：盖桐城以文章显。文不雅洁不可谓之"桐城"；文章雅洁，哪怕籍不隶桐城，也可被视为"桐城"。

① 笔者祖籍宁波，父亲出生于上海，母亲则是土生土长的桐城人。
② 语出无锡钱基博，为钱氏对闽县林纾的评语。

按"天下文章，其出于桐城乎"，中国文学史上称之为"桐城派"，或更确切些，称之为"桐城文派"[①]。作为清代最大的文学流派，当其盛时，"承学之士，如蓬从风，如川赴壑，寻声企景，项领相望"（王先谦《续古文辞类纂》序），于是波澜所及，几遍海内；流风余韵，迄于民初。舞文弄墨的文士们，多以能厕身"桐城"为莫大追求。然而时移岁易，随着桐城这种文化地位的丧失，无知邑人竟羞于自称为桐城人，这实在让人感慨不已。

桐城文派之得名

桐城文派是清代影响最大的一个散文流派[②]，也是中

[①] 世人所谓的"桐城派"，一般指的就是"桐城文派"；不过以"桐城派"代指"桐城文派"，有时会有不妥。清程秉钊《国朝名人集题词》云："论诗转贵桐城派，比似文章孰重轻。"钱锺书、钱仲联等都赞同其说，于是有"桐城诗派"。在思想史上，从方学渐到方以智、钱澄之，都是颇具地位与影响的，于是又有"桐城学派"。此桐城三派，虽然最负盛名的还是"桐城文派"，但三派并述时，以"桐城派"特指"桐城文派"便会显得模糊不清。

[②] 散文，在中国文学史上，指区别于骈体文的唐以来古文家所谓"古文辞"或"古文"。散文又称"古文"者，唐韩愈反对魏晋以来骈俪的文风，提倡先秦汉代所普遍使用的散体文，并称散体为古文。

国文学史上一大文派。其得名，姚鼐《刘海峰先生八十寿序》云：

> 曩者鼐在京师，歙程吏部、历城周编修语曰："为文章者，有所法而后能，有所变而后大。维盛清治迈逾前古千百，独士能为古文者未广。昔有方侍郎，今有刘先生，天下文章，其出于桐城乎！"

又曾国藩《欧阳生文集序》：

> 乾隆之末，桐城姚姬传先生鼐，善为古文辞，慕效其乡先辈方望溪侍郎之所为，而受法于刘君大櫆及其世父编修君范。三子既通儒硕望，姚先生治其术益精。历城周书昌永年为之语曰："天下之文章，其在桐城乎！"由是学者多归向桐城，号"桐城派"，犹前世所称江西诗派者也。

这是有关桐城文派得名的两段最关键史料，就中说明了三个重要问题：

其一，桐城之名派，盖缘于程晋芳、周永年二子之品目。"程吏部"指程晋芳（1718—1784）。晋芳字鱼门，歙县人，乾隆三十六年（1771）进士，历官吏部主事、员外郎、《四库全书》纂修官、翰林院编修。师事刘大櫆，受古文法。为文以归有光、方苞为宗，醇清遒简，密于体裁，有法度，诗尤工。家本饶裕，治盐于两淮。性耽文学，与四方学士日夜搜讨，藏书至五万卷，而丹黄皆遍。百事不理，又好客，与名士袁枚、赵翼、蒋士铨等唱和，由此耗尽家产。晚年贫困，入陕西巡抚毕沅幕，未几而卒。又"周编修"，周永年（1730—1791）。永年字书昌，历城（治今山东济南市）人，乾隆三十六年进士，历任翰林院庶吉士、编修、贵州乡试副考官。博学贯通，召修《四库全书》，对四部古籍尤其是兵、农、历算诸家学术，均能得其要旨，褒贬得当；又从《永乐大典》辑出逸书多种，颇为《四库》馆臣推重。生平百无嗜好，独嗜书，积至五万卷。有感于古今藏书易散，倡议仿佛藏、道藏之例，于各地广泛设立"儒藏"，一时影响颇广；又创筑"借书园"，聚书其中，招致来学，供人阅览借钞。程、周二人既以学者而兼为藏书家，其见多识广自不待言，而"皆谓'天下文章在桐城'，世遂有桐城派之目，一言能为世之轻重如此"！（刘声木《桐城文学渊源考·补遗》卷3"程晋芳"条）然则"天下文章，其出于桐城乎"虽或为兴到之言，姚鼐犹不敢承，却也足以表现方、刘、姚在当时文坛具有的影响，及"学者多归向桐城"的文坛风尚，是不可以视为谀辞、戏言的。

其二，以桐城名派，当不晚于乾隆中叶。姚鼐《刘海峰先生八十寿序》作于乾隆四十二年，时姚氏于扬州主讲梅花书院。考姚氏行迹，乾隆三十九年冬离京南返，而在京时程、周二人与他同为《四库全书》编修官。《四库》馆开于乾隆三十八年，则程、周"天下文章，其出于桐城乎"应为乾隆三十八、三十九年间语，其时桐城文章已屹然自立，不能动摇，而方、刘、姚三祖皆足以领袖群伦、楷模后学。巴陵吴敏树《𣗪湖文集》卷6《与筱岑论文派书》也说："今之所称桐城文派者，始自乾隆间姚郎中姬传。"又长沙王先谦《续古文辞类纂》"例略"："惜抱振兴绝学，海内靡然从风，其后诸子，各诩师承。"及咸丰后期，湘乡曾国藩为欧阳生文集作序，于桐城文派"益推衍之，明其统系，被及数省"，且以姚鼐"跻诸古仁圣贤人之列，而自附于私淑之徒，由是其学益大振"（马其昶《桐城耆旧传》卷10"姚惜抱先生传弟百一"），桐城文派之名目，更是昭昭然若揭日月，少有敢非议者。

其三，桐城派"犹前世所称江西诗派者也"，是以地域名派。以地域名派，始自诗家。北宋末，寿州（治今安徽凤台县）吕本中（1084-1145）作《江西诗社宗派图》，自分宁（治今江西修水县）黄庭坚以下，列彭城（治今江苏徐州市）陈师道等二十五人"以为法嗣，谓其源流皆出豫章也"，于是文坛上正式出现了江西诗派这一名称。[①] 而

---

① 南宋胡仔《苕溪渔隐丛话·前集》卷48"山谷中"。按"豫章"谓黄庭坚，庭坚洪州分宁人，洪州旧称豫章。又吕本中编刊《江西宗派诗集》，陈振孙《直斋书录解题》著录作《江西诗派》。

江西之所以成派，"以味不以形也"（杨万里《诚斋集》卷79《江西宗派诗序》），即派中人在创作精神和作品风格方面具有某种共同特征[①]，又师友相传，彼此切磋，从元祐黄、陈，到宋末元初，延续了整整二百年；后世崇奉此派诗风者，也代不乏人。考以地域名派，本是中土古代文学流派命名的一种通例，江西诗派以外，如公安派、竟陵派（晚明诗文流派）等，莫不如此。本来，"地域的文化氛围与传统，无疑对本地域的作家起着强烈的直接影响。所以同一地域的作家容易产生相近的审美理想，甚至自觉不自觉地形成创作流派"（吴承学：《中国古典文学风格学》第10章"江山之助"，花城出版社，1993年版）。即就桐城文派论，也不例外。首先，该派三祖方苞、刘大櫆、姚鼐暨四杰之方东树、刘开或姚莹[②]都是安徽桐城人，桐城一地又文星荟萃，以"桐城"名派，正所谓名实相符[③]；其次，桐城成"派"的条件也是绰绰有余，它既有严密而

① 江西派诗人论诗，多强调活法，崇尚瘦硬风格，要求字字有来历，倡"夺胎换骨，点铁成金"之法，每袭用前人诗意而略改其词，以为工巧。

② 刘开、姚莹取其一，加上方东树、梅曾亮、管同，合称"姚门四杰"。

③ 以地域名派，一般取开派者的籍贯名之。江西诗派者，黄庭坚江西人；公安派者，袁宗道、袁宏道、袁中道公安人；竟陵派者，钟惺、谭元春竟陵人。

系统的文论主张，以为衡文或创作的准绳，又能施之于实践，为自成体貌、一新耳目的雅洁之文，并且师承统绪俨然可考，门人、私淑衣被天下，左右了一代文风。当然，文派虽以"桐城"命名，但入派者不可能都出于桐城一地。杨万里《江西宗派诗序》云："诗江西也，人非皆江西也。"这同样适用于桐城文派：只要文章宗法桐城，即为桐城文派中人，本不必限于桐城这一特定地域。事实也正是如此，桐城文派中人无锡薛福成就曾言："自淮以南，上溯长江，西至洞庭沅澧之交，东尽会稽，南逾服岭，言古文者，必宗桐城，号桐城派。"（《庸庵文外编》卷2《寄龛文存序》）

桐城古文的特色

"言古文者，必宗桐城"，桐城古文的特色又何在呢？概而言之，桐城古文在思想上重视"文以载道"。刘声木《桐城文学渊源考·补遗》"序"云：

自有明中叶，昆山归太仆以《史记》之文法，抉宋儒之义理，空绝依傍，独抒怀抱，情真语挚，感人至深。我朝桐城方侍郎继之，研究程朱学术，至为渊粹，每出一语，尤质朴恳至，使人生孝弟之心。文章之义法因亦大明于世，实为一代巨擘，与归文同为六经之裔，一时衣被天

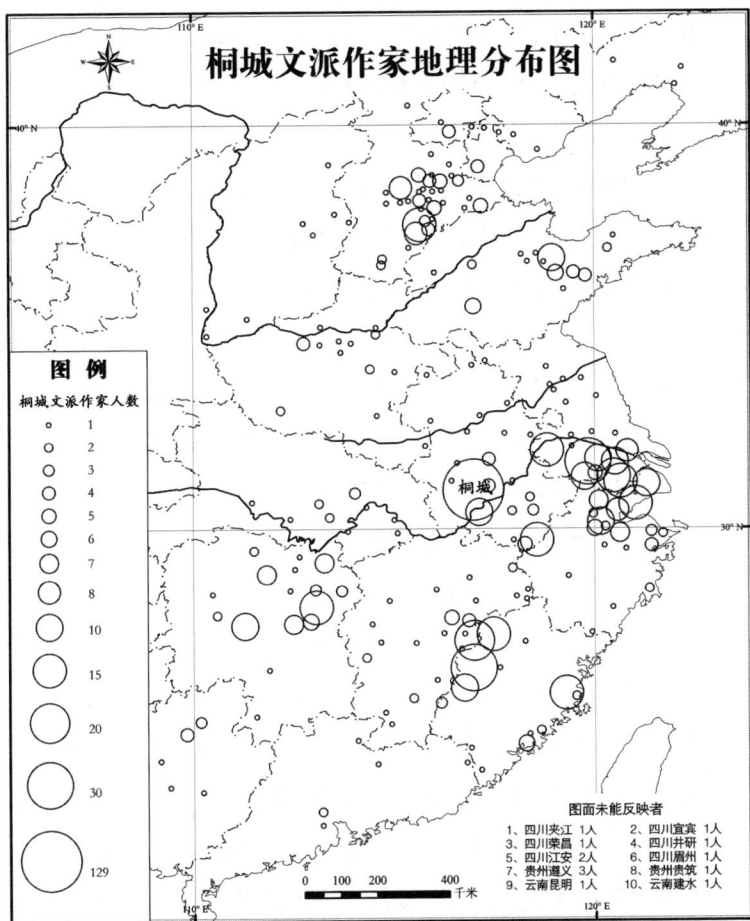

桐城文派作家地理分布图

下，蔓衍百余年益盛。虽诸子所得有浅深，然皆由义理以言文章；文章虽未必遽能传世行远，而言坊行表皆大半不愧为正人君子，其成仁取义，慷慨捐生，堪与日月争光者，亦不可缕指。纲常名教，赖以不坠。

"桐城文家兼言程朱之学"（《桐城文学渊源考·凡例》），正适应了清朝统治者提倡程朱理学的需要，这又反过来保证了桐城文派的长盛不衰。就桐城古文本身论，其特色在于观点鲜明，剪裁精当，结构谨严，层次清晰，平易畅达，文辞雅洁，声调抑扬，杂以说理，辅以考证。

桐城古文上述的思想追求与文章特色，是由方苞、刘大櫆而姚鼐逐渐形成的。方苞首标"义法"，"义"者即明确的思想内容，"法"者即熟稔的艺术技巧，"义以为经，而法纬之，然后为成体之文"（《又书货殖传后》）；"成体之文"又当有物有序，清真雅洁。刘大櫆发展了方苞的"义法"说，提出"作文本以明义理，适世用"，而文章要素在于"神气""音节""字句"（《论文偶记》）。姚鼐则进一步标举"所以为文者八，曰神、理、气、味、格、律、声、色。神理气味者文之精也，格律声色者文之粗也。然苟舍其粗，则精者亦胡以寓焉"（《古文辞类纂》"序目"），又主张"义理"（正统的道德规范）、"考证"（扎实的学问根底）、"文章"（规矩的形式技巧）合一（《述庵文钞序》），并选录《古文辞类纂》一书，开示准的，以为学文矩矱。① 至此，"户牖既开，天下向风翕从，海内文士争趋，蔚为流派。其时周书昌语曰：'天下文章，其在桐城乎！'于是而有桐城派之目，桐城派亦俨然为天下文章之正宗也"②。

本文节选自胡阿祥《桐城文派作家的地理分布与区域分析》，收入胡阿祥《魏晋本土文学地理研究》，南京大学出版社，2001年版。

① 又方苞有《古文约选》，刘大櫆有《唐宋八家古文约选》，梅曾亮有《古文词略》，曾国藩有《经史百家杂钞》，王先谦、黎庶昌各有《续古文辞类纂》。此桐城文派诸选本中，姚选分类完善，编次有序，超然远识，古雅有法，为古文选本中最完善纯正者；其风行海内，几为学文之士必读之书，因有"姚氏学"之目。
② 尤信雄：《桐城文派学述》"序言"，文津出版社，1975年版。

第六辑 地名南京

含有贬义的南京历代称谓

地位尴尬的城市

有着 2480 多年建城史、450 多年建都史的南京，是中国的历史文化名城。在我国习称的八大古都（西安、北京、洛阳、南京、开封、杭州、安阳、郑州）中，从历史角度说，南京是次于西安、北京、洛阳的第四大古都；考虑到现实因素，如城市地位、经济水平、文化素养等，南京是仅次于北京的第二大古都，中国现在称"京"的大城市，也就北京和南京；而就地区的典型性与代表性论，则南京是中国南方最大的都城，第一的古都。

在这八大古都中，南京历史地位的兴衰起伏最为剧烈、明显。贵时，南京或为半壁江山之都，如孙吴、东晋、宋、齐、梁、陈的所谓六朝时代，或为统一帝国的首都，如明朝初年；贱时，南京竟为无足轻重的县级政区。

这种贵贱地位的演变，又联系着中国历史上的南北分裂。中国历史上多南北分裂，南北分裂的结果，明朝以前，基本都是北方胜了南方，于是南京作为南方最适合建都的地方，在过去的统一时代，就会毫无例外地受到打压，道理明摆着：北方帝王不喜欢这个老是出"天子"的地方。我们甚至可以说，在过去，国家统一的时候，南京地位就下降，国家分裂的时候，南京地位就上升，所以历史上的南京，是一座政治地位相当尴尬的城市。

南京这样的历史特点，可以从许多角度去理解。其中，我们最能直接感受到的，大概就是南京历代称谓的变迁了。伴随着辉煌的成功与屈辱的没落，南京历代称谓有时大气磅礴，有时低迷沉沦，它们共同浓缩了南京的沧桑岁月，见证着南京的如烟往事……

明显含有贬义的称谓：建邺、秦淮、归化、白门

公元211年，孙权将政治中心从京（今镇江市）移到秣陵，次年改秣陵为建业。"建业"，建功立业、建立帝王大业的意思。229年，孙权果真称帝，奠都建业。孙吴版图"北据江，南尽海"，南京也由此确立了南方领袖之区的地位。

280年，司马懿之孙、西晋开国皇帝司马炎灭亡孙吴。对于曾经的敌国首都、含有强烈"僭越"色彩的"建业"，

司马氏当然不能容忍，遂改建业为秣陵。然而，心怀故国并存有复国之念的吴人仍称建业。282 年，司马氏分淮水（今秦淮河）以南为秣陵，淮水以北为建邺。及至 313 年，为了避西晋皇帝司马邺名讳，再改建邺为建康。

建业改为建邺，虽然字异，音却相同，这可能是司马氏对吴人的一种安抚手段。其实，建业与建邺迥然有别。"邺"字偏旁"阝"是"邑"的意思，所以"建邺"只是表示城邑，相对于建功立业的美意，建邺无疑是贬抑称谓；再者，建业是孙吴首都，建邺只是西晋治下的普通城邑，其地位也不可同日而语。至于南京民间长久以来的说法，以为改"业"为"邺"，是加偏旁以示贬低建业地位，拎耳朵（"阝"像只耳朵）以寓控制孙吴故地，添问号（耳朵又像问号）以表讥刺孙吴霸业，等等，也有一定道理，它反映了江南地域政治地位的下降给江南社会造成的心理失落，这些民间说法的出现，一定意义上折射了历史的真实。

同样折射了这种心理失落的历史真实的称谓，是秦淮。十里内秦淮，号称流淌千年的南京的文化河；而流域面积 2600 余平方公里、百余公里长的秦淮河，更被称为南京的母亲河。这样，秦淮成了南京的代称。然而，秦淮古称淮水，《晋书》所记郭璞之言"淮水绝，王氏灭"，唐人刘禹锡诗"淮水东边旧时月，夜深还过女墙来"，指的就是这条淮水。南朝时，淮水偶称秦淮；唐朝时，秦淮之名逐渐取代淮水，如杜牧诗"烟笼寒水月笼沙，夜泊秦淮近酒家"，可以为证。此后，秦淮成为主要称谓，淮水渐成历史旧称。

明郭存仁《金陵八景》之"秦淮渔笛"

众所周知，秦淮得名于民间传说。相传秦始皇东巡经过此地，听信望气术士之言，凿方山，断长垄，开挖淮水与长江相通，以泄金陵王气，并改名为秦淮。其实，淮水"分派屈曲"，本是自然河道，其拓宽与疏浚也主要是在六朝时期，与秦始皇无关。而秦始皇开河泄气之说——特别是此说的流行，显然与东晋南朝建康贵为京都、隋唐地位一落千丈的对比有关，正是在"朱雀桥边野草花，乌衣巷口夕阳斜"的一盛一衰的巨大刺激下，民间广泛流行这样的说法，即把南京衰落的根源算到秦始皇头上——因为王气被泄了，所以南京才败落了，而这不失为一种心理安慰或自我解嘲。

唐朝时南京地位的下降，也表现在当时的一些政区名称上。如 620 年到 625 年间以及 633 年到 635 年间的归化县。我们知道，民国时，今呼和浩特名归绥（归属绥靖之意），今乌鲁木齐名迪化（启迪教化之意），这都是带有地域偏见的名称；而归化者，归属教化、感化归顺之意。曾经的六朝京都、文化繁盛之地，竟然成了僭伪叛逆、缺乏教化的地方，归化之名的贬抑色彩，可谓十分浓重。

值得注意的是，旧时南京的又一别称白门，也有不好的原始含义。《南史·宋明帝纪》记载："宣阳门谓之白门，上以白门不祥，讳之。尚书右丞江谧尝误犯，上变色曰：'白汝家门！'"宣阳门是六朝建康宫城正南门，"白汝家门"则是灭你全家的意思。然而不知为何，与这样大不吉利的典故相连的"白门"，后人竟然喜用，不仅大量见于有关南京的诗词文赋中，而且有《白门食谱》一类的书籍。也许，经过历久的演变后，人们往往只知其名，而不熟悉甚至不知道其意了。

相对含有贬义的称谓：江宁、白下

如果本来的称谓大气磅礴，而改后的称谓无关轻重，则改后的称谓就可以认为是相对含有贬义。历史上在政治地位方面总是大起大落的南京，这样相对含有贬义的称谓不少。如前述的建邺相对于建业，当然就含有贬义；与此类似的是江宁。

先是 280 年，西晋废建业为秣陵后，又分秣陵西南境置临江县；次年，"以江外无事宁静"，改临江称江宁。所谓"江外无事宁静"，指平灭了孙吴，取得了建业，控制了江南，这当然是立足于建都洛阳的西晋王朝的立场而言的。字间，司马氏征服者高高在上、洋洋得意的态度，视孙吴王朝为僭伪政权的味道，以长江以南为偏远之地的观念，都可谓表露无遗。如此，江宁实为西晋统治者压慑建业、镇静江南之名。

江宁得名之初，作为县名，其义甚为压抑。江宁称谓再次表现出较明显的低迷色彩，是 1645 年清军入城后，改应天府为江宁府。明朝的应天府名，取义顺应天时，具有帝王气势，这样响亮的称谓，岂是江宁府名可以企及？如此，改应天为江宁，以及同时改南京为江南省，贬抑之意都非常明显。又江宁之名第三次具有贬义，是 1864 年清政府镇压太平天国以后，把 1853 年以来的太平天国首都"天京"改回江宁府。"天京"是何等响亮气派，较之江宁，两者取义自有天壤之别。

南京的别称白下，仔细玩味起来，也略具贬义。唐初的 626 年改金陵县为白下县，635 年又改白下县为江宁县。白下县名源于东晋都城北郊的重要堡垒白石垒，白石垒之下（下指南面）即称白下。此名因为相对方位而得，既无深义，也无美义，相较于起码从字面看来颇有气势的金陵，差之甚远。

可能含有贬义的称谓：金陵

一般认为，公元前210年秦始皇帝改金陵邑为秣陵县，是由褒到贬，即金陵是褒义地名，秣陵是贬义地名。笔者曾经撰文，认为秦所始置的秣陵，不仅没有贬损之义，反倒深具褒义，而其中关键在于，"秣陵意蕴深远，与秦国号取义近同：'秦'为养马的草谷，秦人祖先以养马得以立国，所以定国号为'秦'；'秣'则牲口的饲料，秣陵自为秦帝国看中的东南形胜"（《嬴秦国号考说——兼说秦置秣陵无贬义》，《学海》2003年第2期）。关于"秣陵"褒义问题，这里暂不讨论；而按照笔者看法，"金陵"称谓则可能含有贬义。

金陵邑为战国楚威王熊商始置，时在公元前333年前后，约当今清凉山北、四望山南一带，是今天南京城区内第一个正式意义上的政区。金陵一名的由来，向来有三种说法。一说"因山立号"。南京东郊的钟山，因为山体页岩呈泛紫金之色，古名金陵山；楚威王所建的金陵邑，东向正对着金陵山，于是因山名邑。一说"地接华阳金坛之陵，故号金陵"。"华阳金坛之陵"为茅山山脉延续，其地产金，故金陵邑是取相邻地名为名。再有一说为"楚威王埋金"。据传楚威王以此地形势险要、包蕴王气，所以在钟山与幕府山一带埋金以镇压与销歇王气，故钟山称金陵山，幕府山西麓称金陵岗，所建城邑称金陵邑。

以上三说，比较来看，"因山立号"说学理稍顺，"楚威王埋金"说则盛传于民间，并演绎出埋金后还立了一碣，上书"不在山前，不在山后，不在山南，不在山北，有人获得，富了一国"，以此引诱南京的百姓们去挖，从而达到自坏风水、自绝王气的"险恶"目的。联系到前述的秦淮得名于秦始皇泄王气的传说，以及秦始皇改金陵为秣陵也与"金陵王气"的说法有关，则东汉末年出现的"金陵王气"说，可能是孙权为了建都南京而进行的舆论宣传。通过这样的宣传，能够为孙吴政权蒙上一层神秘色彩，强化其地位。然而，定格在这种宣传中的"金陵"，因为与镇压王气有关，毕竟就显得不大吉利。人们常说，历史上的南京，成也"金陵王气"，所以为"六朝古都""十朝都会"；败也"金陵王气"，所以南京的辉煌，总是遭遇北方政权的毁抹，大概就是这层意思吧！

不妨看淡些褒贬

南京历代称谓，包括政区名称、别称简称、雅号美号，林林总总，大概有近百个吧。其中，褒义称谓既多，含有贬义的称谓也不少，当然还有不褒不贬者。随着历史的发展，许多称谓沿用至今，其褒其贬，人们已经不太关注或不太明了了。如笔者以为含有贬义的建邺、秦淮、江宁、白下，在今日南京就使用得非常广泛；再如金陵，因为看起来义正音响，更被推为南京最称古老、最显雅致、最常使用的独特名号。时至今日，"金陵"对于南京城市文化心理甚至产生了或显或隐的复杂影响，如南京颇多以"金"命名的建筑与市场，并连类而及以"银""玉"等命名者，这大概是沉浸于金、银、玉所象征的华贵气息，同时又表现了南京不断衰而复振的可贵精神吧！

另一方面，如果作书生之臆想，有些地名似乎也有稍微动动的空间。如日新月异、建功立业的建邺区，如果"就地打滚"改为建业区，可能更具有新时代的风貌，更寄寓美好的愿景，也更加名副其实吧……

本文原刊《南京行政区划与地名》2008年第4期

话说"南京十佳老地名"

　　现代生活离不开地名，没有地名，城市乃至乡村的生活将是一片混沌；然而地名又不仅具有实用价值，而且映射着人类社会的过去与现在。地名是人们赋予各个地理实体的专有名称。自古至今，那些曾经使用或正在使用的地名，都是人们约定俗成的、命名的、公认的；反过来，地名又成为人类社会各种信息的载体。从这层意义上说，地名是真实而且珍贵的文献资料，是鲜活而且广泛的文化符号。

　　作为文献资料与文化符号，老地名往往特别值得品味；对于有着悠久历史、复杂变迁、丰富文化的城市，老地名更是蕴涵着回味无穷的各样信息。南京老地名正是这样！那形成于不同时代而当今仍在使用的南京老地名，数量上既成千上万，类别上亦丰富多彩；如果我们把南京的地理、历史、文化、风俗等等比作一部厚重的百科全书，那南京老地名就是构成这部百科全书的长短不一、层次各别的词条。

下面就让我们浏览一下南京这部百科全书，更把目光稍久停留在那些具有典型代表意义的南京老地名词条上……

何谓"具有典型代表意义的南京老地名词条"？我们不妨回望 2004 年的头几个月。那几个月里，南京社会上掀起了一轮又一轮的地名评选热潮。

先是 1 月 16 日，历时半个月的"2002—2003 年度南京十佳新地名评选"结果揭晓，充满现代气息、义美音响的十个地名当选：爱涛丽舍、翠岛花城、百里香舍、枫桥雅筑、会贤居、儒林雅居、桃花源居、西城映象花园、云锦美地花园、宏图大厦。

有意思的是，由南京市地名办公室与南京市行政区划地名学会主办、《南京日报》与南京市公证处协办、广大市民参与的这次"南京十佳新地名"评选活动，引发的却是众多南京市民的老地名情结。随着南京城市面貌的日新月异，在新地名大量涌现的同时，越来越多老地名被并合以至于废弃。这些逐渐消失的老地名，是那样地让人怀念！于是 1 月 30 日，南京主流媒体之一的《金陵晚报》顺应民意，发起了评选"南京十大遗憾消失老地名"活动。较之"南京十佳新地名"的评选，"南京十大遗憾消失老地名"评选活动，反响异乎寻常的热烈，讨论异乎寻常的深人。及至 2 月 11 日，评选出了得票最多的"南京十大遗憾消失老地名"：唱经楼、安乐寺、邀笛步、百猫坊、杏花村、子午路、凤凰台、仁孝里、吉祥街、赤石矶。

然而事情并未到此结束，南京人被勾起的"老地名情结"愈发浓厚了起来："消失的老地名已经成了永远的遗憾，但南京还有更多没有消失的老地名，它们的故事、典故更多！"在广大市民的强烈要求下，《金陵晚报》与南京市行政区划地名学会联合，3 月 9 日再度推出"南京十佳老地名"评选活动。到了 4 月 17 日，八位资深地名专家在众多市民投票的基础上，从得票最多的前 20 个地名中，以无记名投票方式，最终决出"南京十佳老地名"如下：乌衣巷、朝天宫、桃叶渡、成贤街、龙蟠里、夫子庙、长干里、孝陵卫、莫愁路、虎踞关。

所谓一叶知秋，窥斑见豹，笔者以为，"南京十佳老地名"即为"具有典型代表意义的南京老地名"，有着广泛、形象、到位的象征意义与指示作用，并能引起我们对南京地名以及老地名文化、新地名命名的诸多思考。

历史沧桑的南京：乌衣巷

乌衣巷位居南京十佳老地名之首，这是意料之中、情理之中的事。

乌衣巷得名于孙吴时代，当时此处驻军穿黑色制服，因称乌衣营；巷由此得名。今天的乌衣巷长约里许，在夫子庙文德桥附近，西与钞库街、大石坝街交接，东通白鹭洲公园；至于古代尤其是六朝隋唐时代的乌衣巷，则具体位置与规模大小，迄今都没有确切的说法。然而就是这样一条名称算不上优美、位置与规模一直存有争议的乌衣巷，却得到了市民和专家如此一致的认可，原因何在呢？我们可以从比较的角度来理解这一有趣的现象。

一座城市总有一座城市的味道，这种味道，往往凝聚在一些千古传诵的诗句中。以江苏三大历史文化名城为例，提到扬州，人们立刻想到的诗句就是"故人西辞黄鹤楼，烟花三月下扬州"，是"天下三分明月夜，二分无赖是扬州"，是"二十四桥明月夜，玉人何处教吹箫"；提到苏州，总会浮现"姑苏城外寒山寺，夜半钟声到客船"的意象；而提到南京，大多数人首先想到的，则是唐朝刘禹锡那首著名的《乌衣巷》："朱雀桥边野草花，乌衣巷口夕阳斜。旧时王谢堂前燕，飞入寻常百姓家。"由此可见，乌衣巷无论是在本地人还是外地人的心目中，都已经成为南京这座城市的代名词，《乌衣巷》诗，更是南京历史的画龙点睛之笔。

南京历史的最大特点，就是起伏兴衰十分明显。一般来说，统一时代南京地位下落，分裂时代南京地位上升。中国历史上多南北对峙，而南京为南方的首善之区，是南方最重要的都城。又中国历史长期以来，北胜过南，这就决定了南京的悲惨命运：建都南京者，多是最终灭亡的偏安王朝；南京是辉煌总遭遇北方毁抹的一个地位尴尬的都城。然则南京历史的这种沧桑感，于《乌衣巷》诗中得到了具象的体现：昔日居住着琅琊王氏、陈郡谢氏等世家大族的乌衣巷，昔日都城建康的交通要津朱雀桥，如今却别是一番情景：野草开花，点染出曾经的繁华之地朱雀桥畔的荒芜；夕阳斜晖，映衬着过去的富贵之乡乌衣巷里的寂寥。那正在就巢的无知飞燕，怎能晓得华堂易为民居的人世变迁！此诗之妙，在乎句句是景，而又借眼于燕，故托兴玄远，用笔极曲，感慨无穷！

要之，《乌衣巷》诗及其标志性地名乌衣巷，典型地折射出了南京历史的沧桑巨变，因而得到了身在古都、心总怀旧的南京市民与专家的强烈共鸣与特别认同。

地理形胜的南京：龙蟠里、虎踞关

龙蟠里，北起广州路，南至虎踞路；虎踞关，南起广州路，北接西康路。这两个地名，都来源于相传是诸葛亮说过的一句话："钟阜龙蟠，石头虎踞，真帝王之宅。"钟阜即今紫金山，紫金山逶迤似蟠龙，匍匐于南京城东；石头约当今清凉山，清凉山蹲踞若猛虎，雄立在南京城西。钟阜石头，龙蟠虎踞，南京所以成为六朝古都、十朝都会，正是凭依着优越的地理形胜。

在冷兵器时代，国都的选择往往非常看重地理形胜。拥有龙蟠虎踞之势的南京，可谓"山川形胜，气象雄伟"：其西、北有号为"天堑"的长江；西又有清凉山上的军事堡垒石头城，控扼着古秦淮入长江之口；北又有历来重兵把守的幕府山；南有宽深都远过现在的秦淮河；东有天然的屏障钟山。以这些山水为代表，南京诚为山环水抱、进可以战、退足以守的"帝王之宅"。一代伟人孙文在《建国方略》中也说：南京的"位置乃在一美善之地区，其地有高山，有深水，有平原，此三种天工，钟毓一处，在世界中之大都市诚难觅此佳境也。而又恰居长江下游两岸最丰富区域之中心"。以此，南京建城史漫长，南京建都史悠久；而"龙蟠虎踞"也因此成为南京的习称、别名。毛泽东《人民解放军占领南京》诗中有"虎踞龙盘今胜昔"的豪迈诗句；南京各类地名中，龙蟠、虎踞被广泛运用；新的南京城市旅游形象标识，也是红底白质、似一方印章的"龙蟠虎踞"图案。

　　要之，相传出自诸葛亮之口、又恰当描述了南京作为风水胜地的"龙蟠虎踞"（从风水四象观念来说，东青龙、西白虎，钟阜龙蟠、石头虎踞与此正合；又南朱雀、北玄武，朱雀桥、玄武湖正在古代南京的南北），长久以来极得南京人的珍爱，而龙蟠里、虎踞关两个地名，也因此进入了"南京十佳老地名"行列，并共同象征着地理形胜的南京。

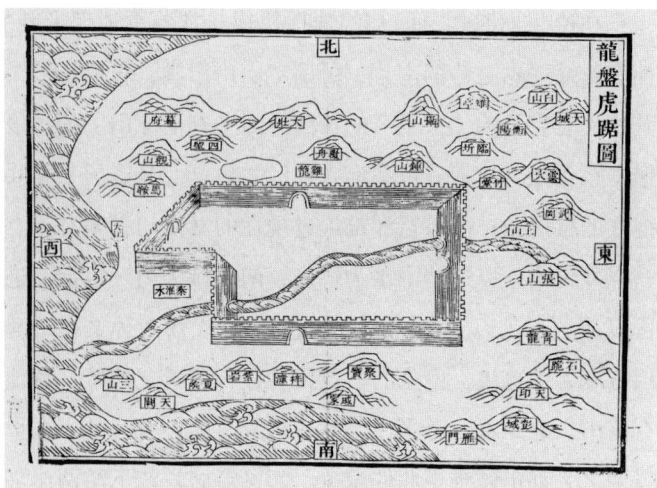

南宋《景定建康志》之"龙盘虎踞图"

性情浪漫的南京：桃叶渡、长干里、莫愁路

南京是沧桑古都、形胜之地；在这人文沧桑与地理形胜的城市里，一代代的人逝去了或迁走了，一代代的人又新生了或移来了。有人就有故事、就有感情。南京是一座充满故事的城市，朱自清的美文《南京》说："逛南京象逛古董铺子，到处都有些时代侵蚀的遗痕。"南京又是一座特重感情的城市，南京城市的旅游形象口号就是"博爱之都"；南京还是一座故事里饱含感情的城市，比如桃叶渡体现的浪漫、长干里体现的意象、莫愁路体现的心态……

桃叶渡，南京城南秦淮河边的一处古渡，位于今淮清桥南、贡院街东端。渡名得自东晋王献之爱妾桃叶。相传王献之每每在此迎送桃叶，"缘于笃爱"，又为桃叶作有几首《桃叶歌》：

桃叶复桃叶，渡江不用楫。但渡无所苦，我自迎接汝。
桃叶复桃叶，桃叶连桃根。相怜两乐事，独使我殷勤。
桃叶映红花，无风自婀娜。春花映何限，感郎独采我。

风流才子王献之，婀娜佳人桃叶，加上淮水渡口歌送逸事、红花绿叶绝好景致，演至后来，不仅王献之与桃叶的浪漫故事千百年来传为美谈，桃花桃叶也成为才子佳人、离愁别绪的象征符号。又东晋以后，吟咏桃叶渡的诗词频出，而桃叶之渡也连带着秦淮之水，共同营造出读书声与丝竹声相闻、才子与佳人相映的秦淮文化之特征，从而为沉重沧桑的南京增添了一笔浪漫、涂抹了一色亮丽。

较之桃叶渡少些风流而多些纯情的，是长干里。干，是南京古代地方话用字，意为山陇之间的长条形地貌。长干里在今南京中华门外长干桥南；古代的长干里则范围较广，秦淮河以南、雨花台以北都称长干里。长干里是南京古代著名的地名。南京城市史开始于公元前472年范蠡率领越国士兵所筑的越城，越城在长干里的范围之内；今南京市区内最早的"繁华"居民区，亦即长干里；又孙吴时江南第一寺"建初寺"也在长干里。而使长干里闻名遐迩的，则是被称为"李白最柔情的诗"的《长干行》，其中最动人的段落云："妾发初覆额，折花门前剧。郎骑竹马来，绕床弄青梅。同居长干里，两小无嫌猜。"写出了女主人公多么幸福的童年！"青梅竹马""两小无猜"的亲昵嬉戏，又呈现出多么纯洁无邪的美好意象！使得长干里之美好意象更加丰富的，还有唐人崔颢等描述长干船家生活的《长干曲》，以及南京旧时"长干折柳"的习俗。船家以舟为屋、以贩为业，易生漂泊之感、离别之恨；又古代人们送朋友南出城区，送到长干为止，再折一根柳枝相赠，表达依依不舍的离情。如此，长干船家、长干折柳以及乐府旧题"长干行"等等，反复出现在骚人墨客的诗词歌赋中，强化着长干所代表的丰富意象。

莫愁路，北接汉中路，南至水西门广场。路开于1930年，因通向莫愁湖而取名莫愁路。莫愁湖名称来自莫愁女，而莫愁女的故事历来众说纷纭，有南朝刘宋的石城（今湖北钟祥市）莫愁："莫愁在何处？莫愁石城西。艇子打双桨，催送莫愁来。"有南朝梁武帝萧衍《河中之水歌》中的洛阳莫愁："河中之水向东流，洛阳女儿名莫愁。莫愁十三能织绮，十四采桑南陌头。十五嫁为卢家妇，十六生儿字阿侯。卢家兰室桂为梁，中有郁金苏合香。"能够肯定的是，北宋时莫愁故事已转到了南京，如周邦彦《西河·金陵怀古》词中有"莫愁艇子曾系"句，

明末清初高岑《金陵四十景》之"长干里"

这大概是因为南京古也有"石城"之称，所以彼莫愁（石城即今钟祥莫愁）成了此莫愁（石城即今南京莫愁），此莫愁又是"洛阳女儿"下嫁到江东（今南京）卢家的，于是矛盾被化解了。及至明清，莫愁湖不仅号为"金陵第一名胜""南京第一湖"，而且有了卢莫愁旧居郁金堂，围绕莫愁的故事也越发凄美了起来：莫愁身在富贵人家，心却在贫苦百姓，时时帮助穷人，丈夫戍边后因不堪卢家公婆的欺凌，投湖自尽，云云。然则无论莫愁的故事怎样演变，美丽勤劳的莫愁及其凄美传说、南京著名的菩萨皇帝梁武帝萧衍及其悲惨结局、南京城市的沉重历史及其秀美山水，种种因素的强烈对比与巧妙结合，终于使得莫愁女其人、莫愁湖其名在南京生根、成长，并深得南京人的珍爱，也许，"莫愁"所蕴含的有愁但不要愁、化愁为不愁，正是南京这座屡仆屡起的城市的文化写照，是古都新城中的南京人失落感与宽容心的微妙反映。

风流而浪漫、纯洁又多情、化愁为不愁，若桃叶渡、长干里、莫愁路等老地名，使南京成为极具味道的城市，使南京保存了丰富的历史记忆与真实的文化写照！

市井百态的南京：夫子庙

芸芸众生，离不开衣食住行；士农工商，都需要吃喝玩乐。南京老地名中，贴近生活者比比皆是，综以观之，可以说老地名构成了一幅南京生产、流通、分配、消费的经济社会生活百业百态图。而最能集中体现南京之市井百态的地名，应该说就是由大雅而变成颇俗的夫子庙了。

论夫子庙之雅，则全国各地的夫子庙本来皆是祭祀中国古代大思想家、大教育家、文圣儒宗孔丘的地方，南京当然也不例外。孔丘在古代被人们尊称为孔夫子，祭庙也因之被俗称为夫子庙。南京夫子庙坐落在文德桥东、秦淮河北岸的贡院街上，从北宋至今，已有千年历史；当然夫子庙建筑本身，因为历经毁建，现存者时间并不长。宋元时代，这里是建康府学和集庆路学的所在；明初为国子学；

清代为江宁、上元县学。

言夫子庙之俗，则以夫子庙为中心的一大片区域，从六朝时起，就是豪门世家聚居地；而宋元以降，夫子庙区域之所以出名，乃因其地为繁华闹市，歌楼客栈众多，既为典型的声色犬马消费之地，又是颇富文化底蕴的风雅温柔之乡。当其时也，十里秦淮桨声灯影，烟花粉黛文士吏役，三教九流市井百姓，在江南贡院与一水秦淮之间，演绎着城市生活的富贵繁华，上演着人间社会的喜怒哀乐，美好与丑恶同在，真情与假意并存，这是最生活化、最雅俗化、最复杂化的南京。时至今日，夫子庙作为旅游景区，地域范围不断扩大，虽然读书声已为喧闹声取代，饮宴小吃、丝竹画舫、元宵灯节、民间商业、市民娱乐，夫子庙仍然是新时代老南京的真实缩影，老南京人喜欢这里的真实化与平民化，文人学士欣赏这里的诗赋楹联，中外游客流连这里蕴涵的历史文化、呈现的灯红酒绿……

就地名文化来说，夫子庙也是南京老地名的难得标本。在夫子庙区域及其周边，老地名星罗棋布，贡院街、龙门街、文德桥、乌衣巷、利涉桥、桃叶渡、状元境、瞻园路、来燕路、槽坊园、四福街、教敷营、东牌楼、钞库街、长生祠、大石坝街、琵琶街、平江府路、大全福巷、白塔巷，如此等等，它们有历史，有故事，有歌谣，有风情。作为南京城南老地名的集中地之一，走进夫子庙区域，强烈的历史感觉与生动的文化体验，扑面而来。

夫子庙，"老南京"的代名词，闲适风雅的南京人的最爱，南京市井百态的地名象征！

人文雅致的南京：成贤街

南京人的闲适风雅、风流浪漫、宽容洒脱、怀旧好古等等文化品位，与南京城市的文化氛围是分不开的。厚重而平静的南京，今日高等学府、科研机构林立，历史上也是崇文重教、尚贤好礼之邦。如果说今日的南京，老城南更富生活气息的话，那么城中一线尤其弥漫着浓浓的学风书香！在"南京十佳老地名"中，城中的成贤街高票当选，聚焦出好一个人文雅致的南京！

成贤街在南京市人民政府前，北起雪松挺拔的北京东路，南迄"电脑一条街"珠江路。这半段幽静半段热闹的成贤街，曾是多少学子的梦寐以求之地。成贤街得名于明朝国子监在此。曾有外地游客问笔者此处是否为国家监狱所在，这样的笑话却不会发生在南京人身上。所谓国子监，简单说就是明朝的国家最高学府（太学），时人认为读书人进国子监培养后即可成为"贤人"，获得做官资格，因此把国子监所在的街道称为"成贤街"。明朝时国子监的占地规模很大，选自全国各州县的学生、功臣贵戚与土司的子弟以及外国留学生，人数多时达到近万人，其盛况可见。而由明朝追溯上去，成贤街右的钦天山（今鸡笼山），六朝时代曾先后为皇家花园、佛教圣地、国家大学所在地；及乎今日，南京图书馆、东南大学、南京市文化局、南京出版社、南京市社科院等坐落于成贤街。这从古至今的文教区、宗教区，在山水风光与皇苑旧迹的映衬下，成为感触南京人文品位和文化雅致的优选之地。

京都大气的南京：朝天宫、孝陵卫

南京山水形胜，此为建都的自然地理依据；南京历为都城，又孕育出或影响了沉重沧桑的历史、各具味道的人群、市井百态的生活、人文雅致的氛围。而在南京的种种文化资源中，贵为六朝古都、十朝都会的特殊政治文化身份，无疑是南京弘扬历史文化遗产、服务社会经济现实最重大、最独特的资源。这重大独特的资源，也包括了象征京都大气的朝天宫、孝陵卫一类老地名。这类老地名与其他各类老地名的不同之处是，除非京畿之地，别处如果出现这样的地名，那就是僭越。

朝天宫，在今莫愁路中段东侧、王府大街南段西侧，现为南京市博物馆所在地，现存建筑则是清朝同治年间改建的，用作江宁府学。虽然用途在变，朝天宫的大名未变，从明初使用至今而不改。朝天宫的得名，与中国历史上与刘邦齐名的平民大皇帝朱元璋有关。朱元璋在南京成了"天子"后，开国功臣们尤其是武将们，由于大多出身贫贱，不懂朝见天子的礼仪，于是南京人习称为"洪武爷"的朱元璋，派儒生在此教演文武百官学习朝见天子的礼仪，"朝天宫"因此得名。后来，凡是举行国家大典，文武大官都得在此演习礼仪；官僚子弟袭封爵位时，亦在此学习朝见天子的礼节。再后来特别是民国以来，随着朝天宫现实政治意义的消失，朝天宫也带上了市井色彩，成为皇家气派之旧名与市民文化之新实相结合的有趣之地，朝天宫的古玩旧书市场，则似乎成了历史走向现实或现实回溯历史的桥梁。

孝陵卫，位于中山门外钟山南麓，明孝陵陵门的东南侧，因为守护孝陵之卫的所在地得名。孝陵是先葬马皇后、后葬朱元璋的陵墓，习称"明孝陵"；而为了保护孝陵，朱元璋下葬后即设孝陵卫与神宫监。孝陵卫的编制有时达到万人，较之一般的卫之5600人左右要大得多。明亡以后，作为军事编制单位的孝陵卫不复存在，作为地名则使用至今。从地名心理推测，孝陵卫联系着明孝陵，明孝陵埋葬的是南京古代皇帝中最富传奇色彩的朱元璋，朱元璋奠定了南京今日的城市规模，又明孝陵更是历史上曾经六次遭受毁城之痛的南京之世界文化遗产项目，如此则南京之政府官员、专家学者、市民百姓看重明孝陵、进之对孝陵卫这一地名产生特殊感情，也就容易理解了。

六朝古都、十朝都会，自然有其京都气派、皇家风范，而朝天宫、孝陵卫这些帝王之家独有专用的地名，从别致的角度，诠释了南京的政治地位、古都文化；理解南京之政治地位与古都文化，又是了解、理解进而研究、感触、品味南京特色文化的基础与前提。

"南京十佳老地名"的整体指示作用

市民投票、专家评定的"南京十佳老地名"，各自具有的象征意义已如上述；进一步品味，则"南京十佳老地名"之整体，也有非常到位的指示作用。

首先，"南京十佳老地名"指示了南京城市的时空发展过程。

就"南京十佳老地名"特别是其专名部分的产生时间看，先秦地名为长干里，六朝地名为龙蟠里、虎踞关、乌衣巷、桃叶渡、莫愁路，宋朝地名为夫子庙，明朝地名为朝天宫、成贤街、孝陵卫。这样的产生时间分布，准确反映了南京城市的历史记忆，主要是六朝和明朝，而这正是南京确立其历史地位、奠定其城市规模的两个最重要时期。

就"南京十佳老地名"的地域分布来看，城南占了8个，毕竟城南是直到明朝以前"城市"意义上的南京的范围，集中了明朝以前大部分及明朝以降一部分南京的历史文化；至于城中的成贤街、城东（明朝京城以外）的孝陵卫，与明朝南京城市的扩展有关；而城北的空缺，反映了城北在南京历史发展中后起的事实，与城南比较，城北在南京特色传统文化中所占比重显然要小得多。

其次，"南京十佳老地名"指示了南京人的怀旧情结与个性追求。

南京虽为古城故都，遗存的真正古迹却很少，自然的侵蚀以及人为的破坏或改造，使得现实南京与历史南京的距离越来越远。比如南京虽然是六朝古都，现在南京城里却已无处寻觅六朝旧迹，只有郊外那孤独的石辟邪，昂首向天，诉说着往事。作为南京人的这种失落感，是许多外地人无法体会的。而另一方面，众多的老地名还在，这些老地名联系着丰富无比的旧人、故事、地方风俗、特色文化，"老南京"们可以由老地名去感触过去，寻梦辉煌，所以南京人爱怀旧，怀旧情结又突出体现在对老地名的唠叨与珍爱上。从"南京十佳老地名"的评选过程与最终结果看，民国时代的地名基本上被市民否定了，究其原因，一是时代不够久远，二是民国时很多物质的东西还在，老百姓还可以切切实实地通过民国建筑来感知民国，所以对其怀旧的心理不如那些实体已经消失得了无痕迹而地名仍在者来得强烈。笔者以为，这其实代表了南京人"越老越好"的心理。身处南京这样的沧桑之都，人们在心理上更喜追求一种虚幻的东西，追求"名存实亡"的东西，因为它们的物质已经不在了，只能通过"名"来感受它们的"实"，从而反衬着"名"更加可贵。应该说，南京人的这

种怀旧情结是值得肯定的，它体现了南京人对南京历史与
文化的强烈关注与发自内心的热爱。

大明皇城根下"湿搭"的老南京们

"南京十佳老地名"在市民提名阶段，很少见到在南
京大量存在的、往往是繁华街路的民国时从别的城市"借"
来的地名，如广州路、上海路、云南路等；至于本属规划
名称而在现实中已作为路名使用的经×路、纬×路一类，
则绝不见于提名。南京人不喜欢借来的名字和没有文化味
道的名字。广州路、上海路、云南路等，虽然写照了南京
之大城市的地位，但这些名字不是南京人自己的，所以南
京人不喜欢、不承认；而一些平板的地名，如经×路、

纬 x 路，南京人也肯定不接受，因为没有文化味。可见
南京人认为自身的、传统的、有文化韵味的地名才是最好
的，而南京人的个性追求也由此可见一斑。

由"南京十佳老地名"说开去

民主然后集中出来的"南京十佳老地名"，值得说深
说透，因为"名有所值"；然而以上不深不透的解说以及
联系南京特色文化的稍事发挥，已用去了诸多篇幅！相对
于南京老地名来说，"十佳"只是"冰山一角"，虽然由这
一角，可窥冰山之概貌。

指"南京十佳老地名"为南京老地名的"冰山一角"，
并非夸饰之词：

南京市地名委员会编《江苏省南京市地名录》（内部
资料），凡收 1982 年底南京市玄武、白下、秦淮、建邺、
鼓楼、下关、浦口、大厂、栖霞、雨花台十区地名 4600
多条。若以 20 世纪 60 年代以前出现者算作老地名，则老
地名超过了 3000 条。

现在的南京市行政区域，是以上十区加上当时的江
浦、六合、江宁、高淳、溧水五县，则老地名的数量更是
无法估计。仅南京市地名委员会办公室开通的全国首家地
方性地名专业网站"南京地名网"上，就有 15000 条左右
地名，老地名大概不下万条。

这动辄千万的老地名，仿佛工笔画一样，一笔一笔地描述出南京区域不同历史时期的面貌、不同地域空间的状况、不同社会阶层的生活，这是老地名绘就的南京《清明上河图》，但比《清明上河图》更加丰富与细致；这是老地名绘就的《南都繁会图》，但比《南都繁会图》时间更长、空间更广。如此，大到城市名称，小到街巷村里，以及人文色彩浓厚的大大小小、纷纷杂杂的自然地名，使得南京这部百科全书，内容是那么丰厚，阅读感觉是那么引人入胜、启人心智，而掩卷沉思，我们无疑又会生出保护老地名、留住老南京的冲动感与责任心：

——无论你是南京人还是外地人，是中国人还是外国人，走在南京这座城市里，如果你关注老地名，走起来就不会寂寞，因为你时刻在发现，在惊喜，在回味，在追溯。老地名是认识老南京、感觉新南京的工具书。也许新南京存在着现代城市千城一面的若干遗憾，但通过老地名，你终会发现南京城市独有的文化特点与特别的文化心态。朴素质实的老地名，在南京这座城市，富含广泛的文化象征意义，而南京人也因此产生了浓郁的老地名情结。

——历史如大浪淘沙，不好的老地名逐渐湮灭了，保留下来或经过雅化的老地名自有其存在的理由。所以，南京老地名轻易不能废弃。在国外如日本，老地名保护被提升到了非常高的高度，日本民间有众多的老地名保护协会，老地名被视为时间的化石、日本人共同意识的结晶体、日语的重要组成部分、日本历史文化和风土人情的具体表现。这是值得我们借鉴的。

——南京老地名是南京城市历史的象征、文化的标志、风俗的符号。保护南京老地名就是保护南京城市的历史文化。南京老地名应上升到历史文化遗产的高度。而取用新地名应当慎重，既应体现出新南京的新面貌、新追求，又应力求与老地名和谐一致、巧妙衔接，这也是南京老地名给我们的现实启示。

本文原刊《中国地名》2006年第1期、第2期。有删节。

乌衣巷名称的由来与乌衣国的传说

　　偶见《六朝事迹编类》卷7宅舍门有"乌衣巷"一条，颇是有趣：

　　王榭，金陵人，世以航海为业。一日海中失船，泛一木登岸。见一翁一妪，皆衣皂，引榭至所居。乃乌衣国也。以女妻之。既久，榭思归，复乘云轩泛海，至家，有二燕栖于梁上。榭以手招之，即飞来臂上。取片纸书小诗系于燕尾，曰："误到华胥国里来，玉人终日苦怜才。云轩飘去无消息，洒泪临风几百回。"来春，燕又飞来榭身上，有诗云："昔日相逢皆冥数，如今睽远是生离。来春纵有相思字，三月天南无燕飞。"至来岁，燕竟不至。因目榭所居为乌衣巷。

　　好一段令人神往的爱情故事！按《六朝事迹编类》，两宋之交张敦颐撰。敦颐婺源人，绍兴八年（1138）进士及第。敦颐既侨居建康日久，又精熟六朝（孙吴、东晋、宋、齐、梁、陈）故实，"乃取《吴志》《晋书》及宋、齐而下史传，与夫当时之碑记，参订而考之"，并经过实地勘察，于绍兴三十年撰成《六朝事迹编类》。其《自序》云"展卷则三百余年兴衰之迹，若身履乎其间，非徒得之传闻而已"，可见敦颐对此书颇为自负；清修《四库全书总目》卷70也说：《编类》"引据颇为详核，而碑刻一门，尤有资于考据"。

今考《编类》，共分总叙、形势、城阙、楼台（亭馆附）、江河（沟渠溪井附）、山冈、宅舍、谶记、灵异、神仙、寺院、庙宇、坟陵、碑刻14门，每门一卷。其体例整洁，隐括宏富，在南京地方文献史上，具有较显要的地位，所谓"上承《建康实录》，下起景定志书"[1]，殆为不虚之言。而值得强调的是，除总叙之"六朝兴废""六朝建都""六朝保守"及谶记、灵异、碑刻3门之大部外，其余各门所出条目均为今南京及其周围地区之地名，且所记大体翔实可信，故就南京区域历史地名的研究来说，《编类》也洵为重要典籍。

然则《编类》并非尽善尽美，它也有"得之传闻"、因而可能失实之处；上引"乌衣巷"一条，便可为例。按此条非出敦颐自撰，其资料来源，敦颐注曰"此见《摭遗》"。《摭遗》者何？查与敦颐约略同时的吴曾《能改斋漫录》（此书编成于绍兴二十四年至二十七年间）卷4

---

[1] 清李滨《重刊〈六朝事迹编类〉叙》。《建康实录》，唐许嵩撰；"景定志书"，南宋马光祖修、周应合纂《景定建康志》。

"王谢燕"条，应即刘斧《摭遗》。刘斧，生平未详，仅知其为秀才，大约是北宋仁宗、哲宗间人，足迹曾遍太原、汴京、杭州等地，编著有笔记小说"《翰府名谈》二十五卷，又《摭遗》二十卷，《青琐高议》十八卷"[①]。其《摭遗》所载《乌衣传》[②]，博洽多闻的吴曾讥为"近世小说尤可笑者"。吴曾云：

[①]《宋史·艺文志》小说类。《翰府名谈》今已失传，曾慥《类说》（绍兴六年成书）卷52中保存了15则。

[②]《摭遗》原本今已不见，而近代董氏诵芬室据士礼居写本所刻《青琐高议》，计前后集各十卷，又有别集七卷。按《宋史·艺文志》著录《青琐高议》十八卷，即《高议》前后集；士礼居写本前后集凡二十卷，其益出二卷者，盖"坊贾传刻，又有所窜入"（《四库全书总目》卷144子部小说家类存目二"青琐高议"条）。至于别集七卷，《郡斋读书志》（南宋晁公武）及《宋史·艺文志》都没有著录，鲁迅考证疑即出自《宋史·艺文志》著录的《摭遗》（《唐宋传奇集》附《稗边小缀》）。今通行本《青琐高议》（上海古籍出版社，1983年版）"出版说明"也指出："鲁迅先生的推测有一定的根据，因为在（南宋绍兴初年的）《绀珠集》总目中有《摭遗》一种，不著撰人，其文在第十二卷第一篇，惟作'拾遗'不作'摭遗'，它的第一条'乌衣国'即是董刻本别集第四卷《王榭》一篇。"又《王榭》篇也见《类说》，而今本《青琐高议》于"王榭"条下注明"新增"，则又或非别集原有。依此，今本《青琐高议·别集》卷4《王榭·风涛飘入乌衣国》殆即同一作者的《摭遗·乌衣传》，起码也是故事同一、仅文字上有详略之别而已。

因刘禹锡诗"朱雀桥边野草花，乌衣巷口夕阳斜。旧时王谢堂前燕，飞入寻常百姓家"，遂以唐朝金陵人姓王名谢，因海舶入燕子国，其意以为乌衣为燕子国也，其说甚详。殊不知王者，王导等人也；谢者，谢鲲之徒也。余按《世说》："诸王、诸谢，世居乌衣巷。"《丹阳记》曰："乌衣之起，吴时乌衣营处所也。江左初立，琅琊诸王所居。"审此，则名营以乌衣，盖军兵所衣之服，因此得名。《摭遗》之小说，亦何谬邪！①

又两宋之交严有翼《艺苑雌黄》引刘禹锡诗然后云：

朱雀桥、乌衣巷，皆金陵故事。《舆地志》云："晋时，王导自立乌衣宅，宋时诸谢曰乌衣之聚，皆此巷也。"王氏、谢氏，乃江左衣冠之盛者，故杜诗云"王谢风流远"，又云"从来王谢郎"。比观刘斧《摭遗》载《乌衣传》，乃以王谢为一人姓名，其言既怪诞……终篇又取梦得诗实其事……是直刘斧之妄言耳。大抵小说所载事，多不足信，而《青琐》《摭遗》，诞妄尤多。②

---

① 此条"榭"作"谢"，与刘斧原文作"榭"不合。
② 转引自南宋胡仔《苕溪渔隐丛话·后集》卷12"刘梦得"。梦得，刘禹锡字。又此条"榭"作"谢"，与刘斧原文作"榭"不合。

综观吴曾、严有翼的引证及对刘斧的辩驳，不可谓不确：

其一，乌衣巷名称的由来，《丹阳记》已有明白交代。《丹阳记》是相当权威的，其作者为刘宋史学博士、受诏修国史的山谦之。谦之长于史学研究与地方文献著述，《丹阳记》作为一部著名志书，考述南京一带之山川古迹、地理风俗甚详确。而据《丹阳记》，乌衣巷始名于三国孙吴，当时这一带为乌衣营驻地；乌衣营者，孙吴都城建业的一支部队[①]，以官兵皆着乌衣即黑色军服而得名。

其二，乌衣巷名大振于东晋南朝，其时，以"诸王、诸谢"即琅琊王氏、陈郡谢氏为领袖的一些世家大族居住在这一带。按王、谢之居乌衣巷，不独《世说新语》《舆地志》有载，正史如《晋书》《南史》更多处提及；而地以人显[②]，乌衣巷也就尤其出名，王、谢子弟也因之被人称为"乌衣诸郎"或"乌衣子弟"，成了一个特殊的人群。[③]

① 乌衣营详情待考，当为孙吴中央兵的组成部分。按吴兵分五类，即中央兵、地方兵、诸将兵、诸王兵、准兵。
② 这样的例子很多，如莫愁湖与莫愁女，隆中与诸葛亮。
③ 清朱绪曾《六朝事迹编类·附识》："近人谓王、谢子弟皆服乌衣，谬甚。"朱说是。"乌衣诸郎""乌衣子弟"的称呼缘于住地地名"乌衣巷"，这就仿佛旧时所谓"秦淮粉黛""山西票商""徽州朝奉""绍兴师爷""凤阳乞丐""扬州瘦马"一类，都是极富鲜明地域色彩的区域人群。

其三，乌衣巷得以闻名遐迩，妇孺皆知，中唐"诗豪"刘禹锡（772—842）的上引诗居功厥伟。按隋唐时代，尽管建康已不复六朝的辉煌，然而，这里仍是诗人们凭吊吟咏的流连忘返之地。其中，刘禹锡的七绝《金陵五题》之二《乌衣巷》，可算是金陵怀古诗中的佳作。诗以秦淮要津朱雀桥边的野草花，贵族住宅区乌衣巷口的一抹斜晖，构成一幅荒凉冷落的图景，并通过燕子归巢，托出王侯邸宅易为"寻常百姓家"的慨叹。诗人对历史教训的深沉思考，对人世沧桑的无限感喟，全都寄寓在极为洗练、又似不经意的仅仅四句景物描摹中，让人咀而有味，思而有得。地缘诗重，名随诗行，[①] 乌衣巷由此为社会各阶层的人们所熟知。

其四，乌衣巷的命名取义，后世民间大概已不甚明了，此北宋刘斧《摭遗·乌衣传》所由而作。按乌衣巷三国时得名于孙吴的乌衣营，中经两晋南朝及隋唐五代，已历七百余年，其起始词源深埋于时世变迁之中，本是极有可能的事情；东晋南朝时的乌衣巷又是那么有名且富有历

---

① 这方面的例子也很多，如张继《枫桥夜泊》之于寒山寺，李白《黄鹤楼送孟浩然之广陵》之于黄鹤楼。而质言之，文学艺术作品对地名的描绘，往往相当程度上扩大了地名的知名度，如《水浒传》之于水泊梁山，《三国演义》之于赤壁，李公麟《龙眠山庄图》之于龙眠山，在在如此。

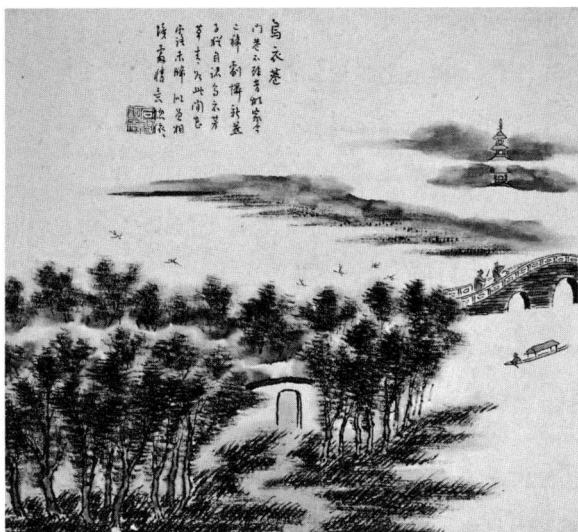

晚清施葆生《金陵四十景》之"乌衣巷"

史意蕴，乌衣巷的来历含义，若没个说法，未免太不像话，小说家刘斧也许正是考虑及此，遂借诗释名，依托刘禹锡的千古绝唱，演绎脍炙人口的乌衣巷名，从而撰就一篇千六百余字的王榭传奇，且不惜改刘诗之"谢"为"榭"，以证"王榭之事非虚矣"（今本《青琐高议·别集》卷4《王榭·风涛飘入乌衣国》）。不过遗憾的是，颇资百姓茶余饭后笑谈的这篇传奇，就正宗诗学而言，可谓把吊古伤今、沉郁苍凉的刘禹锡《乌衣巷》诗解说得立意鄙浅、韵味全无，此诚如吴曾、严有翼所品评："亦何谬邪"，"是直刘斧之妄言耳"！

回到文章的开头，"博雅好古"如张敦颐者，撰述志在补正图经、实录之脱误的《六朝事迹编类》时，为何会有欠严谨地引录刘斧《乌衣传》的"小说家言"呢？其实还不独张敦颐，成书于南宋后期的地理总志《方舆胜览》（祝穆撰，穆子洙增补重订）也有类似引录。《方舆胜览》卷14江东路建康府"乌衣巷"条引《异闻小说》如下：

唐王榭居金陵，以航海为业。一日海风飘舟破，榭独附一板，抵一洲，蓦见翁、妪皆皂服，揖榭曰："吾主人郎也，何由至此？"榭以实对，乃引至其家。住月余，又引见王。翁曰："某有小女，年方十七，此主人家所生也，欲以奉君。"乃择日备礼成婚。因询其国，（女）曰："乌衣国也。"女忽阁泪曰："恐不久暌别。"王果遣人谓榭曰："君某日当回。"命取飞云轩来，令榭入其中，戒以闭目，不尔，即堕大海。榭如其言，但闻风声涛响，既久，开目，已至其家，四顾无人，惟梁上有双燕呢喃，乃悟所至盖燕子国也。后人因目榭所居为乌衣巷云。

按《方舆胜览》的上段引录，不仅故事情节与刘斧《乌衣巷》丝毫不爽，行文、用词方面也吻合无间，是则《异闻小说》即刘斧《撖遗》，抑或"异闻小说"本非书名，而是一个泛称？不管怎样，《胜览》的引录，故事更加完整，也更富神奇色彩，如故事里的飞云轩①，功用略同于《一千零一夜》中的魔毡，真是奇妙无比！若再结合《乌衣传》本文，则可以明确的还有：

其一，"家巨富，祖以航海为业"的唐金陵人王榭，"具大舶"的目的地本是"大食国"（按唐以来，称阿拉伯帝国为大食），不料行逾月，风涛破舟，举舟之人皆成鱼鳖，独榭附板，漂至南方一洲。

其二，此洲尚黑，百姓既皂服，王亦皂袍、乌冠，而且"器皿陈设俱黑，亭下之乐亦然"，是谓乌衣国，又名燕子国，盖燕子毛色玄黑，时人或称燕子为乌衣。

其三，中土之人，得至此国者，"古今止两人，汉有梅成"，唐有王榭。王榭既归中土，初"不告所居之国"，及后，"其事流传众人口，因目榭所居处为乌衣巷"。

刘斧是小说家，其言可信，也可不信；张敦颐、祝氏父子撰著地理书（一为地方史志，一为全国总志），复引刘斧《摭遗》以证乌衣巷，"是信其说为然也"（《苕溪渔隐丛话·后集》卷一二"刘梦得"）；吴曾、严有翼、周应合（南宋学者，纂《景定建康志》）、张铉（元学者，纂《至正金陵新志》）等又力诋其妄。取折中态度者如南

---

① 飞云轩"乃一乌毡兜子耳"，人入其中，以"化羽池水，洒之其毡乘"，便可飞腾，千万里而少息即至。见《青琐高议·别集》卷4《王榭·风涛飘入乌衣国》。

宋胡仔，所撰《苕溪渔隐丛话·后集》卷12于严有翼、张敦颐互歧的说法下断语："姑两存之，以俟考。"按小小一个地名，竟引起如此众多的文人学者关注，而且聚讼纷纭，实不寻常；而笔者以为，这桩公案的始作俑者刘斧，其所撰《乌衣传》，恐怕也非空穴来风。最合理的解释应当是：在两宋抑或早至唐末五代，南京就有关于唐人王榭及其乌衣国奇遇的传说，刘斧只不过做了一番整理加工，而成《乌衣传》小说；小说流传开来以后，又使传说更加系统、完整、神奇、浪漫；及至后来，乌衣巷名称的真正来源，民间已不复深究或不愿深究，后起的传说词源，反倒成了乌衣巷名称的流行解说。

其实南京之有乌衣国传说，也不是没有证据，兹举一例。《方舆胜览》引《归叟诗话》云：

丹阳陈辅每岁清明过金陵，谒湖阴先生杨德逢，清谈终日。元丰癸亥，访之不遇，因题一诗于壁云："北山杨柳未飘花，白下风轻麦脚斜。身似旧时王榭燕，一年一度到君家。"湖阴吟赏，王介甫笑曰："此正指君为寻常百姓家耳。"湖阴亦大笑。

细玩这段诗话，也有点意思：陈辅步刘禹锡《乌衣巷》韵所作的这首题壁诗，既作"王榭"，末句又似用刘斧《乌衣传》飞燕传书的典故，而时居金陵的大政治家、大文学家、大思想家王安石竟也笑而不辨其妄。不辨者，民间有此说法，故不必辨也。

综上所述，学者如山谦之说乌衣巷孙吴时得名于乌衣营，传说如《摭遗》说乌衣巷唐时得名于乌衣国，孰是孰非，不难判断。不过，是非是一回事，取舍又是另一回事；就乌衣巷一名的词源来说，笔者以为不妨学学胡仔，豁达一些。

按我国历史上所谓的地名研究，除去梳理沿革之外，主要做的就是"释名"的文章。释名不易，不易在许多历史地名的来历含义，或因记载匮乏而无从考述，或因缺少调查而臆断附会；爬梳文献能得到的结果，又往往是民间传说，或民间传说与历史真实混杂在一起。民间传说与历史真实之间，有时存在着悬殊的距离，[1] 于是谁真谁伪，经常争论得不可开交。其实，学者的说法与民间的说法互

---

[1] 谭其骧师曾指出："有些文献资料来源于民间传说。尽管传说一经用文字记录下来也就是文献资料了，但事实上传说往往并不反映历史真实……这一类被前人记载下来的靠不住的传说，各种书里都有……一般说来，正史里这种记载比较少，而地方志里则相当多。"（《在历史地理研究中如何正确对待历史文献资料》，《学术月刊》1982年第11期）具体到地名，谭师指出："在地方志里头，对地名来历往往有个说法，而这种说法不可靠的东西相当的多……对方志里地名来历的说法，要十分谨慎，不要盲从。"（《编写古地名条目应该注意的几个问题》，浙江《地名文汇》1989年第1期）

歧时，可以两存，因为正是大量并不真实的民间"俗词源"，赋予了诸多历史地名以神奇而浪漫的色彩，它们充满了人情味，反映了民间的某些美好向往、某些价值取向，从而为寻常百姓津津乐道；另一方面，这些"俗词源"作为民俗学、社会学以及民间文学的资料渊府，也是有其独特价值的。[①] 当然，立足于地名工作者的立场，区别对待趣味性的词源议论与严肃的学术探讨，又是无待赘言。

本文原刊《江苏文史研究》1996 年第 4 期。有删节。

---

① 谭其骧师曾说："我并不反对将传说、民间故事载入方志，美丽动人的传说是地方文化的一部分，当然应该在方志中有一席之地，问题是应该注明是传说，不能把传说当成历史。"（《地方史志不可偏废 旧志资料不可轻信》，《长水集续编》，人民出版社，1994 年版）

"金陵怀古"与其中的地名意境：以刘禹锡诗为例

提起南京，人们就会想到它龙蟠虎踞的地理形势和十朝古都的悠久历史。的确，山川形胜、气象雄伟的南京，因有"王者都邑之气"，故自古为英雄豪杰抑或乱臣贼子所注目；另一方面，跌宕起伏、物是人非的南京沧桑史，又曾令古往今来多少文人墨客为之感慨唏嘘，于是文学史上的南京，便也有了特殊之处，表现之一是，有关南京的诸多文学作品，往往相当耐人寻味——刘禹锡围绕南京所作的几首咏史怀古诗，即可为例。

刘禹锡（772—842），字梦得，中唐著名诗人，有"诗豪"之称。在名家纷起、流派众多的中唐诗坛，其诗独树一帜。学人以为，刘诗成就最高者，主要有三类：一则政治讽刺诗，寓意深刻，辛辣犀利；二则咏史怀古诗，沉郁苍凉，借古喻今；三则民歌体诗，活泼清新，自然流转。① 不过就社会传诵立言方面，刘氏咏史怀古诗尤为脍炙人口，乃至妇孺皆知。

刘禹锡具有易于感伤的文人气质。他祖籍洛阳，生于江南（出生地为苏州嘉兴县，今浙江嘉兴市）。在江南，刘禹锡度过了十八个春秋。江南水乡的秀丽风光和唱和酬应的文化氛围，"家本儒素，业在艺文"的家族环境，陶冶了刘禹锡的情操，哺育了他的成长。

作为文人的刘禹锡，博闻强识，好学不倦；作为政治家的他，则始而锐意改革（永贞革新的核心人物），继而屡遭贬谪。丰富的政治经验、坎坷的仕宦生涯与广博的历史知识相结合，使刘禹锡娴于咏史怀古诗的创作。在这类诗中，古今得以相通，历史与现实完美且紧密地结合在一起。咏史怀古诗成了他讽喻现实的一种有力武器。

和唐朝许多著名诗人一样，刘禹锡对南京也是情有独钟，因为南京留给文人的，是太多的思考与感喟：六朝的南京，繁华兴盛，纸醉金迷；隋唐的南京，王气消歇，冷寂萧条——隋灭陈，南京既惨遭"城邑宫阙，平荡耕垦"的损毁；唐替隋，南京竟常为普通县城（有江宁、归化、金陵、白下、上元诸名称，短期置有蒋州、扬州、昇州），原居民也多被迁往扬州（今扬州市）。隋唐两代，扬州成

---

① 参考卞孝萱、卞敏：《刘禹锡评传》，南京大学出版社，1996 年版。

为新的中心地，政治地位迅速攀升，经济与文化也得到大力发展。

　　建都黄河流域的统一王朝，对"钟阜龙蟠，石头虎踞，真帝王之宅"的南京，如此防范，一再贬抑，并不奇怪；而南京地位如此飙升急降，却给文人咏史怀古诗的创作，提供了广阔的空间与众多的题材。早于刘禹锡，"诗仙"李白五言律诗《金陵》云：

> 地拥金陵势，城回江水流。当时百万户，夹道起朱楼。
> 亡国生春草，王宫没古丘。空余后湖月，波上对瀛洲。

真所谓繁华尽去，只剩下后湖（今南京玄武湖）明月空照水上瀛洲罢了！又晚于刘禹锡，韦庄七言绝句《台城》曰：

> 江雨霏霏江草齐，六朝如梦鸟空啼。
> 无情最是台城柳，依旧烟笼十里堤。

凄凉的雨，悲鸣的鸟，与生机盎然地笼罩着十里长堤的台城柳恰成鲜明对照。而类似此种风格的唐人金陵怀古诗，又有杜牧《泊秦淮》、李商隐《南朝》、许浑《金陵怀古》等等。然则比较言之，刘禹锡的《西塞山怀古》《金陵五题》《金陵怀古》，不仅思想内容表现出进步倾向与警拔立意，艺术技巧也更加纯熟。

《西塞山怀古》七言八句，作于长庆四年（824）刘禹锡由夔州（治今重庆奉节县东白帝）刺史调任和州（治今安徽和县）刺史途中，其气势雄浑，寄意深长：

王濬楼船下益州，金陵王气黯然收。

千寻铁锁沉江底，一片降幡出石头。

人世几回伤往事，山形依旧枕寒流。

今逢四海为家日，故垒萧萧芦荻秋。

按西塞山，孙吴江防要地，在今湖北大冶县东长江南岸。诗人登临凭吊，怀古伤今，而心系金陵。诗的前半一气呵成，交代了西晋灭吴的史实；后半则天巧偶发，指证孙吴以后建都南京的几代王朝都相继覆没，惟有这西塞山，依然如故地俯瞰着奔腾不息的江流。诗人希望削平藩镇割据势力，实现国家的真正统一。作为唐人七律中之神品，此诗事语、景语、情语抟结一片，怀古、慨今、垂训融为一体；其纵横开阖，天矫变化，胜意迭出，余味曲包，白居易比之为"骊龙之珠"，洵非虚语。

作于宝历年间和州刺史任上（825—826）的《金陵五题》，是一组借金陵古迹抒兴亡感慨的诗篇，其中的第四首《生公讲堂》嗤笑南朝皇帝提倡佛教的荒唐，第五首《江令宅》指斥狎客词臣惑主误国，最为后人称道者是前三首。第一首即《石头城》：

> 山围故国周遭在，潮打空城寂寞回。
> 淮水东边旧时月，夜深还过女墙来。

好一派苍莽悲凉的氛围：环绕古都的群山依然存在，江潮拍打着荒废的石头城①，又寂寞地退了下来，只有月亮还和六朝时一样，从秦淮河的东边升起，夜深的时候无声地照见城上的短墙。白居易"掉头苦吟，叹赏良久"而赞美道："吾知后之诗人不复措词矣！"的确，《石头城》不作一字议论，不用人之目睹，而以群山、潮水、明月作证，此种写法，可谓匠心独运，别出心裁，以至后世文人每多袭用，如苏轼"山围故国城空在，潮打西陵意未平"，又"涛头寂寞打城回，章贡台前暮霭寒"，即为显例。

《金陵五题》之二为《乌衣巷》：

> 朱雀桥边野草花，乌衣巷口夕阳斜。
> 旧时王谢堂前燕，飞入寻常百姓家。

乌衣巷以曾为孙吴乌衣营驻地而名；东晋南朝时，以琅琊王氏、陈郡谢氏为领袖的一些世家大族多居乌衣巷。

---

① 本为楚金陵城，东汉末孙权重筑改名。六朝时，城负山面江，南临秦淮河口，当交通要冲，为军事重镇。

石头城夜色

朱雀桥是一座浮桥，以船相连，距乌衣巷很近，在秦淮河上，是东晋南朝都城建康的交通要津。这两处昔日的富贵之乡与繁华之地，如今却别是一番情景：野草开花，点染出朱雀桥畔的荒芜；夕阳斜晖，映衬着乌衣巷里的寂寥。那正在就巢的无知飞燕，怎能晓得华堂易为民居的人世变迁！此诗之妙，在乎句句是景，而又借眼于燕，故托兴玄远，用笔极曲，感慨无穷！

《金陵五题》的第三首是《台城》：

台城六代竞豪华，结绮临春事最奢。
万户千门成野草，只缘一曲后庭花。

台城者，六朝皇城，故址在今南京市鸡笼山南干河沿北。[①]
此诗首句总写台城，勾画一幅富丽堂皇的六代皇宫图；次
句突出结绮、临春二阁（陈后主所营造），使人联想起楼
台之中轻歌阵阵、舞影翩翩的情景；第三句是画面的变迁：
当年万户千门，而今野草丛生；结句改用听觉形象表达，
仿佛听闻陈后主谱词而极绮艳轻浪的《玉树后庭花》乐曲
在空际回荡。《台城》于奢华与荒凉的对比中，引出真切
的历史教训：一味追求穷奢极欲、荒淫无度的腐朽生活，
便逃脱不了陈后主那样的可悲命运。

　　有趣的是，刘禹锡创作《西塞山怀古》及以上组诗
时，还从未到过南京，所谓"余少为江南客，而未游秣陵，
尝有遗恨。后为历阳守，跂而望之。适有客以《金陵五题》
相示，逌尔生思，欻然有得"（刘禹锡《金陵五题并引》）。
以此诗中所写，皆为意中虚景。然则虚景藏情，较之按实
平铺直叙，更能包孕诗人的主观情思和审美理想，艺术上
则意境尤为深邃含蓄。再者，它也反映出刘禹锡对南京故
实的了然于中与心向往之，以及寂寞、沧桑的文学意象已
经成为唐代文人——无论来过还是没有来过南京——对于
南京的共同认识。

　　刘禹锡的另一首《金陵怀古》作于宝历二年（826）。

---

① 2020 年 12 月 13 日附记：依据近年来的考古发现，台城故
址在今南京市长江路总统府、大行宫一带。

是年冬，长达 22 年的贬谪生涯终告结束，刘禹锡奉召卸任回洛阳。返洛之前，他夙愿得偿，畅游了南京（按刘禹锡亲历南京，这是唯一可考的）。足履目验，刘禹锡感慨更深，写下了这样的四联八句：

潮满冶城渚，日斜征虏亭。蔡洲新草绿，幕府旧烟青。
兴废由人事，山川空地形。后庭花一曲，幽怨不堪听。

按此诗的前两联写景咏史，潮满、日斜、草绿、烟青，只是些普通风物；冶城（今南京市朝天宫一带）、征虏亭（今南京市区西北隅）、蔡洲（今南京市江宁西南长江中）、幕府山（今南京市北长江南），则保存着六朝历史变迁的痕迹；而两相联系，眼前景便笼罩着思古情。诗的三、四联转入议论抒情，诗人直截了当指出：国家兴废，决于人事；地形险阻，岂足依凭？亡国之音，不堪卒听；以古鉴今，莫蹈覆辙。这是历史的经验教训！

刘禹锡踏访南京，又有五言绝句《经檀道济故垒》：

万里长城坏，荒营野草秋。
秣陵多士女，犹唱白符鸠。

檀道济是南朝刘宋名将，一生战功卓著，因遭文帝猜忌，竟然无辜被杀。在此绝句中，寄托着诗人对世事的不平与悲叹。

要之，刘禹锡的上引诗，咏史而小中见大，蕴藉含蓄；怀古则针砭时弊，立意精深。而由此产生出的，是巨大的感人力量，长远的醒世效果；其诗作本身，也因之驰名遐迩，传诵千年而不衰！

值得一提的还有，刘禹锡的金陵怀古诗，对后世文学史也颇具影响。兹举几例如下：

清人贺裳《载酒园诗话》卷1《三偷》以为，"偷法一事，名家不免"，如杜牧《泊秦淮》、韦庄《台城》，多步刘氏《石头城》后尘，"虽各咏一事，意调实则相同"。这是晚唐诗人学刘禹锡诗法。

极受后世推尊的北宋词家周邦彦名作《西河·金陵怀古》，径括刘禹锡《石头城》与《乌衣巷》入词，而又夹用萧齐谢朓《入朝曲》和古乐府《莫愁乐》诗句，其最长处，在善于融化诗句，如自己出。这是词家采刘禹锡诗句。

北宋刘斧尝撰《乌衣传》，借刘禹锡《乌衣巷》诗，说唐金陵人王榭乌衣国奇遇。此篇传奇，虽然曲解刘诗本意，但在小说史上却具有一定地位，同时还隐示了当时南京民间有此类传说。这是传奇作者演绎刘禹锡诗意。

然则由上所述，旧时文人围绕南京而创作的大量咏史怀古作品，其题材、其风格大体已不难把握：

其一，就题材论，南京代表着历史——沧桑兴亡的历史。正是在屡屡衰败毁灭的南京城市的废墟上，茁壮生长出一批又一批的咏史怀古作品。而此类咏史怀古作品，又往往借具体的地名拟述抽象的意境，于是本无感情的、质实的地名，转为深远复杂的文化与历史象征。[①] 这样的典型地名，如石头、钟山、金陵、秣陵、台城、冶城、秦淮、青溪、乌衣巷、朱雀桥、凤凰台、白鹭洲、鸡鸣埭、幕府山、莫愁湖、征虏亭、谢公墅、景阳井等等皆是。

其二，从风格言，着眼于南京的咏史怀古作品，或抑郁，或哀伤，抑郁于世事无常，哀伤于繁华消散。六朝以后的隋唐，南唐以后的宋，南明及太平天国以后的清，那些引起读者巨大心灵震撼的诗、词、曲、文，大体如此，这样，文学史上的南京，抑郁哀伤便成了显著的特征。

此咏史抑郁、怀古哀伤，殆即文学的南京永恒的主题！而在此种主题的形成过程中，一代诗豪刘禹锡的金陵诗，又实为关键。

面对南京，免不了回忆历史；金陵文学，离不开抑郁

---

① 前人论地名与文学的关系，或文学作品中的地名，往往着重地名对于加强文学作品形式美的作用。如清人宋长白《柳亭诗话》卷13《地理》有云："诗句连地理者，词气多高壮。"其实，文学作品中特殊地名所起到的创造意境、烘云托月的作用，更值得琢磨。如陆游名句"楼船夜雪瓜洲渡，铁马秋风大散关"，瓜洲渡、大散关两个地名的选择，极具深意：一水一陆，一东一西，都为战略要地，都是宋金对峙的前线，又都是诗人早年军中亲临。通过这两个地名的运用，读者自能感受到陆游强烈的爱国之心与深沉的悲愤之情。

哀伤。历史的南京，文学的金陵，又浓缩在石头、秣陵、台城、秦淮、乌衣巷、景阳井等等地名之中。历史、文学、地名，如此完美结合，这在中国古都中，实不多见，而有志于南京文史地研究者，亦是大可深究！

本文原刊《江苏地名》2000 年第 2 期